Die Rückkehr der weißen Wölfe

Christopher Ross
schreibt romantische Abenteuer mit Spannung und Gefühl. Durch Bestseller wie »Das Geheimnis der Wölfe« wurde er einem großen Publikum bekannt. Auf zahlreichen Reisen und während längerer Aufenthalte in den USA und Kanada entdeckte er seine Vorliebe für diese Länder, die bevorzugten Schauplätze seiner erfolgreichen Romane.

Von Christopher Ross bereits erschienen:
Mein Bruder, der Bär
Der Ring der McCallums
Das Riff der Delfine
Wilde Pferde in Gefahr
Die Rückkehr der weißen Wölfe
Mein Freund, der Husky
Die Gefährtin des Wolfs
Die Nacht der Wale
Das Geheimnis der Wölfe

Mehr über Christopher Ross auf seiner Website www.christopherross.de und auf Facebook.

Christopher Ross

Die Rückkehr der weißen Wölfe

ueberreuter

2. Auflage 2014

ISBN 978-3-7641-7036-3

ISBN 978-3-8000-5707-8

Umschlaggestaltung: init, Büro für Gestaltung, Bielefeld, unter Verwendung von Fotos von Getty Images, München
Druck und Bindung: Print Consult, München
Gedruckt auf Papier aus geprüfter nachhaltiger Forstwirtschaft.

www.ueberreuter.de

I

Das Schneetreiben war heftiger geworden. Dichte Flocken wirbelten im Scheinwerferlicht ihres Wagens und klatschten gegen die Windschutzscheibe. Weder der Mond noch die Sterne waren zu sehen. Die Fichten zu beiden Seiten des Highways schimmerten als dunkle Schatten durch das Flockengestöber.

Obwohl Jessica den Highway 20 unzählige Male gefahren war, fiel es ihr heute schwer, sich zurechtzufinden. Der gelbe Mittelstreifen war längst nicht mehr zu erkennen, und die Begrenzungspfosten, die alle hundert Meter aus dem Schnee ragten, waren ihre einzige Orientierungshilfe. Es gab keine Straßenlampen. Sie war allein auf der Straße, nicht mal ein Truck kam ihr entgegen. Das Brummen des Motors war das einzige Geräusch in der scheinbar grenzenlosen Wildnis.

Noch zwanzig Kilometer bis Kleena Kleene, schätzte sie, ein winziges Dorf, das man auch bei schönem Wetter leicht übersehen konnte. Dort wohnte ihre Mutter in einem Blockhaus abseits der Straße. Emily Barnett war Constable bei der Royal Canadian Mounted Police. Ein Job, der für Jessica nicht infrage kam, außerdem wollte sie in einer Stadt leben und nicht ewig in der Abgeschiedenheit von Kleena Kleene. Seit zwei Jahren besuchte sie nun die Hotelfachschule in Vancouver. Ihr Traum war es, als Drei-Sterne-Köchin in ihrem eigenen Restaurant zu arbeiten.

Sie beugte sich nach vorn, um besser sehen zu können, und hielt das Lenkrad mit beiden Händen. Die Scheibenwischer kämpften verzweifelt gegen den feuchten Schnee. Nur gut, dass sie den Wagen genommen hatte, die kleinen Maschinen der Chilcotin Air konnten bei diesem Wetter bestimmt nicht in Anahim Lake landen. Das Schild einer Lodge tauchte am Wegesrand auf. Noch achtzehn Kilometer. Wenn sie sich beeilte, würde sie pünktlich kommen. Die Christmas Partys ihrer Mutter gehörten zu den Höhepunkten des Jahres, und sie freute sich darauf, die alten Freunde und Bekannte wiederzutreffen.

Sie passierte die Abzweigung zu einem der zahlreichen Seen und nahm unwillkürlich den Fuß vom Gas. Hier war es gewesen, ein paar Kilometer die Schotterstraße hinab, am See entlang und querfeldein bis über die abgeholzten Hügel zum McLinchy Creek. Dort war sie den weißen Wölfen zum ersten Mal begegnet. Sieben geheimnisvolle Wesen, die mit gefletschten Zähnen aus dem Schneetreiben getaucht und wenige Augenblicke später wieder verschwunden waren.

»Wölfe zerfleischen Bankräuber« hatte einige Tage später in der *Williams Lake Tribune* gestanden. Jessica erinnerte sich noch an den genauen Wortlaut des Berichts: »Jessica Barnett, der Tochter von Constable Emily Barnett, bot sich ein Bild des Schreckens. Im Schnee lag die blutüberströmte Leiche des Bankräubers. Die Polizei vermutet, dass der flüchtige Verbrecher vor Erschöpfung zusammengebrochen und von einem hungrigen Wolfsrudel getötet worden war. Die Leiche war beinahe bis zur Unkenntlichkeit verstümmelt.« Kein Wort darüber, dass er sie mit einem Revolver bedroht hatte, und nicht der geringste Hinweis, die Wölfe könnten ihr das Leben gerettet haben. Nicht einmal der Reporter der *Tribune,* sonst stets nach einer Sensation gierend, hatte ihr die Geschichte abgenommen.

Jessica erschauerte, als die Wölfe in ihre Gedanken zurückkehrten. Zwei Jahre war das nun her, und sie hatte die Begegnung noch so lebhaft vor Augen, als wäre sie erst gestern passiert. Die Wölfe, wie sie mit gefletschten Zähnen und funkelnden Augen vor dem zitternden Bankräuber standen, als wollten sie ihm noch einen letzten Atemzug vor seinem Tod gönnen. Wie sie sich gierig auf ihn stürzten und ihm kaum noch Zeit blieb, einen Schrei auszustoßen, bevor ihm der Anführer die Kehle durchbiss. Nie würde Jessica den Blick vergessen, den ihr der Wolf zum Abschied zuwarf. Ein triumphierender Blick, der ihr wohl sagen sollte: »Hab keine Angst, er ist tot!«

Sie kniff die Augen gegen die tanzenden Flocken zusammen. Links vom Highway hoben sich die Gebäude der Halfway Ranch dunkel vom Schnee ab. Doug Winslow, der ehemalige Vormann und jetzige Besitzer, war sicher schon auf der Christmas Party. Seitdem sie ein Paar waren, versuchte ihre Mutter, ihn zur Hochzeit zu überreden, und der Rancher setzte alles daran, sie zur Aufgabe ihres Jobs und zum Umzug auf die Ranch zu bewegen, beide vergeblich. Doug hatte große Angst, sich zu binden, und ihre Mutter war überzeugte Polizistin.

Jessica blickte auf die Uhr am Armaturenbrett. Bereits

zehn nach sieben, die Party war sicher schon im vollen Gange. Sie hatte vor zwei Stunden zu Hause angerufen und ihrer Mutter gesagt, dass sie spät dran war. »Lass dir Zeit, Jess«, hatte ihre Mutter geantwortet, »das Wetter hier spielt wieder mal verrückt.«

Vor ihr tauchte ein Hindernis aus dem Schnee. Sie glaubte einen wütenden Elch zu sehen, der mit den Vorderhufen hochstieg und bedrohlich über der Kühlerhaube ihres Wagens auftauchte, als die Scheinwerfer eine Straßensperre erfassten. »Bauarbeiten – Umleitung« stand auf dem großen Schild vor dem Metallgestell. Sie trat erschrocken auf die Bremse, umklammerte das Lenkrad so fest, dass ihre Knöchel weiß hervortraten. Der Wagen geriet ins Schleudern und rutschte über die schneebedeckte Straße. Mit einem lauten Scheppern prallte er gegen die Absperrung und schob sie etliche Meter über den festen Schnee. Wenige Meter vor dem Straßengraben blieb er stehen.

Jessica blieb eine Weile sitzen und starrte mit leeren Augen in das Schneegestöber. Sie fluchte leise. Erst nachdem sie ein paarmal durchgeatmet hatte, schlüpfte sie in ihren Anorak und zog die Handschuhe an. Sie öffnete die Tür und stieg aus. Eisige Kälte schlug ihr entgegen. Anstatt zu weinen oder in Panik zu geraten, wie es andere in ihrer Situation getan hätten, ging sie um den Wagen herum und schob die Absperrung in die Mitte der Straße zurück. Sie schimpfte auf die Bauarbeiter, die es verabsäumt hatten, eine Warnlampe an der Absperrung zu befestigen. Normalerweise hingen rote Lampen an dem Gestell.

Seltsam, dachte sie, als sie wieder in den Wagen stieg

und die Handschuhe abstreifte, seit wann reparieren die im Winter die Straße? Vielleicht der Räumdienst, beruhigte sie sich. Sie steuerte den Wagen zurück und folgte der Umleitung in den Wald. Auf dem Feldweg, der durch den dichten Fichtenwald führte, waren die breiten Spuren des Räumfahrzeugs deutlich zu erkennen.

Sie schaltete den Allradantrieb ein und drückte vorsichtig aufs Gaspedal. Mit aufheulendem Motor gruben sich die Räder durch den Schnee. Sie trieb den Wagen einen Hügel hinauf, wich einigen herabgestürzten Ästen aus und erkannte erleichtert, dass die Schneedecke unter den Bäumen wesentlich niedriger war. Das Scheinwerferlicht tauchte die Fichtenstämme in unheimliches Licht und blitzte auf dem jungfräulichen Schnee. Sie kannte den Weg, war ihn viele Male mit dem Snowmobil und dem Hundeschlitten gefahren. Er führte ungefähr zwei Kilometer in den Wald hinein, bog dann nach Westen ab und wand sich über einige Hügel auf den Highway zurück. Auf den Hügeln gab es kaum Bäume und der Schnee lag bestimmt meterhoch. Wie man in dieser abgelegenen Gegend mit einem normalen Wagen weiterkommen sollte, war ihr ein Rätsel. Selbst mit ihrem Geländewagen würde sie Schwierigkeiten haben.

Dennoch fuhr sie weiter. Wenn die Straße nicht passierbar wäre, hätte die Polizei den Highway komplett gesperrt und auf eine Umleitung verzichtet. Ihre Mutter hätte ihr Bescheid gesagt, und Doug oder einer seiner Cowboys hätte sie mit dem Snowmobil abgeholt. Sie driftete nach links und steuerte vorsichtig auf den Feldweg zurück. Auch in der Stadt hatte sie nicht vergessen, wie man einen Geländewagen fuhr. Carrie, ihre neue Freundin, wäre längst verzweifelt und hätte weinend aufgegeben. Carrie war nie aus Vancouver rausgekommen und kam sich bereits im Skigebiet am Mount Whistler wie in der Wildnis vor.

Wie zum Beweis, dass auch Jessica nicht gegen alle Gefahren gefeit war, rutschte der Wagen erneut vom Feldweg und blieb in einem Erdloch stecken. Leise fluchend schaltete sie in den Rückwärtsgang und trat vorsichtig aufs Gaspedal. Nur widerwillig löste sich das Rad aus dem Loch. Sie lenkte den Wagen rückwärts auf den Feldweg zurück, blieb eine Weile stehen und schob den Schalthebel nach vorn. Ausgerechnet am Heiligabend und nur wenige Kilometer vom Haus ihrer Mutter entfernt musste so etwas passieren.

Langsam fuhr sie weiter. Im Schritttempo kroch sie über den holprigen Feldweg, beide Hände am Lenkrad und immer darauf gefasst, erneut den Halt zu verlieren und im Graben zu landen. Nach einer Weile verschwanden die Spuren des Räumfahrzeugs und vor ihr lag unberührter Schnee. Anscheinend waren die Schilder erst vor Kurzem aufgestellt worden und sie war als Erste auf diesem abgelegenen Trail unterwegs. Unter den ausladenden Fichten war es noch dunkler als auf dem Highway und sie war dankbar für die hellen Zusatzscheinwerfer auf dem Dach. Sie hatte keine Angst. Ihr Blick folgte den Scheinwerfern, die sich mühsam einen Weg durch die Bäume zu bahnen schienen, und blieb an einer dunklen Gestalt hängen, die sich als unruhiger Schatten gegen den hellen Schnee abzeichnete. Sie war in einen langen Mantel aus Wolfsfell gehüllt, trug eine Fellmütze, unter der zwei lange weiße Zöpfe hervorschauten, und blickte neugierig zu ihr herüber. Eine Frau, glaubte Jessica, eine greise Indianerin, die ihr vertraut vorkam. Sie hielt den Wagen an, blendete die Scheinwerfer auf, um besser sehen zu können, doch die Gestalt war verschwunden, und im Licht ihres Wagens war lediglich ein Kaninchen zu erkennen, das reglos im Schnee verharrte und dann in wilden Zickzacksprüngen im Wald verschwand, als sie das Fernlicht ausschaltete.

Jessica rieb sich ungläubig die Augen. Sie hätte schwören können, dass eben noch die alte Frau zwischen den Bäumen gestanden hatte. Kopfschüttelnd fuhr sie weiter. Anscheinend hatte sie zu lange hinter dem Steuer gesessen. Sie war seit dem frühen Morgen unterwegs und hatte nur einmal an einer Tankstelle gehalten und im benachbarten Imbiss einen Hamburger gegessen. Kein Wunder, dass ihre Augen allmählich ermüdeten. Sie konzentrierte sich auf den Feldweg. Nur noch ein paar Kilometer, sagte sie sich, dann habe ich es geschafft. Ihre Mutter hielt bestimmt eine heiße Schokolade für sie bereit, und wie jeden Heiligabend würde es gebackenen Lachs im Blätterteigmantel geben, mit Rosmarinkartoffeln und Gemüse, und als Nachtisch ihren leckeren Apfelkuchen mit Rosinen.

Der Wald hörte auf und der Weg bog scharf nach Westen ab. Wie die Wellen eines erstarrten Ozeans ragten die Hügel aus dem Schnee. Von einer Sekunde auf die andere war sie wieder von Schneeflocken umgeben. Die Flockenwand kam so plötzlich, dass sie das Lenkrad verriss und ihr Wagen nach rechts ausbrach. Nur ein riskantes Manöver brachte sie in die Spur zurück. Sie hielt an, wartete mit geschlossenen

Augen, bis ihr Herz wieder normal schlug, und berührte vorsichtig das Gaspedal. Die Räder gruben sich mit aufheulendem Motor in den Schnee hinein. Sie mahlten ein paar Umdrehungen auf der Stelle, schossen plötzlich nach vorn und kämpften sich durch die tiefen Schneewehen.

In den dichten Flocken, die wie Sternschnuppen in der Dunkelheit funkelten, fand Jessica sich kaum noch zurecht. Es gab keine Begrenzungspfosten mehr, die ihr den Weg wiesen, und die einzige Helligkeit kam von den Scheinwerfern ihres Wagens, die flackernd über den Schnee streiften. Dies konnte nicht die Umleitung sein. Sie musste sich verfahren haben, war wohl im Wald vom Weg abgekommen, eine andere Erklärung konnte es nicht geben. Ihr Wagen schwankte und bockte, die Räder rutschten ständig und die Scheibenwischer kamen kaum mehr gegen die Schneemassen an. Nur wenige Minuten nachdem sie den Wald verlassen hatte, blieb sie stecken. Sie trat ein paarmal das Gaspedal durch, versuchte es in einem niedrigeren Gang, doch die Räder drehten durch, und ihr wurde klar, dass sie nicht weiterkommen würde.

Erneut zog sie ihre Handschuhe an und stieg aus. Sie legte Fußmatten unter die Vorderräder, kletterte in den Wagen und schaltete in den Rückwärtsgang. Mit viel Gefühl steuerte sie den Bronco aus dem Schneeloch. Ihr blieb nichts anderes übrig, als zum Highway zurückzufahren und ihre Mutter anzurufen. Sie fuhr einige Meter, bis sie sicheren Halt fand, bremste vorsichtig und stieg aus, um die Fußmatten zu holen. Bis zu der Stelle, an der sie sie aufgelegt hatte, waren es ungefähr fünfzig Meter. Mit hochgeklappter Kapuze stapfte sie durch den nassen Schnee. Der Wind blies ihr Flocken ins Gesicht und in die Augen.

Sie hatte gerade die Fußmatten aufgehoben, als sie den Schatten bemerkte. Nicht die Gestalt, die sie im Wald gesehen hatte, eher eine flüchtige Bewegung im Tiefschnee zwischen den Hügeln. Zuerst glaubte sie an eine erneute Täuschung, doch dann sah sie gleich mehrere. Wie Geister huschten sie durch das immer dichtere Schneetreiben. Gelbe Augen leuchteten in der Dunkelheit abseits der Scheinwerfer, zuckende Irrlichter inmitten des wirbelnden Schnees. Drohendes Fauchen übertönte den Wind.

Wölfe, erkannte Jessica entsetzt. Sie drehte sich langsam um, beobachtete zu ihrem Entsetzen, wie die Tiere begannen sie einzukreisen. Mit den Fußmatten in den Händen kehrte sie langsam zum Wagen zurück. So vorsichtig, als würde sie brüchiges Eis betreten, setzte sie einen Fuß vor den anderen, jeden Augenblick mit einem Angriff der Wölfe rechnend. Wenn Wölfe hungrig waren, griffen sie auch Menschen an. Sie vermied es, in die gleißenden Scheinwerfer zu blicken, unterdrückte das brennende Verlangen, zum Wagen zu rennen. Jede unbedachte Bewegung würde die Wölfe gegen sie aufbringen. Aus den Augenwinkeln beobachtete sie die Gestalten im Schneetreiben, ihre wandernden Augen, die ständig näher zu kommen schienen. Sie glaubte bereits, die Raubtiere riechen zu können, ihren raschen Atem im Nacken zu spüren.

Nur noch wenige Schritte bis zu ihrem Bronco. Sie hörte bereits den tuckernden Motor, brauchte nur noch die Hand auszustrecken, um den Türgriff zu berühren. Als sie aus der

Reifenspur stieg und das Gleichgewicht verlor, stützte sie sich mit der linken Hand auf die Kühlerhaube. Selbst die Hitze des Motors reichte nicht aus, um den Schnee darauf zu schmelzen. Sie tastete sich zur Fahrertür vor, zog sie auf und erstarrte mitten in der Bewegung. Einer der Wölfe stand nur wenige Schritte vor ihr. Er war so nahe, dass sie sein helles, fast weißes Fell erkennen konnte. Den schlanken Schädel mit der mächtigen Stirn und der dunklen Narbe über dem rechten Auge. Der Anführer des Rudels. Derselbe Wolf, der sie vor dem gefährlichen Bankräuber gerettet hatte. Der Geisterwolf mit den sprechenden Augen. Zwei Jahre waren seitdem vergangen, aber sie erkannten einander sofort. Und als sie in seine gelben Augen blickte, glaubte sie ein erneutes Versprechen darin zu sehen. Was wollte er ihr sagen?

Sie war nahe daran, ihn zu fragen, doch als sie den Mund öffnete, war er verschwunden und mit ihm das ganze Rudel. So plötzlich, wie die Wölfe aufgetaucht waren, verschmolzen sie mit dem Schnee, als wären sie niemals in ihrer Nähe gewesen. Sie starrte ihnen nach, war so verwirrt, dass sie sogar die Kälte vergaß. Erst eine heftige Windböe, die einen Schwall feuchten Schnees über die Kühlerhaube ihres Broncos fegte, trieb sie in den Wagen zurück. Sie schlug die Tür zu und zog die Handschuhe aus. In Gedanken noch bei den Wölfen, legte sie erneut den Rückwärtsgang ein und fuhr langsam zum Waldrand zurück. Unter den Bäumen gelang es ihr, den Wagen zu wenden.

Bevor sie zum Highway zurückfuhr, blickte sie noch einmal zu den Hügeln hinüber. Keine Schatten, keine gelben

Augen, nur Dunkelheit und ein stürmisches Meer treibender Flocken. Als hätte sie sich die Begegnung mit den Geisterwölfen nur eingebildet. Sie schüttelte ungläubig den Kopf. Die beiden Jahre in Vancouver hatten sie unempfindlicher gegen indianische Legenden und Geisterglauben gemacht. In der Großstadt glaubten nicht einmal die Indianer an diesen Hokuspokus, wie sie es selbst nannten. Hier war das anders. Die Chilcotins, das einsame Land am Highway 20, waren eine andere Welt, ein Gebiet, das sich während der letzten Jahrzehnte kaum verändert hatte und zumindest im Hinterland genauso aussah wie vor Ankunft der ersten weißen Siedler.

Hier gab es noch Indianer, die auf die alten Traditionen schworen, die Zeremonien, die ihre Großeltern und Urgroßeltern durchgeführt hatten, die heiligen Geschichten und Lieder, die seit vielen Jahrhunderten an den Feuern der Küstenvölker erzählt und gesungen wurden. Auch wenn sie jeden Sonntag in die Kirche des weißen Mannes gingen, glaubten sie noch an Geister, das Große Geheimnis, das über den Kronen der Fichten schwebte und den Lauf des Lebens bestimmte. Sie glaubten an den Raben, der geholfen hatte die Welt zu erschaffen und sich die Zeit damit vertrieb, den Menschen und Tieren derbe Streiche zu spielen. An den weißen Wolf, der nur wenigen Menschen erschien und wie ein Schutzengel über auserwählte Wesen wachte. War sie ein solches Wesen? Sie war keine Indianerin, hatte nicht mal indianisches Blut in ihren Adern, und doch hatten ihr die Wölfe damals das Leben gerettet.

Als sie den Highway erreichte, atmete sie befreit auf.

Wenn es sein musste, würde ihre Mutter das Warnlicht auf ihrem Auto einschalten, um sie durch die Baustelle zu lotsen. Sie lenkte den Wagen nach rechts und griff nach ihrem Handy. Sie drückte die gespeicherte Nummer ihrer Mutter, blickte durch die Windschutzscheibe nach vorn und ließ entsetzt die Hand mit dem Handy sinken. Die Absperrung war verschwunden. Keine Umleitung, kein Schild, keine Bremsspuren.

Sie starrte ungläubig in das Schneetreiben. Was zum Teufel ging hier vor? Sie drückte die Nummer weg, stieg ohne Handschuhe aus dem Wagen und lief im Scheinwerferlicht ihres Wagens nach vorn. Vielleicht hatte jemand die Absperrung zur Seite geräumt. Oder war sie weiter westlich gewesen? Sie blickte sich suchend um und schüttelte den Kopf. Das Schild war nirgendwo zu sehen.

»Jetzt sehe ich schon Gespenster!«, flüsterte sie.

2

Als sie in den Bronco kletterte, klingelte ihr Handy. Sie zog die Tür zu und griff nach dem Gerät. »Jess«, hörte sie ihre Mutter rufen. Im Hintergrund waren eine kitschige Version von »Jingle Bells« und fröhliche Stimmen zu hören. »Hast du eben angerufen? Wo steckst du? Wir sind schon am Feiern!«

»Hallo, Mom«, erwiderte sie. »Ich bin gerade an Dougs Ranch vorbei. Sag mal, bilde ich mir das ein oder hab ich gerade ein Umleitungsschild gesehen?«

»Eine Umleitung? Bei Dougs Ranch? Nicht dass ich wüsste. Wenn es eine Umleitung gäbe, hätte ich dich doch angerufen. Aber der Super ist hier, ich kann ihn ja mal fragen.« Anscheinend nahm sie den Hörer herunter, denn ihre Stimme klang dumpfer, als sie rief: »He, Jack! Haben wir den Highway gesperrt?« Gleich darauf war sie wieder am Apparat. »Nein, der Highway ist frei. Dem Chef ist jedenfalls nichts bekannt.« Die letzte Strophe von »Jingle Bells« hallte durch den Hörer. »Du bist doch nicht am Steuer eingeschlafen, Jess?«

»Nein, ich bin hellwach … aber das Schneetreiben ist ziemlich stark.«

»Vielleicht ist Doug deshalb noch nicht da«, sagte ihre Mutter mehr zu sich selbst, um dann zu fragen: »Wie weit bist du schon an Dougs Ranch vorbei?«

»Ein paar hundert Meter. Wieso?«

»Würdest du noch mal zurückfahren? Ich hab schon ein paarmal bei ihm angerufen, aber er geht nicht ans Telefon. Vielleicht ist er bei den Pferden oder draußen bei den Rindern. Du weißt ja, die Tiere gehen bei ihm vor. Im Stall und auf der Weide kann ich ihn nicht erreichen. Er denkt gar nicht daran, sich ein Handy anzuschaffen. Das ist was für Städter, sagt er, für City Slickers. Sag ihm, dass wir auf ihn warten und dass Santa Claus ihm eine Tracht Prügel verpasst, falls er sich vor der Christmas Party drückt. Bring ihn mit, okay?«

»Mach ich, Mom. Du liebst ihn immer noch, was?«

»Ich werde den verrückten Kuhjungen lieben, solange ich lebe«, rief Emily so laut, dass es alle Partygäste hören mussten, »aber binde ihm das bloß nicht auf die Nase, sonst wird er noch übermütig und denkt, ich ziehe zu ihm auf die Ranch und spiele das Hausmütterchen für ihn.« Sie lachte. »Beeil dich, Jess!«

Jessica versprach es und beendete die Verbindung. Sie wäre lieber gleich weitergefahren, um endlich aus diesem Schneetreiben herauszukommen, verstand aber, dass ihre Mutter sich Sorgen machte. Doug brachte es fertig, weder am Heiligabend noch am ersten Weihnachtstag aufzutauchen, falls eines seiner Tiere krank war oder sich verletzt hatte. Als Jessica noch bei ihrer Mutter gewohnt hatte, war er zu seiner eigenen Geburtstagsfeier zu spät erschienen.

Sie wendete den Bronco und fuhr langsam zur Ranch zurück. Besonders wohl war ihr nicht zumute. Ständig hatte sie das Gefühl, sich rasch bewegende Schemen in dem Schneetreiben zu sehen und von unzähligen gelben Augen verfolgt zu werden. Ihrer Mutter würde sie die seltsame Begegnung mit den Wölfen verschweigen. Die würde sich nur Sorgen machen. Schon vor zwei Jahren hatte sie die Geschichte mit den Wölfen nur widerwillig akzeptiert. Jessica glaubte ja selbst kaum daran. Sie hatte sich das Umleitungsschild nur eingebildet und die Wölfe waren lediglich in ihrem Unterbewusstsein erschienen, eine andere Erklärung gab es nicht. Sie saß zu lange hinter dem Steuer. Die anstrengende Fahrt war einfach zu viel gewesen.

Nach ein paar hundert Metern bog sie nach rechts ab und fuhr durch den Torbogen mit der Aufschrift *Halfway Ranch.* Sie parkte vor dem Haus und sah Dougs Pick-up, einen betagten Dodge Ram mit Allradantrieb, auf dem Hof stehen. Sein zweiter Wagen, ein mit reichlich Chrom verzierter Jeep, den er nur zu besonderen Gelegenheiten fuhr, war verschwunden. Gut möglich, dass er damit bereits zu ihrer Mutter unterwegs war. Wer weiß, dachte sie, vielleicht macht er ihr heute Abend sogar einen Heiratsantrag.

Sie zog ihre Handschuhe an, stülpte die Kapuze über und stieg aus. Geduckt lief sie zum Haus hinüber. Der Stall, die Scheune und der baufällige Schuppen bei der Koppel waren im dichten Schneetreiben nur schemenhaft zu erkennen. In keinem der Gebäude brannte Licht. In der Koppel standen einige Rinder dicht nebeneinander, um besser gegen den Wind geschützt zu sein. In strengen Wintern wie diesem mussten die Rancher mit gekauftem Futter nachhelfen, da fanden die Tiere zu wenig Gras unter dem hohen Schnee.

Sie klopfte fest und rief: »Doug! He, Doug! Bist du zu Hause?«

Als niemand antwortete, öffnete sie die Tür und betrat den Flur. Wie die meisten Rancher der Gegend verzichtete Doug darauf, seine Haustür zu verschließen. »Das ist was für die Leute in Toronto oder New York, aber doch nicht hier draußen im Westen«, antwortete er, wenn man ihn darauf ansprach, »unsere Türen stehen immer offen.« Dass die Kriminalität auch am Highway 20 zugenommen hatte, interessierte ihn nicht, selbst wenn er es von Constable Emily Barnett aus erster Hand erfuhr. Er war ein Rancher der alten Schule, ein eigenwilliger Bursche, der den angeblich glorreichen Zeiten nachweinte, als der Highway 20 noch eine Schotterstraße abseits der Zivilisation gewesen war.

»Doug? Bist du zu Hause?« Sie tastete nach dem Schalter und knipste das Licht an. Die Lampe verbreitete nur trübes Licht. »Doug? Ich bin's, Jessica.«

Sie betrat das große Wohnzimmer, knipste dort ebenfalls das Licht an und erschrak vor dem großen Büffelschädel über dem Kamin. Der war vor zwei Jahren noch nicht da gewesen. Sonst war alles wie immer: die schwarze Ledercouch und die beiden Sessel, das historische Winchester-Gewehr und die beiden Colts über dem Fernseher, der Wandschrank mit den alten Videokassetten, natürlich alles Western, und der große Esstisch mit den schmiedeeisernen Stühlen, den ihm die früheren Besitzer der Ranch verkauft hatten. Über der Couch hing das Gemälde eines Cowboys, der Rinder einfing.

Ein Geräusch ließ Jessica erstarren. Ein leises Knurren, wie von einem Wolf. O nein, nicht schon wieder, dachte sie bestürzt. Sie drehte sich langsam um und erkannte, dass das Geräusch aus der Küche kam. Auf Zehenspitzen kehrte sie in den Flur zurück. Wie unter einem inneren Zwang bewegte sie sich auf die angelehnte Küchentür zu. Das missmutige Knurren war lauter geworden und durch den schmalen Spalt war eine Gestalt zu erkennen.

Sie fasste sich ein Herz und stieß die Tür nach innen. Die Gestalt sprang auf sie zu. Sie wich schreiend zurück, versuchte noch, sich an der Wand abzustützen, und stürzte der Länge nach zu Boden. Im nächsten Augenblick war der Kopf eines schwarzen Huskys über ihr. Er schleckte sie mit seiner feuchten Zunge ab und winselte vor Freude. »Rusty!«, rief sie erleichtert. »Mein Gott, ich wusste gar nicht, dass es dich noch gibt! Rusty, alter Junge!« Sie packte den ehemaligen Leithund ihrer Mutter mit beiden Händen und hielt ihn von sich weg, war froh, nicht in die gelben Augen des weißen Wolfs blicken zu müssen. »Rusty! Dass du mich erkennst!«

Nachdem sie den Husky ausgiebig begrüßt hatte, stemmte sie sich lachend vom Boden hoch. »Nicht so stürmisch, Rusty!«, beruhigte sie den Leithund des Gespanns, das Doug im Winter durch die Wälder lenkte. Snowmobile benutzte er nur, wenn es nicht anders ging. »Sag mir lieber, wo dein Herrchen ist.«

Aber Rusty verstand sie nicht und kehrte schwanzwedelnd in die Küche zurück. Durch die offene Tür beobachtete sie, wie er sich über die Essensreste in einer Blechschüssel hermachte, die vom Küchentisch gefallen war. Doug könnte tatsächlich eine Haushälterin gebrauchen, dachte sie und musste grinsen, als sie sich vorstellte, was ihre Mutter wohl zu ihm sagte, wenn sie in seine Küche kam. Deinen Dreck räumst du mal schön selber auf – oder so ähnlich.

Sie stieg in den ersten Stock hinauf, nur um ganz sicher zu sein, dass Doug nichts passiert war, warf einen raschen Blick in sein Büro und sein Schlafzimmer und kehrte nach unten zurück. »Bis bald!«, rief sie dem Husky zu. »Ich hoffe, dein Herrchen ist unterwegs, sonst kann er was erleben!« Sie verließ das Haus, duckte sich unter den dicht fallenden Schneeflocken und trat in den Hof hinaus.

Obwohl sie überzeugt war, dass Doug in seinem Jeep auf dem Weg zu ihrer Mutter war, beschloss sie, auch in den anderen Gebäuden nachzusehen. Mit gesenktem Kopf ging sie zum Stall hinüber. Es gab kein Licht. Die einzige Helligkeit kam von dem Schnee, der bereits knöcheltief lag und den Hof sauberer aussehen ließ, als er wirklich war. Außer dem Bellen der anderen Hunde, das aber bald verstummte, und dem Knarren der Stalltür, die schon vor zwei Jahren nicht richtig geschlossen hatte, war kaum ein Laut zu hören.

Mitten auf dem Hof blieb Jessica stehen. Wieder hatte sie das Gefühl, von mehreren Augenpaaren beobachtet zu werden. Von jenseits der Koppel schallte klagendes Geheul herüber. Vielleicht nur der Wind, der sich in den dichten Fichten verfing. Sie ging ein paar Schritte, blieb erneut stehen und blickte besorgt zum Waldrand hinüber. Durch den wirbelnden Schnee glaubte sie unruhige Schatten zu sehen. Die Rinder in der Koppel? Ein Tier, das Schutz unter den Bäumen suchte? Sie verdrängte die wachsende Angst und lief zur Scheune, schalt sich eine Närrin, weil sie sich wie eine Städterin benahm, die noch nie aus Vancouver herausgekommen war.

Entschlossen öffnete sie die Stalltür. Nachdem sich ihre

Augen an die Dunkelheit gewöhnt hatten, sah sie die Pferde in den Boxen stehen. Sie beachteten sie kaum, schnaubten lediglich, als sie den kalten Wind spürten, der durch die offene Stalltür hereingefegt kam. Sie hatten genug zu fressen und der Boden war frisch gestreut. Doug kümmerte sich um seine Pferde, brachte sie in kalten Winternächten wie dieser immer in den Stall. Er musste erst vor Kurzem hier gewesen sein, die Futterboxen waren fast randvoll. »Er ist bestimmt schon zu Mom gefahren«, sagte sie leise. »Er weiß doch, was ihm sonst blühen würde.«

Sie schüttelte den Kopf und verließ den Stall. Gegen den Wind lief sie zur Scheune hinüber, schob den Riegel zur Seite und öffnete die Tür. Erschrocken blieb sie stehen. Im schwachen Licht, das vom Schnee vor der Scheune reflektiert wurde, sah sie eine Gestalt im Heu sitzen. Ein junger Mann, so viel konnte sie erkennen, in eine Decke gehüllt und ziemlich verschlafen. Sie musste ihn geweckt haben. »Wer bist du?«, fragte sie erstaunt. »Was suchst du hier?«

Er war genauso verwundert wie sie. »Mike Rooney.« Seine Stimme klang heiser und ein wenig rau. »Ich bin Hufschmied, ziehe von einer Ranch zur anderen und kümmere mich um die Pferde. Auch Pferden muss man die Nägel schneiden, weißt du? Sonst wächst die Hornhaut und sie können nicht …«

»Ich weiß«, unterbrach sie ihn, »ich bin hier aufgewachsen und hab lange auf einer Ranch gearbeitet. Weiß Doug, dass du in seiner Scheune schläfst?«

»Doug?« Er wirkte immer noch verschlafen. »Sicher. Als es zu schneien anfing, bot er mir das Gästezimmer im Haus an, aber er ist heute Abend eingeladen und ich wollte ihm keine Umstände machen. Die Scheune ist okay, ich schlafe nicht zum ersten Mal im Heu. Eigentlich wollte ich zu meinen Eltern nach Williams Lake, aber mit meinem Wagen hätte ich das nie geschafft.«

»Wo steht dein Wagen?«

»Hinter dem Haus, neben dem Werkzeugschuppen.«

»Ist Doug schon weg?«

»Vor einer halben Stunde ungefähr«, bestätigte er, »in seinem Jeep. Ich nehme an, er wollte zu der Christmas Party bei Constable Barnett. Sie ist …«

»… meine Mutter.«

»Hey … dann bist du Jessica. Ich hab schon von dir gehört. Deine Mutter war heute Nachmittag hier und hat mit Doug gesprochen. Sie wollte ihn wohl an die Party erinnern.« Er richtete sich auf und kramte in seinen Taschen. »Warte, ich hab eine Lampe dabei.« Er zog eine Taschenlampe hervor und knipste sie an. »Mann, du bist ja noch hübscher als auf den Fotos!«

Das Kompliment kam so plötzlich, dass sie lachen musste. »Und das, obwohl ich den ganzen Tag hinter dem Steuer gesessen habe. Auf welchen Fotos?«

»Na, auf denen, die bei Doug im Büro hängen. Doug, deine Mutter und du vor dem Hundeschlitten. Doug hält die schwere Winchester in den Händen.«

Sie erinnerte sich. Vor drei Jahren waren sie mit Doug über einen alten Indianertrail gefahren. Rusty hatte das Team angeführt. Und weil damals ein gefährlicher Grizzly durch die Wälder am Clearwater Lake gestreunt war, hatte

Doug seine Bärenbüchse mitgenommen. Drei Tage später hatte er den Bären erlegt. Die Rancher bezahlten ihn dafür, dass er unliebsame Bären und Wölfe von den Rindern fernhielt. Er gehörte zu den besten Jägern in Westkanada.

»Ach, die meinst du.« Im Licht der Taschenlampe, die er zur Seite gerichtet hatte, um sie nicht zu blenden, konnte sie nun auch sein Gesicht sehen und war angenehm überrascht. Er sah ganz anders aus als dieser Muskelprotz, der früher auf die Ranches gekommen war. Kräftig war er schon und seine Schultern waren ein bisschen zu breit für ihren Geschmack, aber er war keines dieser Raubeine, wie man sie öfter unter den Cowboys fand, und der Blick aus seinen tiefblauen Augen weckte ein angenehmes Kribbeln in ihr. Sie blitzten herausfordernd im schwachen Lichtschein und gaben ihm ein jungenhaftes Aussehen.

»Hufschmied ... ist das dein Hauptberuf?«, fragte sie in die verlegene Stille, die plötzlich zwischen ihnen entstanden war. Ihre Stimme klang etwas heiser.

Er lachte. »Nein, mit dem Geld, das ich damit verdiene, könnte ich mir nicht mal die Klapperkiste leisten, die ich zurzeit fahre. Ich helfe als Cowboy aus, leider nur auf Zeit, einen festen Job will mir niemand geben. Wenn du hier aufgewachsen bist, weißt du ja, wie es um das Rindergeschäft steht. Mit Rindern kann man kein Geld machen. Die große Zeit der Cowboys ist vorbei.«

Ihre Gedanken kehrten zu Doug Winslow zurück, und sie löste sich von seinen blauen Augen. »Und du bist ganz sicher, dass Doug weggefahren ist?«

»Vor einer halben Stunde, in seinem Jeep.« Er wischte

sich einige Strohhalme aus dem Gesicht. »Warum? Ist er denn noch nicht bei deiner Mutter?«

Sie zuckte die Achseln. »Wahrscheinlich schon.« Sie ließ sich erneut von seinen blauen Augen verzaubern und sagte: »Willst du nicht mitkommen? Meine Mutter hat bestimmt nichts dagegen, wenn ich einen Gast mitbringe.«

»Vielen Dank für die Einladung«, erwiderte er, »aber ich muss morgen sehr früh raus, wenn ich noch rechtzeitig zur Bescherung kommen will. Meine Eltern haben die ganze Verwandtschaft eingeladen, und meine beiden Tanten wären tödlich beleidigt, wenn ich zu spät käme. Ich hau mich lieber aufs Ohr. Trotzdem … vielen Dank, Jessica.«

»Sag Jess, das klingt nicht so vornehm.« Sie war schon an der Tür, zögerte aber noch, die Scheune zu verlassen. »Wissen deine Eltern Bescheid?«

Er zog ein Handy aus der Tasche und zeigte seine weißen Zähne. »Mag sein, dass ich ein Hinterwäldler bin, aber ich bin nicht von gestern. Ich weiß sogar, wie man eine SMS verschickt. Darf ich dir mal eine zukommen lassen?«

Sie antwortete mit einem Lächeln und ihrer Handynummer. »Aber ich bin nur drei Wochen hier, dann fahre ich nach Vancouver zurück. Ich gehe auf die Hotelfachschule. Wenn ich fertig bin, spare ich auf ein Restaurant.«

»Ich weiß noch nicht, was ich mal werden will. Eine Ranch lohnt sich nicht mehr, als Cowboy finde ich keinen Job und als Hufschmied kommst du auch nicht über die Runden. Mein Vater arbeitet für eine Versicherung. Nichts für mich, wenn ich ehrlich bin. Nach Weihnachten ziehe ich erst mal nach Norden weiter. Drei, vier Ranches am

Stewart-Cassiar Highway, vielleicht ein Job als Aushilfe in einem Lokal da oben … so wie letztes Jahr. Wir werden sehen.«

»Ich drücke dir die Daumen, Mike.«

»Wir sehen uns.«

»Wir sehen uns«, erwiderte sie, obwohl sie nicht die geringste Hoffnung hatte, ihn jemals wiederzutreffen. Er zog nach Norden und sie blieb bei ihrer Mutter und würde Anfang Januar nach Vancouver zurückkehren. Eine vollkommen andere Welt, in die ein junger Mann wie Mike Rooney nicht passte.

Sie verließ die Scheune und drückte die Tür so fest zu, als wollte sie ihn für immer aus ihrem Leben ausschließen. Die Schneeflocken, die gleich darauf in ihr Gesicht trieben, hinderten sie daran, weiter über ihn nachzudenken. Der Sturm war stärker geworden. Sie hielt den Anorak am Kragen zu und eilte zu ihrem Wagen, stieg hastig ein und zog die Tür zu. Mit einem Lächeln, weil der junge Mann in ihre Gedanken zurückkehrte, öffnete sie den Reißverschluss und schob die Kapuze nach hinten. Sie startete den Motor.

Eine vertraute Gestalt ließ sie mitten in der Bewegung erstarren. Der Motor begann zu brummen, aber ihre Hand blieb am Zündschlüssel und ihr Blick folgte der Person, die langsam näher kam und neben dem Seitenfenster verharrte. Sie erkannte das Gesicht einer Indianerin. Eine greise Frau in einem dicken Büffelfellmantel, einen Rucksack mit Brennholz auf dem Rücken, mit weißen Haaren, die zu langen Zöpfen gebunden unter dem schwarzen Schal hervorschauten, den sie mehrfach unter ihrem Kinn verknotet hatte.

Jessica ließ das Fenster herunter und sagte: »Wolfsfrau.«

»Du kennst mich noch?« Die Stimme der greisen Indianerin klang erstaunlich klar. Die Kälte, der Sturm und Schnee schienen ihr wenig auszumachen.

»Du hast mir vor zwei Jahren gesagt, dass mich die Wölfe beschützen würden«, erwiderte Jessica. »Du wusstest, was passieren würde. Du warst die Einzige, die mir damals geglaubt hat. Du wusstest, dass die Wölfe nur meinetwegen gekommen waren.« Sie kniff die Augen gegen den Schnee zusammen, der durch das offene Fenster hereinwehte. »Und du warst vorhin im Wald. Ich war mir nicht sicher, aber jetzt weiß ich es. Wolltest du mir wieder etwas sagen?«

»Du hast die Wölfe gesehen.« Keine Frage, eine Feststellung.

»Ja, ich habe sie gesehen.«

»Sie sind deine Brüder und Schwestern.«

Jessica wollte ihr nicht glauben. »Aber ich bin keine Indianerin. Ich respektiere eure Kultur und euren Glauben, aber ich bin weiß. Und ich wohne nicht mehr hier. Ich gehe in Vancouver auf die Schule. Siebenhundert Kilometer von hier. Ich besuche meine Mutter. In drei Wochen fahre ich wieder nach Hause.«

»In drei Wochen kann viel passieren.«

»Willst du mir sagen, dass ich wieder in Gefahr bin?«

»Vertrau den weißen Wölfen, Schwester!«

Jessica wollte etwas erwidern, aber Wolfsfrau war bereits verschwunden. Die Dunkelheit hatte sie verschluckt und vor dem Fenster waren nur noch wirbelnde Flocken. Verstört legte sie den Gang ein und fuhr auf die Straße zurück.

3

In Gedanken versunken fuhr Jessica nach Westen. Während der letzten Stunde war viel passiert, und es fiel ihr schwer, sich auf die Straße zu konzentrieren. Die Begegnung mit den weißen Wölfen und die Warnung der greisen Indianerin, sie könnte erneut in Gefahr geraten und auf die Hilfe der Tiere angewiesen sein, lagen wie eine schwere Last auf ihrer Seele und überdeckten die angenehme Erinnerung an den jungen Mann in der Scheune. Sein fröhliches Lächeln war nicht stark genug, um die Angst aus ihren Gedanken zu verdrängen.

Jessica glaubte nicht an Geister und kannte Wolfsfrau gut genug, um den eigenwilligen Humor der Indianerin zu kennen. Manchmal machte sich die alte Frau einen Scherz daraus, die Weißen am Highway 20 mit ihren Orakeln zu ängstigen. Vor einigen Jahren hatte sie die Anwohner mit ihrer Drohung verunsichert, der Wintergeist würde einen fürchterlichen Blizzard schicken und viele tausend Rinder töten. Stattdessen hatte tagelang die Sonne geschienen und einen der mildesten Winter der letzten Jahrzehnte eingeleitet.

Doch wer lange genug hier gelebt hatte, konnte sehr wohl unterscheiden, ob Wolfsfrau scherzte oder die Wahrheit sprach. Jessica war mit Indianern auf die Schule gegangen und wusste, dass es bei den Stämmen der Nordwestküste Männer und Frauen gab, die sehr wohl über magische Kräfte verfügten. Sogar ernsthafte Wissenschaftler schlossen nicht aus, dass ein Schamane in der Lage war, in die Zukunft zu sehen oder Krankheiten durch seine geistigen Kräfte zu heilen. Wolfsfrau war eine solche Schamanin. Man sagte ihr nach, dass sie mit den wilden Tieren im Bunde war und ihre Sprache verstand.

Die Scheinwerfer ihres Wagens strichen über die feste Schneedecke und brachten die Flocken vor ihrer Windschutzscheibe zum Glitzern. Jessica war dichten Schneefall gewöhnt, und doch fiel es ihr schwer, den Bronco in der Spur zu halten. Ihre Augen suchten den Straßenrand ab, unbewusst darauf vorbereitet, Dougs roten Jeep im Graben liegen zu sehen. Gleich nachdem sie von der Ranch gefahren war, hatte sie versucht ihre Mutter erneut anzurufen, aber ihr Handy fand kein Netz mehr, und sie hatte schimpfend aufgegeben.

Mach dir keine Sorgen, sprach sie sich Mut zu, einem erfahrenen Cowboy und Jäger wie Doug passiert so schnell nichts. Wenn sich einer in dieser Gegend auskannte, dann er. Vielleicht war er noch bei einem befreundeten Rancher vorbeigefahren, um ein Geschenk abzugeben, und die beiden hatten sich verquatscht. Oder er war längst auf der Party und ihre Sorge war ganz umsonst. Doch wenn sie ehrlich war, befürchtete sie eher, dass er ihre Mutter versetzt hatte und einer geheimnisvollen Spur in die Berge folgte. Doug folgte immer irgendwelchen Spuren und fühlte sich am wohlsten, wenn er irgendwo in einer einsamen Hütte saß und nur von Wildnis umgeben war. Nicht gerade der Mann, den man heiraten sollte. Sie schmunzelte. Ihre Mutter hatte einen ähnlichen Ruf. Eine Polizistin mit Leib und Seele, die ihren Job niemals aufgeben würde, schon gar nicht für ihren Mann.

Selbst im dichtesten Schneetreiben verpasste Jessica die Abzweigung zum Haus ihrer Mutter nicht. Das zweistöckige Blockhaus lag auf einer Lichtung, nur wenige hundert Meter vom Highway entfernt, und war über eine schmale Schotterstraße zu erreichen. Nur mit Allradantrieb schaffte ihr Bronco das letzte Stück. Sie parkte zwischen den anderen Wagen, die kreuz und quer vor dem Eingang hielten, und blickte sich suchend um. Der schwere Dodge Ram der Hansens, die südlich des Highways eine Guest Ranch betrieben. Der Bronco der Royal Canadian Mounted Police, in dem der Chef ihrer Mutter und der dienstfreie Constable gekommen waren. Zwei, drei andere Wagen, deren Besitzer sie nicht wusste. Aber kein roter Jeep. Sie stieg seufzend aus, holte ihre Tasche aus dem Kofferraum und zog sie über die geräumte Zufahrt zum Haus.

Beim Anblick der erleuchteten Fenster wurde ihr warm ums Herz. Auch nach zwei Jahren in der Stadt war es immer noch etwas Besonderes, nach Hause zu ihrer Mutter zu kommen. Seit der Scheidung ihrer Eltern hatten sie ein beinahe schwesterliches Verhältnis. Ihr konnte sie beinahe so viel erzählen wie ihrer besten Freundin. Ihr Vater war vor vier Jahren mit einer jüngeren Frau durchgebrannt, »das Übliche«, wie ihre Mutter zu sagen pflegte, wenn sie jemand darauf ansprach.

Durch die Fenster konnte sie den bunt geschmückten

Christbaum sehen. Die roten und grünen Kugeln, die sie vor einigen Jahren in Williams Lake gekauft hatten, die elektrische Lichterkette und die kleinen Rentiere aus bemaltem Zedernholz, ein Geschenk der Hansens. Selbst die bunten Kekse, die ihre Mutter jedes Weihnachten backte, hingen am Baum. Viel Butter, viel Zucker und unendlich viele Kalorien. Der Refrain von »Rudolph the Red-Nosed Reindeer« schallte nach draußen. Jessica wuchtete ihre Tasche zur Eingangstür. Selbst Rudolph hätte seine Mühe in diesem Schneetreiben gehabt.

Die Tür war unverschlossen. Sie betrat den Flur, drückte sie mit dem Rücken ins Schloss und stellte die Tasche ab. Noch während sie ihre Kapuze abstreifte und den Anorak auszog, kam ihre Mutter aus dem Wohnzimmer.

»Jess! Da bist du ja!«, rief Emily Barnett strahlend. In der schwarzen Hose, der neuen weinroten Seidenbluse und mit den hellblond getönten Haaren sah sie zehn Jahre jünger aus als in ihrer Uniform. Als sie ihre Tochter liebevoll in die Arme schloss, merkte Jessica an dem verführerischen Parfüm, dass sie sich für einen ganz bestimmten Mann hübsch gemacht hatte. Emilys Blick war jedoch sorgenvoll, als sie sich voneinander lösten. »Ist Doug nicht bei dir?«

»Nein«, erwiderte sie. »Ich dachte, er wäre schon hier.«

»Bist du bei ihm vorbeigefahren?«

Sie nickte. »Ich hab das ganze Haus nach ihm abgesucht, aber außer Rusty war niemand da. Na ja, außer dem Jungen in der Scheune. Mike Rooney.«

»Der Hufschmied?«

»Ja … Doug hat ihm erlaubt in der Scheune zu schlafen.

Ich hab ihn zu deiner Party eingeladen, aber er will morgen früh raus und gleich weiter nach Williams Lake fahren. Seine Eltern und zwei nervige Tanten warten auf ihn.«

»Und er wusste nicht, wo Doug steckt?«

Jessica sah die Enttäuschung in den Augen ihrer Mutter und schüttelte traurig den Kopf. »Er hat gehört, wie Doug mit dem Jeep wegfuhr ... das muss jetzt ungefähr eine Stunde her sein. Im Graben liegt er nicht, ich hab aufgepasst. Wahrscheinlich ist er noch mal zu den Rindern auf die Winterweide gefahren.«

»Mit dem Jeep? Bei dem Schnee?«

»Mit Allradantrieb kommt man durch.«

Ihre Mutter blickte besorgt zur Tür. »Du weißt doch, dass er nur in dem alten Pick-up auf die Weide fährt. Und in dem Schneetreiben wäre er bestimmt geritten. Oder er hätte das Snowmobil oder den Hundeschlitten genommen.«

»Dann schaut er noch bei einem Freund vorbei«, versuchte Jessica ihr Mut zu machen. »Fröhliche Weihnachten wünschen, Geschenke abgeben ... Er hat sich bestimmt nur verquatscht. Cowboys sind schlimmer als Waschweiber.«

Der Satz stammte von ihrer Mutter. Sie sagte ihn jedes Mal, wenn sie mit Doug bei einem anderen Rancher zu Besuch war und die beiden Männer stundenlang über die Bullen der letzten Auktion und das letzte Rodeo sprachen.

»Ich weiß, ich weiß, aber ich hab doch schon überall angerufen ...«

Aus dem Wohnzimmer kam Superintendent Cox, der Chef ihrer Mutter, in den Flur. Ein Mann in den besten Jahren, wie man sagt, mit grauem Haar, hellblauen Augen und einem energischen Kinn. In seiner schmucken Ausgehuniform sah er wie ein Offizier aus. Er hielt einen Becher mit Eggnog in der Hand und blickte Jessica strahlend an. »Ah, da ist ja die verlorene Tochter! Gott sei Dank! Deine Mutter wollte ihre guten Kekse nicht rausrücken, bevor du kommst!« Er betrachtete sie bewundernd. »Du hast dich fein rausgemacht.«

Jessica errötete leicht und griff sich an die zerzausten Haare. Sie war weder frisiert noch geschminkt und sah in ihrer dunklen Hose und dem Pullover eher wie ein schlampiges College Girl aus. »Fröhliche Weihnachten, Superintendent«, begrüßte sie ihn, »aber ich glaube, ich verschwinde erst mal im Bad.«

»Ihr habt euch doch nicht gestritten?«, fragte er erstaunt, als er die besorgte Miene ihrer Mutter erkannte. »An Heiligabend streiten sich nur alte Ehepaare.«

»Nein, nein«, erwiderte ihre Mutter. »Es ist nur …«

Jessica nahm ihr die Antwort ab. »Wir machen uns Sorgen wegen Doug Winslow. Er wollte eigentlich längst hier sein. Auf seiner Ranch ist er nicht. Mike … der Hufschmied hat gehört, wie er mit dem Jeep aufgebrochen ist, aber ich bin dieselbe Strecke gefahren und hab ihn nirgendwo gesehen. Ich hatte Angst, er wäre in den Graben gerutscht. Autofahren war noch nie sein Ding.«

»Wie wahr«, stimmte Cox zu. »Mit den Strafzetteln, die wir ihm verpasst haben, könnte ich mein Wohnzimmer tapezieren.« Seiner fröhlichen Miene nach zu urteilen machte er sich weitaus weniger Sorgen als Emily und Jessica. »Aber ich würde mir keine Gedanken machen. Wenn einer in diesem Wetter zurechtkommt, dann Doug Winslow. Wie ich ihn kenne, hat er seinen Jeep im Wald abgestellt und ist auf Schneeschuhen hinter den Wölfen her. Angeblich treibt sich ein ganzes Rudel in der Gegend herum. Ziemlich ungewöhnlich für diese Jahreszeit, wenn ihr mich fragt, aber die Witwe Baxter schwört Stein und Bein, dass die Biester eines ihrer Jungtiere gerissen haben. Vor ein paar Tagen schon.«

»Und was für Wölfe!«, meldete sich die Witwe, eine resolute Frau mit roten Haaren und einer stattlichen Figur, die sie unter einem sackähnlichen Kleid versteckte. Ohne ihre Jeans und das karierte Hemd, die sie gewöhnlich trug, hätte Jessica sie beinahe nicht erkannt. »Wahre Monster waren das. Die haben die arme Kuh regelrecht zerfetzt. Ich hab Doug gleich angerufen, er wollte sich um die Bestien kümmern. Nichts gegen Wölfe, aber ich hab nur die paar Kühe und lass mir nicht von einem gottverdammten Rudel die Existenz zerstören.« Flüche kamen ihr wie selbstverständlich über die Lippen. Sie winkte Jessica zu. »Hallo, Jess! Hast du noch nicht genug von der großen Stadt?«

»Bis jetzt noch nicht«, antwortete sie. In Gedanken war sie jedoch bei den weißen Wölfen, denen sie auf der vermeintlichen Umleitung begegnet war. Oder hatte sie sich die Begegnung nur eingebildet? Inzwischen war sie nicht mehr sicher. »Hat Doug gesagt, wann er Jagd auf die Wölfe machen will?«

Die Witwe hielt ihren Becher mit heißem Tee in beiden Händen. »So bald wie möglich, hat er gesagt. Ihr kennt doch Doug. Der wartet doch nur darauf, in den Wäldern verschwinden zu können. Nur wenn er einen Grizzly oder ein Wolfsrudel verfolgen kann, ist er wirklich glücklich.« Am verletzten Ausdruck auf Emily Barnetts Gesicht bemerkte sie, dass sie etwas Falsches gesagt hatte, und fügte rasch hinzu: »Außer wenn er mit dir zusammen ist natürlich.«

Emily lächelte schwach. »Ich weiß, was ich mir mit Doug eingehandelt habe, Jean.« Sie kannte die Witwe Baxter lange genug, um sie mit dem Vornamen anreden zu dürfen. »Eher fängt man den wilden Bullen vom letzten Rodeo mit dem Lasso ein, nicht wahr? Aber dass er ausgerechnet an Weihnachten auf die Jagd gehen muss … selbst die RCMP macht am Heiligabend mal Pause.«

»Das sieht Constable Fitzpatrick aber ganz anders«, erwiderte Superintendent Cox grinsend. »Er hat heute Nachtdienst.« Er wandte sich an Jessica. »Fitzpatrick ist unser Jüngster. Der muss Weihnachten ran. Dafür darf er sich Silvester freinehmen und mit seinen Freunden um die Häuser ziehen.« Er legte Jessica freundschaftlich einen Arm um die Schultern. »Ich bin sicher, Doug ist nichts passiert. Der taucht gegen Mitternacht auf, ein Wolfsfell über den Schultern und tut so, als sei nichts gewesen.« Er trank seinen Becher leer und sagte: »Gibt's eigentlich keinen Eggnog mehr? Ich bin verrückt nach dem Zeug.«

Emily Barnett war erleichtert, als ihr Chef und die Witwe Baxter im Wohnzimmer verschwanden und sie wieder mit ihrer Tochter allein war. Ihr Lächeln wich ernsthafter Besorgnis. »Ich weiß nicht«, sagte sie leise und ohne die verkrampfte Fröhlichkeit, die sie ihren Gästen vorgespielt hatte, »ich mache mir wirklich ernsthafte Sorgen. Selbst ein erfahrener Jäger wie Doug treibt sich bei so einem Wetter nicht im Wald herum. Nicht mal Indianer finden in so einem Schneetreiben eine Spur.« Sie seufzte enttäuscht. »Und ich war am Nachmittag extra noch mal bei ihm und hab ihn an die Party erinnert. Ich hab ihm sogar gedroht.« Ihr Lächeln kehrte zurück, wenn auch nur zaghaft. »Ich würde nach New York auswandern und einen von diesen reichen Börsenmaklern heiraten.«

»Mach dir keine Sorgen, Mom. Doug liebt dich, das weiß doch jeder. Ich wette, er hat nicht mal vergessen, dir ein Weihnachtsgeschenk zu kaufen.« Sie griff nach ihrer Tasche. »Wer weiß ... vielleicht sogar einen Verlobungsring.«

»Und heute Nacht scheint die Sonne, ich weiß.«

Jessica trug die Tasche in ihr Zimmer und setzte sich einen Augenblick auf den Bettrand. Ihre Mutter hatte nichts verändert, das Zimmer sah noch genauso aus wie vor zwei Jahren. Selbst das Poster mit Johnny Depp hing noch an der Wand. Mein Gott, dachte sie, damals hab ich tatsächlich für den Typ geschwärmt! Emily war selten sentimental und gehörte nicht zu den Müttern, die ihre Töchter nicht gehen lassen wollen, sie war einfach zu träge, das Zimmer umzuräumen. »Ich brauche kein zusätzliches Zimmer, und du hast eine vertraute Umgebung, wenn du mal in der Gegend bist«, hatte sie nüchtern festgestellt.

Obwohl sie hundemüde war und sich am liebsten ins Bett gelegt hätte, machte Jessica sich für die Party zurecht. Nach einer heißen Dusche, um ihre Lebensgeister zu wecken, schlüpfte sie in das schwarze Kostüm, das sie vor der Abfahrt gebügelt und locker gefaltet in die Tasche gelegt hatte.

Zusammen mit den halbhohen Pumps kleidete es sie wie eine Business-Lady aus den Chefetagen von Vancouver. Den kleinen silbernen Elch auf dem linken Revers hatte sie von ihrer Mutter zum Geburtstag bekommen. Sie mochte Elche, außer wenn sie mit dem Hundeschlitten unterwegs war und sie zu einer ernsthaften Bedrohung werden konnten. Für einen Musher waren Elche gefährlicher als Bären oder Wölfe.

Sie brachte mühsam ihre Frisur in Form, überprüfte ihr Aussehen im Badezimmerspiegel und lächelte zufrieden. So konnte sie sich wieder unter Menschen wagen. Seltsamerweise ging ihr durch den Kopf, was wohl Mike zu ihrem Aufzug sagen würde. So sehen doch alle Mädels in der Stadt aus? Eine Lady wie du passt nicht in die Wildnis? Oder würde er sie anhimmeln, vor Verlegenheit stottern und ihr ein Kompliment machen? So eine hübsche Frau wie dich habe ich noch nie gesehen? Ziemlich platt zwar, aber gefreut hätte sie sich dennoch darüber. Auch Powerfrauen sollten sich mal gehen lassen.

Leise kichernd öffnete sie die Tür. Was soll's, dachte sie, den siehst du sowieso nie wieder.

Plötzlich war sie den Komplimenten der Partygäste ausgesetzt. »Hey, du bist eine richtige Lady geworden!«, staunte Superintendent Cox erneut. Jean Baxter meinte grinsend: »Sieh an, sieh an, die kleine Jess!« Und Bernie und Kathryn Hansen umarmten sie herzlich und konnten sich gar nicht sattsehen an ihr: »Wow!«, staunte Bernie. Kathryn wollte sie nicht mehr loslassen und flüsterte: »Du siehst wundervoll aus, Jess! Ich wette, du musst dir die Männer in Vancouver gewaltsam vom Leib halten.«

Die Party dauerte bis nach Mitternacht. Jessica wurde von einem zum anderen gereicht und musste von ihren Erlebnissen in Vancouver erzählen, wurde ständig nach einem Verehrer gefragt, den es zurzeit nicht gab, und ob sie denn jemals in die Chilcotins zurückkommen würde. Sie antwortete unverbindlich und freundlich, wollte niemand verletzen.

In einer ruhigen Minute holte sie sich einen heißen Eggnog und pflückte einen der bunten Kekse vom Christbaum. »Was für ein wunderschöner Baum«, sagte sie zu ihrer Mutter. »Solche Fichten gibt's in ganz Vancouver nicht. Wie aus dem Bilderbuch.«

Emily hielt ihren Becher mit beiden Händen, als müsste sie sich daran festhalten. »Hat Doug für uns gefällt. Ich möchte wissen, wo er so lange bleibt.«

»Er kommt«, versicherte Jessica ihr, »wenn nicht heute, dann morgen.«

»Und wenn ihm doch was passiert ist?«

»Dann rufen wir die Polizei«, erwiderte sie lächelnd. Es war als scherzhafte Aufmunterung gedacht, bewirkte aber das Gegenteil. Ihre Mutter trat aus dem Licht des strahlenden Baumes, wohl auch, damit man ihre feuchten Augen nicht sah, und ging zum Fenster. Jessica blieb bei ihr, legte tröstend eine Hand auf ihren linken Oberarm. So nervös hatte sie ihre Mutter noch nie gesehen.

»Ich benehme mich wie ein Teenager«, sagte diese verlegen.

»So ist das, wenn man verliebt ist«, antwortete Jess und hörte im selben Moment die Wölfe heulen. So nahe, dass der klagende Laut selbst die fröhlichen Weihnachtsklänge aus der Stereoanlage übertönte. Aber niemand außer ihr schien es zu hören. Und sie wagte nicht, es zu erwähnen, aus Angst, sie könnte sich das Geheul nur eingebildet haben. Sie wollte sich nicht blamieren. Das kommt von der Stadtluft, würden sie sagen, dann zuckt man schon zusammen, wenn irgendwo ein Ast knackt oder ein Blatt raschelt. Hast du etwa Angst, Jess?

»Ja«, flüsterte sie, »ich habe riesige Angst!«

4

Jessica wusste nicht, was sie geweckt hatte. Von einer Sekunde auf die andere saß sie plötzlich kerzengerade im Bett und starrte in die Dunkelheit. Das einzige Licht kam von ihrem Digitalwecker auf dem Nachttisch. Zehn nach fünf, viel zu früh nach einer Christmas Party, die erst nach Mitternacht zu Ende gewesen war.

Gähnend rieb sie sich den Schlaf aus den Augen. Sie hatte weder schlecht geträumt noch ein Geräusch gehört. Bis auf das Summen der Heizung war es totenstill, nur gelegentlich knarrte es im Gebälk. Nichts Besonderes in einem Blockhaus, das mehr als zwanzig Jahre alt war. Die Jalousie war zugezogen und ließ kein Licht herein, falls der Mond durch die Wolken schien.

Vielleicht war es die ungewöhnliche Stille, die sie geweckt hatte. Sie hatte sich an den Verkehrslärm in Vancouver gewöhnt, selbst nachts kam eine so große Stadt nie zur Ruhe, und auch in dem Apartmenthaus, in dem sie wohnte, waren ständig Geräusche zu hören. Laute Radiomusik, ein schreiendes Baby, eine schlagende Tür. Hier hielt selbst die Natur den Atem an, wenn es dunkel wurde, und seitdem ihre Mutter die Huskys an Doug verkauft hatte, war auch das vielstimmige Geheul aus einem Dutzend Hundekehlen verstummt.

Und dennoch war irgendetwas so, wie es nicht sein sollte.

Auch nach zwei Jahren in der Stadt hatte Jessica den sechsten Sinn, den sie in der wilden Gegend am Highway 20 entwickelt hatte, nicht verloren. Irgendetwas stimmte da nicht.

Nur diesem Gefühl folgend, stieg sie aus dem Bett. Sie tastete sich durch das dunkle Zimmer zum Fenster und schob den Vorhang zur Seite. Der helle Schnee blendete sie so stark, dass sie für einen Moment die Augen schließen musste. Nachdem sie sich daran gewöhnt hatte, ließ sie ihren Blick über die Lichtung schweifen. Es war nichts Ungewöhnliches zu sehen. Der Werkzeugschuppen, der Brennholzstapel, die leeren Hütten der Huskys, die ihre Mutter nicht weggeräumt hatte, »Es könnte ja sein, dass ich mir wieder mal ein Gespann anschaffe«. Das mit einer Plane zugedeckte Snowmobil. Der nahe Wald verschmolz mit der Dunkelheit, hob sich bedrohlich gegen den Schnee ab. Der Sturm war vorüber. Nur noch vereinzelte Flocken trieben aus den dichten Wolken herab. Der Mond und die Sterne waren nicht zu sehen.

Sie blickte nach links, zu dem alten Indianertrail, der in den Wald führte und über den sie unzählige Male mit dem Hundeschlitten gefahren war, und stutzte. Eine Bewegung, zwischen den Büschen am Waldrand. Ein Schatten, der sich für den Bruchteil einer Sekunde gegen den Schnee abhob und gleich wieder verschwand. Sie blickte genauer hin, sah eine Weile gar nichts und fuhr erschrocken zurück, als sich die dunkle Gestalt erneut aus der Dunkelheit löste und sich über den Schnee bewegte. Hinter ihr waren weitere Schemen zu sehen. Sie kamen zügig näher, bewegten sich stetig auf sie zu.

Die Wölfe! Das Rudel, dem sie im Wald begegnet war. Im Gänsemarsch stapften sie durch den tiefen Schnee, sieben hungrige Raubtiere mit gelben Augen, die wie Irrlichter durch die Dunkelheit geisterten. Vor dem Schnee wirkte selbst ihr weißes Fell dunkel, so hell wie das Tarnkleid der arktischen Wölfe war es ohnehin nicht, eher eierschalenfarben oder schmutzig grau. Vor ihrem Fenster, nur wenige Meter von ihr entfernt, blieben sie stehen. Der Anführer vorn, die anderen Wölfe in respektvollem Abstand hinter ihm. Ihre brennenden Augen waren auf sie gerichtet, abschätzend und abwartend, als wollten sie ihr Zeit geben, sich von ihrem Schrecken zu erholen und sich an sie zu gewöhnen.

Jessica wagte kaum zu atmen. Sie hatte das Gefühl, dass die Wölfe sie genau sehen konnten, als wären sie dazu imstande, die Dunkelheit mit ihren scharfen Blicken zu durchdringen. Was wollten sie von ihr? Sie presste ihre Stirn gegen das kalte Fenster, um besser sehen zu können. Es ging keine Bedrohung von dem Rudel aus. Ihre Schweife hingen schlaff herab, waren nicht aufgerichtet wie bei Wölfen, die eine Beute eingekreist hatten. Lediglich ihr Blick und ihre aufgestellten Ohren verrieten, dass sie hellwach waren. Sie glaubte sogar ein freundliches Funkeln in den Augen des Anführers zu erkennen. »Hallo, Schwester«, schien er zu sagen. »Hab keine Angst! Wir sind deine Freunde. Erinnerst du dich an uns?«

»Ja, ich erinnere mich«, antwortete sie gegen ihren Willen. »Ihr habt mir vor zwei Jahren das Leben gerettet. Dafür bin ich euch sehr dankbar.« Sie erinnerte sich an die Worte der greisen Indianerin. »Warum seid ihr zurückgekommen? Ich brauche keinen Schutz mehr. Oder … oder doch? Sprich zu mir, Wolf!«

Der Anführer kam ein paar Schritte näher und legte den Kopf schief. Seine Gedanken schienen sich auf sie zu übertragen. »Wir bleiben in deiner Nähe, Schwester. Wir lassen dich nicht allein. Vertrau mir, ich bin dein Schutzgeist.«

»Nur Indianer haben einen Schutzgeist. Alte Indianer.«

»Du brauchst unsere Hilfe, Schwester.«

»Geht es um Doug? Wisst ihr, wo wir ihn finden können?«

»Vertrau uns.«

»Aber …« Jessica wollte etwas erwidern, doch die Wölfe waren bereits verschwunden. Die Lichtung lag still und verlassen vor ihr, als wären sie niemals da gewesen. Nicht mal Spuren hatten sie im Schnee zurückgelassen, zumindest konnte sie in dem schwachen Licht keine erkennen. »Wo seid ihr?«, flüsterte sie verstört. »Warum sagt ihr mir nicht, warum ihr zurückgekommen seid?«

Verwirrt kehrte sie zu ihrem Bett zurück. Sie setzte sich auf den Rand, legte beide Hände in den Schoß und starrte eine Weile ratlos vor sich hin. Nach ein paar Minuten wusste sie nicht mehr, ob sie die Wölfe tatsächlich gesehen oder alles nur geträumt hatte. Wahrscheinlich hab ich zu viel Eggnog getrunken, dachte sie, oder der Champagner um Mitternacht war zu stark für mich. Der Superintendent hatte eine launige Rede gehalten und ihre Mutter über den grünen Klee gelobt, sie sei die Seele der berittenen Polizei und sie solle bloß nicht auf die Idee kommen, den Dienst zu quittieren, schon wegen der fantastischen Christmas Partys. Und ihre Mutter hatte trotzig geantwortet: »Keine Angst, Jack. Zur Hausfrau tauge ich nicht. Außer backen kann ich nicht viel. Ich werde niemals den Dienst quittieren, schon gar nicht wegen eines Burschen, der es nicht mal für nötig hält, zu meiner Christmas Party zu kommen!«

Jessica blickte auf den Digitalwecker. Kurz vor halb sechs, genau die richtige Zeit, um ihrer Mutter das Geschenk unter den Baum zu legen. Weihnachten war ein traditionelles Fest, und die Christmas Party und der nächtliche Besuch von »Santa Claus« gehörten irgendwie dazu, auch jetzt im Erwachsenenalter.

Sie schlüpfte in ihre Jogginghose und kramte das kleine Kästchen mit der roten Schleife aus dem Koffer. Auf Zehenspitzen schlich sie aus ihrem Zimmer und stieg die Stufen ins Wohnzimmer hinab. Es war dunkel, und sie merkte erst nach einer Weile, dass ihre Mutter ebenfalls auf war. Sie stand neben dem Christbaum am Fenster und blickte in die Nacht hinaus.

»Mom!«, rief sie erstaunt. »Ich hab dich gar nicht gesehen.«

Ihre Mutter sagte nichts. Sie schien in Gedanken versunken, drehte sich nicht einmal um. Ihr Blick war auf die verschneite Einfahrt gerichtet. Auch sie hielt ein Päckchen in der Hand, hatte wohl dieselbe Idee wie Jessica gehabt.

»Mom! Was ist denn?« Jessica trat neben ihre Mutter und blickte sie besorgt an. Selbst im schwachen Licht des reflektierenden Schnees erkannte sie die Tränen in ihren Augen. »Ist es wegen … Es ist wegen Doug, nicht wahr?«

»Ihm ist was passiert«, sagte sie, »das spüre ich. Er hätte doch angerufen, wenn er auf die Jagd gegangen wäre. Am Heiligabend hätte er angerufen.«

»Er hat es vergessen, Mom. Du kennst ihn doch.«

»Er hat mir hoch und heilig versprochen zu kommen.«

»Doug lässt dich nicht im Stich. Er liebt dich doch.«

Sie wandte den Kopf. »Meinst du wirklich?«

»Er hat dich immer geliebt. Schon lange bevor du dich in ihn verliebt hast. Das wussten alle hier. Jedes Mal, wenn die Rede auf dich kam, leuchteten seine Augen. Wie bei einem kleinen Kind, dem man Eis oder Schokolade gibt.«

»Und ich hab es nicht gemerkt?«

»Du weißt doch, wie das ist. Wenn man betroffen ist, merkt man es immer als Letzte.« Sie drückte ihre Schulter. »Mach dir keine Sorgen, Mom. Doug ist ein großer Junge. Spätestens heute Abend zum Dinner klopft er an die Tür.«

»Ich weiß nicht«, sagte Emily. Sie wandte sich vom Fenster ab und deutete lächelnd auf das Päckchen in Jessicas Hand. »Spielst du auch Santa Claus?«

Jessica reichte es ihr. »Fröhliche Weihnachten, Mom!«

»Fröhliche Weihnachten, Jess!«

Sie umarmten sich und tauschten die Geschenke aus, vergaßen für einen Augenblick ihre Sorgen, dachten weder an Wölfe noch an Doug Winslow.

»Oh, wie schön!«, freute sich Emily, als sie das Silberkettchen mit dem kleinen Polarbären aus Elfenbein fand. Sie hängte es sich strahlend um den Hals.

»Das ist Nanuk«, erklärte Jessica. »Er soll dir Glück bringen.«

»Danke, mein Schatz!«

Jessica fand eine Geldbörse aus weichem Leder in ihrem Päckchen. In einem der Fächer steckte ein Gutschein für eine große Buchhandelskette. »Jetzt kann ich mir endlich das tolle Kochbuch von diesem neuen Drei-Sterne-Koch kaufen!«

Emily schien ihr kleines Tief überwunden zu haben und drehte die Lichterkette des Christbaums an. Die elektrischen Kerzen ließen ihre Gesichter in einem warmen Licht erstrahlen. »Wie wär's mit einer heißen Schokolade?«

Wenig später machten sie es sich auf dem schwarzen Ledersofa bequem, hüllten sich in warme Decken, tranken heiße Schokolade und aßen die übrig gebliebenen Kekse. Emily schaltete den CD-Player ein und ließ Rudolph mit der roten Nase erneut durch den dichten Nebel laufen. Durch das Fenster neben der Haustür konnten sie die verschneiten Autos sehen. Der Schnee hatte alle Reifenspuren überdeckt und gab ihnen das Gefühl, von der Welt abgeschnitten zu sein, obwohl der Highway 20 nur wenige hundert Meter entfernt lag. Weihnachten wie in einem alten Bilderbuch, etwas kitschig vielleicht, aber schön.

Einige Zeit sagten sie nichts. Erst als Rudolph, das rotnasige Rentier, von einer gefühlvollen Ballade über Engel abgelöst wurde, beendete Emily das Schweigen. So plötzlich, dass Jessica erschrak, stellte sie den Becher hin, stand auf und verkündete: »Ich kann nicht länger warten. Ich gehe Doug suchen.«

»Jetzt? Es ist sechs Uhr früh!«

Ihre Mutter war bereits auf dem Weg in ihr Schlafzimmer. »Ich sehe auf seiner Ranch vorbei. Wenn er nicht zu Hause ist, nehme ich sein Snowmobil und fahre zu den Rindern raus. Ich muss was tun.«

»Ich komme mit«, sagte Jessica schnell.

Keine zwanzig Minuten später waren sie gewaschen und angezogen. Emily trug eine neue Wollmütze, die sie von einem skandinavischen Rancher geschenkt bekommen hatte. Die Angst schien von ihr abgefallen zu sein und sie wirkte plötzlich sehr entschlossen, wie eine Polizistin eben. Jessica machte gar nicht erst den Versuch, ihr die Suche auszureden, obwohl sie wenig Hoffnung hatte, dass sie Doug finden würden. Wenn er den Jeep im Wald geparkt hatte, war er bestimmt mit Schneeschuhen unterwegs, dann konnte er überall sein.

»Wir nehmen den Blazer«, entschied Emily. Auch ihre Stimme klang wieder fester, nicht mehr so weinerlich wie unter dem Christbaum. »Ich fahre, okay?«

Sie stiegen in den Wagen und fuhren zur Hauptstraße vor. Die Heizung kam nur langsam auf Touren, und auch die Scheibenwischer taten sich schwer, den restlichen Schnee von der Windschutzscheibe zu räumen. Der Motor brummte laut.

Im Osten über dem Monarch Mountain zeigte sich der erste helle Schimmer, als sie die Halfway Ranch erreichten. Sie parkten neben dem Pick-up und stiegen aus. Der rote Jeep war nicht zu sehen. »Doug!«, rief Emily. »Wo steckst du, du verdammter Mistkerl? Mich einfach sitzen zu lassen an Weihnachten!«

Sie öffnete die Tür und sie betraten das Haus. Rusty

kam ihnen schwanzwedelnd entgegen und sprang an Emily hoch. Sie vergaß für einen Augenblick ihre Sorge und liebkoste den Husky, den besten Leithund, den sie jemals besessen hatte. Mit etwas mehr Glück hätten sie den Yukon Quest gewinnen können.

»Er ist nicht hier«, sagte Jessica. »Ich hab alles abgesucht.«

Ihre Mutter schien sie gar nicht zu hören. Wie im Polizeieinsatz durchsuchte sie das Haus, arbeitete sich von einem Zimmer zum nächsten vor, den Anorak geöffnet, damit sie im Notfall rasch an ihre Pistole kam. Sie trug ihre Uniform und den Waffengurt, obwohl sie erst nach Weihnachten wieder zum Dienst musste. »Sieh im Bad nach, Jess. Ob seine Waschsachen da sind.«

Jessica ging ins Badezimmer und rümpfte die Nase, als ihr der intensive Geruch nach Seife und Rasierwasser in die Nase stieg. Der Nassrasierer und die Sprühdose mit dem Rasierschaum standen auf dem Waschbeckenrand. Zahnpasta und Zahnbürste steckten im Becher. Sie schob den Duschvorhang zur Seite und sah das Shampoo auf der Ablage liegen. Über dem Beckenrand hing ein feuchtes Handtuch, anscheinend hatte Doug geduscht, bevor er gegangen war. Im Regal über dem Waschbecken standen Rasierwasser und Mundwasser, für trendige Duftwässerchen und anderen Luxus hatte er nie etwas übriggehabt. Daneben lag eine Nagelschere.

»Alles hier«, rief sie ihrer Mutter zu. Sie ging in den Flur zurück und begegnete ihrer Mutter, die gerade aus Dougs Arbeitszimmer kam. Ihre besorgte Miene verhieß nichts Gutes. »Was ist?«, fragte sie. »Irgendwas gefunden?«

»Sein Gewehr ist hier. Die schwere Winchester.«

»Sein Jagdgewehr?«

Ihre Mutter nickte, den besorgten Blick ins Leere gerichtet. »Also kann er nicht hinter den Wölfen her sein. Er würde niemals ohne seine Winchester auf die Jagd gehen. Für Bären, Elche und Wölfe braucht er das schwere Gewehr.«

»Für Wölfe auch?«

»Die Winchester nimmt er immer mit, selbst wenn er es nur auf Waschbären abgesehen hat. In den Wäldern will er nicht mal ohne die 45er sein, und die liegt auch im Schrank. Er ist nicht auf der Jagd, das ist mal sicher. Und verreist ist er auch nicht. Seine Kleider sind alle da, die Reisetasche und der Rucksack auch.«

»Dann ist er auf der Winterweide.«

»Mit dem Jeep?«

Darauf wusste Jessica nichts zu sagen. Es stimmte, den Jeep benutzte er nur zu ganz besonderen Anlässen. Um über die holprige Weide zu fahren, war er viel zu teuer. Also musste es irgendeinen anderen Grund dafür geben, dass er ihn genommen hatte. »Vielleicht ist der Pick-up kaputt und er musste den Jeep nehmen«, fiel ihr ein. »Er hat ihn abgestellt und ist mit den Schneeschuhen zur Winterweide raus. Deshalb dauert es auch so lange.«

»Könnte sein«, sagte Emily hoffnungsvoll. »Lass uns nachsehen.«

Sie verließen das Haus, begleitet von dem bellenden Rusty, der sich mehr Aufmerksamkeit erhofft hatte. Jessica tätschelte ihm den Rücken, bevor sie ihrer Mutter nach draußen folgte. »Schön brav sein, dein Herrchen kommt bald wieder!«, munterte sie den Husky auf. Widerwillig blieb der Hund zurück.

Der Hof lag in düsterem Zwielicht. Über dem Monarch Mountain kämpften die ersten Sonnenstrahlen gegen die dichten Wolken an. Frischer Wind war aufgekommen und trieb feine Schneeschleier vor sich her. Über den bewaldeten Hängen, die zu den Bergen anstiegen, zeigte sich heller Schimmer.

Die Scheunentür war verschlossen. Insgeheim hatte Jessica gehofft, Mike wiederzutreffen, aber sein Wagen stand nicht mehr hinter dem Werkzeugschuppen. Anscheinend war er genauso früh wie sie aufgestanden. Aber, so sagte sie sich, jetzt hätte sie sowieso keine Zeit für ihn gehabt. Sie musste ihrer Mutter helfen Doug aufzuspüren, auch wenn sie es übertrieben fand, die Gegend wie nach einem Vermissten abzusuchen. Er tauchte bestimmt bald auf.

»Wo bleibst du denn?«, rief Emily ungeduldig. Sie war bereits dabei, das Snowmobil aus dem Schuppen zu schieben. »Soll ich alles alleine machen?«

Jessica sah, wie nervös ihre Mutter war, und half ihr rasch. Mit vereinten Kräften schoben sie das schwere Gefährt in den Hof. Emily hatte den Zündschlüssel vom Haken genommen, schob sich auf den Sattel und ließ den Motor an. Er sprang sofort an. Sie gab ein paarmal Gas und rief: »Steig auf, Jess!«

Zusammen brausten sie vom Hof, folgten dem schmalen Indianerpfad, der durch den Wald zur ungefähr fünf Kilometer entfernten Winterweide führte. Emily war eine erfahrene Fahrerin, auch Jessica saß nicht zum ersten Mal auf einem Snowmobil und wusste, wie sie sich zu verhalten hatte. Doch sie mochte die schweren Maschinen nicht. Sie machten einen Heidenlärm, und sie hatte es immer als Frevel empfunden, damit die andächtige Stille zu verpesten. Am liebsten fuhr sie mit dem Hundeschlitten. In einer dichten Schneewolke rasten sie durch den Wald, die Augen gegen den eisigen Fahrtwind gesenkt. In der Aufregung und Eile hatte Emily vergessen die Schutzbrillen mitzunehmen.

Die Winterweide lag in einer geschützten Mulde, war ringsum von dichtem Wald umgeben. Hier fanden die Rinder selbst bei Eis und Schnee noch frisches Gras. Emily drosselte den Motor am Waldrand und stellte das Snowmobil quer, blickte prüfend ins Tal hinab. Die Rinder drängten sich am äußersten Rand der Weide, spürten wohl einen neuen Schneesturm kommen. Tatsächlich türmten sich dunkle Wolken im Westen. Die Sonne, die für wenige Minuten über den Bergen geleuchtet hatte, war längst wieder verschwunden. Der böige Morgenwind fegte durch das Tal.

»Nicht hier«, stieß Emily enttäuscht hervor. »Wo steckt der Mistkerl?«

Jessica wusste nicht, was sie sagen sollte.

Sie fuhren zur Ranch zurück und schoben das Snowmobil in den Schuppen. Niedergeschlagen stiegen sie in den Blazer. Emily lehnte sich mit beiden Unterarmen auf das Lenkrad und starrte mit leeren Augen durch die Windschutzscheibe. »Ich weiß«, sagte sie, »für sein Verschwinden gibt es bestimmt einen triftigen Grund und er taucht …«

Emilys Handy klingelte. Sie nahm es aus der Halterung

am Armaturenbrett, blickte verwundert auf das Display und drückte den Sprechknopf. »Ja …?«

»Constable Fitzpatrick«, meldete sich eine Stimme. Sie war so laut, dass Jessica jedes Wort verstand. »Ich hoffe, ich habe Sie nicht geweckt. Aber der Superintendent rief mich gestern nach Mitternacht an und trug mir auf, nach einem roten Jeep Ausschau zu halten. Ich solle Sie sofort anrufen, wenn ich …«

»Haben Sie ihn gesehen?«

»Ja … das heißt nein. Aber der alte Max von der Tankstelle gegenüber war eben auf einen Kaffee hier. Sie wissen ja, er redet ganz gern. Na ja, und als …«

»Hat er den Jeep gesehen, Fitzpatrick? Den roten Jeep?«

»Ja, Ma'am. Gestern Abend schon. Er hatte schon geschlossen, aber Doug Winslow klingelte ihn raus. Brauchte unbedingt eine Tankfüllung. Doug hatte es ziemlich eilig, sagt Max, hatte nicht mal Zeit für einen Kaffee wie sonst.«

»Wo ist er hingefahren? Weiter nach Westen?«

»Sah jedenfalls so aus«, erwiderte Fitzpatrick. »Keine Ahnung, wo er hinwollte. Die Fähre kann es nicht sein, die hält im Winter nicht in Bella Coola.«

»Das weiß ich, Constable. Hat Doug nichts gesagt?«

»Nein, Ma'am. Nichts.«

»Okay«, sagte Emily, »vielen Dank für den Anruf.« Sie steckte das Handy weg und blickte Jessica an. »Bella Coola … er ist nach Bella Coola gefahren.«

5

»Bella Coola? Was will er denn in Bella Coola?«, fragte Jessica verwundert. Sie waren zu Hause vorbeigefahren, hatten etwas Proviant eingepackt und befanden sich bereits am Nimpo Lake, ungefähr drei Stunden von der kleinen Stadt am Pazifik entfernt. »Hat er Freunde oder Verwandte an der Küste?«

»Nicht dass ich wüsste«, erwiderte Emily. »Mit dem Meer und den Fischerdörfern hatte er nie viel im Sinn. Er braucht die Wälder und die Berge.«

»Tweedsmuir ... der Provincial Park«, fiel Jessica ein.

»Da darf er nicht jagen.«

»Vielleicht hat er sich als Guide anstellen lassen.«

»An Weihnachten? Dann hätte er mir doch Bescheid gesagt.«

»Dann hat ihn irgendein Rancher westlich des Parks angerufen, und er hatte keine Zeit mehr, sich bei dir zu melden. Soweit ich weiß, hatte er immer eine Abneigung gegen Handys.«

»Und warum hat er Max nichts gesagt?«

»Er hat es vergessen. Doug ist manchmal ...«

»Ich weiß, wie er ist.« Emily schwankte zwischen Wut und Sorge. »Ich hab ihm tausendmal gesagt, er soll sich ein Handy anschaffen. Gerade ein Mann wie er, der sich die Hälfte seines Lebens in der Wildnis rumtreibt. Die Bergsteiger am Mount Everest haben doch neuerdings auch Handys dabei. So ein Ding kann Leben retten, hab ich ihm gesagt, aber er wollte nicht auf mich hören. Die Dinger passen nicht hierher, meint er, er würde ja auch keinen Wasserkocher oder eine elektrische Zahnbürste in den Busch mitschleppen.«

Sie fuhren eine Weile schweigend dahin, vorbei an dem riesigen Nimpo Lake, auf dem sich eine dünne Eisschicht gebildet hatte. Sobald die Temperaturen weiter sanken, würde er ganz zufrieren. Am Ufer, gleich neben dem Blockhaus eines Flugunternehmens, waren einige Wasserflugzeuge vertäut.

»Und warum hat er sein Gewehr nicht dabei?«, meldete sich Emily.

»Ich weiß es nicht, Mom. Ich weiß nur, dass sich Doug niemals klammheimlich aus dem Staub machen würde. Er liebt dich doch. Er würde nicht mal seine Rinder und Pferde im Stich lassen.« Sie blickte seufzend aus dem Fenster, ließ die Bäume an sich vorbeitreiben. »Es gibt bestimmt eine einfache Erklärung. Morgen lachst du über die ganze Sache, Mom, du wirst sehen.«

Jessica erkannte nicht, welche Wirkung ihre Worte auf Emily hatten. Ihre Mutter reagierte kaum, blickte stur geradeaus und schien sich nur auf die Straße zu konzentrieren. Obwohl der Schneepflug noch immer nicht durchgekommen war, hielt sie den Blazer sicher auf der Straße. Sie fuhr weder schnell noch langsam, versuchte aber ein gleichmäßiges Tempo zu halten. Die Scheibenwischer waren eingeschaltet und wehrten sich gegen den leichten Schneefall, der westlich des Nimpo Lake eingesetzt hatte. Emily war widrige Bedingungen gewöhnt und ließ sich dadurch nicht aufhalten. Nicht mal ein schwer beladener Holztruck, der ihnen in voller Fahrt entgegenkam, brachte sie dazu, auf die Bremse zu treten. Geistesabwesend erwiderte sie den Gruß des Truck Drivers.

Um sich abzulenken, schaltete sie das Radio ein. Sie bekam unzählige Sender rein, selbst hier draußen am Highway 20, aber an diesem Tag war überall Weihnachtsmusik zu hören. Sie wich auf einen Sender aus Williams Lake aus, der zu jeder vollen Stunde die Lokalnachrichten brachte.

»… hat der Highway-Killer erneut zugeschlagen«, sagte der Sprecher gerade. »Der unbekannte Täter, der bereits zwei junge Anhalterinnen ermordet hat, soll auch für den Mord an einer jungen Frau aus Williams Lake verantwortlich sein. Ihre Leiche wurde gestern Abend zwei Kilometer nördlich von 150 Mile House in einem Waldstück nahe dem Highway 97 aufgefunden. Obwohl noch keine stichhaltigen Beweise vorliegen, geht die Polizei davon aus, dass es sich um denselben Täter wie bei den anderen beiden Opfern handelt. Auch diesmal hinterließ der Mörder eine rote Rose auf dem Körper der Toten. Der linke Vorderreifen ihres Wagens war geplatzt, und sie war offensichtlich ausgestiegen, um ihn zu wechseln oder auf Hilfe zu warten, als der Mörder sie überraschte. Wie er es fertiggebracht hat, sie in den Wald zu locken, bleibt leider ein Rätsel. Bisher gibt es keine Beschreibung des Täters, nicht mal einen vagen Verdacht. Die Polizei tappt auch nach dem dritten Mord vollkommen im Dunkeln. Die RCMP warnt deshalb alle junge Frauen, vor allem in Williams Lake und Umgebung, möglichst nicht allein und schon gar nicht als Anhalterinnen zu reisen. Sachdienliche Hinweise nimmt jede Polizeidienststelle entgegen.«

»Auch das noch!«, schimpfte Emily und schaltete das Radio aus. »Ein Serientäter an Weihnachten. Als ob wir nicht schon genug am Hals hätten.«

Sie fuhr wütend weiter, machte keine Anstalten, den Wagen zu wenden oder nach dem Handy zu greifen. Als hätte es die Meldung gar nicht gegeben. Nur ihr Kopfschütteln erinnerte daran, dass sie die Nachricht verstanden hatte.

»Musst du nicht bei deiner Dienststelle anrufen?«, fragte Jessica vorsichtig.

»Ich muss Doug suchen.«

»Aber eure Zentrale leitet bestimmt eine Großfahndung ein. So wie bei den Bankräubern vor zwei Jahren. Damals mussten sich alle Beamten bei ihrer Dienststelle melden, auch die, die gerade ihren freien Tag hatten.«

»So weit ist es noch nicht«, antwortete Emily mürrisch. »Der Killer wird wohl kaum so dumm sein und sich den Highway 20 für seinen nächsten Mord aussuchen. Hier gibt es nur diese eine Straße, da gäbe es kein Entkommen für ihn.«

»Die Bankräuber hatten ein Flugzeug.«

»Ich weiß schon, was ich tue, Jessica.«

Jessica verkniff sich eine weitere Bemerkung. Wenn ihre Mutter sie mit dem vollen Namen ansprach, war höchste Vorsicht geboten. Sie machte ihr keinen Vorwurf. Das geheimnisvolle Verschwinden von Doug Winslow machte ihr schwer zu schaffen und hatte sie aus dem Gleichgewicht gebracht. Es war wohl am besten, sie in Frieden zu lassen und abzuwarten, bis Doug sich meldete. Sie zweifelte nicht daran, dass er zurückkommen würde. Doch wenn er auf der Jagd war oder mit den Freunden aus seiner »wilden Zeit« zusammensaß, vergaß er manchmal Raum und Zeit. Dann konnte es schon mal passieren, dass er zwei oder drei Tage wegblieb und die Arbeit dem alten Moses überließ.

Moses Gunn war ein Oldtimer, ein Einsiedler, der südlich von Kleena Kleene in einer Blockhütte wohnte. Vor dreißig Jahren hatte er das Wildpferdreiten beim Rodeo in Williams Lake gewonnen. Inzwischen war er sechzig, und die jahrelange Arbeit als Cowboy hatte ihm ein schmerzhaftes Rückenleiden eingebracht, aber wenn Not am Mann war, half er gerne aus, schon um den jungen Männern zu beweisen, dass mit ihm immer noch zu rechnen war. Doug gehörte zu seinen besten Freunden. Ob Doug sich bei ihm versteckt hatte?

»Vielleicht ist er bei Moses«, sagte sie.

»Der war an Thanksgiving zum letzten Mal mit ihm zusammen«, antwortete ihre Mutter. »Ich hab ihn angerufen. Doug wollte letzte Woche bei ihm vorbeischauen, ist aber dann nicht gekommen. Moses hat sich schon Sorgen gemacht.«

Emilys Handy klingelte. »Ja?«, meldete sie sich.

»Emily? Jack hier«, meldete sich Superintendent Cox. Wieder war die Stimme so laut, dass Jessica alles mitbekam. »Hast du von dem Mord gehört?«

»Die Meldung kam gerade im Radio«, antwortete sie

knapp. Sie ließ einige Zeit verstreichen und fügte dann hinzu: »Danke für deine Hilfe. Ohne dich hätte Fitzpatrick nie bei mir angerufen. Max war bei ihm. Max von der Tankstelle. Doug hat gestern Abend bei ihm getankt. Anscheinend will er nach Westen.«

»Ich weiß. Wo bist du jetzt?«

»Bin gerade am Rainbow Lake vorbei.«

»Du willst nach Bella Coola, was? Verrenn dich nicht in die Sache, Emily. Für Dougs Verschwinden gibt es bestimmt eine einfache Erklärung. Kein Grund, sich deshalb verrückt zu machen.« Und nach einer kurzen Pause: »Du weißt, dass ich dich zurückpfeifen muss, wenn wir eine Großfahndung einleiten. Gut möglich, dass sich der Highway-Killer in unserer Gegend versteckt.«

»Dann wäre er schön blöd.«

»Du weißt doch, wie unberechenbar solche Typen sind. Halte dich bereit, okay? Und mach dich wegen Doug nicht verrückt. Er kommt bestimmt zurück.«

»Geht klar, Jack.«

»Versprochen?«

»Versprochen.«

Der Rainbow Lake blieb hinter ihnen und westlich von ihnen tauchten die Bergmassive des Tweedsmuir Provincial Parks auf. Ein riesiges Naturschutzgebiet, in dem Jessica oft gewandert war. An ihrem vierzehnten Geburtstag war sie mir ihren Eltern mit einem Wasserflugzeug über den Turner Lake und die mächtigen Hunlen Falls geflogen und sie hatten in der Luft auf ihr neues Lebensjahr angestoßen.

Die dunklen Wolken waren nach Osten weitergezogen.

Über den Bäumen stieg die Sonne empor und warf einen pinkfarbenen Schimmer auf das zerklüftete Land.

»Tut mir leid«, sagte ihre Mutter plötzlich. »Ich bin ein bisschen nervös. Doug ist ein erwachsener Mann, ein erfahrener Jäger und Waldläufer dazu, aber ich mache mir Sorgen. Ich weiß auch nicht warum, aber irgendwas sagt mir, dass Doug in großer Gefahr schwebt. Ich muss Gewissheit haben, verstehst du das?«

»Klar, Mom. Du brauchst dich nicht zu entschuldigen.«

»Ausgerechnet an Weihnachten.«

»Das Essen holen wir nach«, versprach Jessica. »Ich brate uns morgen zwei große Steaks, okay? Mit gebackenen Kartoffeln und allem Drum und Dran. Und den leckeren Nachtisch, den wir vor zwei Wochen in der Schule gekocht haben. Ein Nougat-Parfait vom Allerfeinsten ... die Zutaten hab ich alle dabei.«

»Parfait?«

»So was wie ein Eis.«

»Aha.«

An der Küste war das Wetter besser. Der Nebel, der fast jeden Morgen über dem Burke Channel hing, hatte sich verflüchtigt, und über Hagensborg und den kleinen Dörfern vor Bella Coola waren nur wenige Wolken. Immer wieder brach die Sonne durch und ließ die Gegend in einem freundlichen Licht erstrahlen. Rechts von ihnen glitzerte das ruhige Wasser des natürlichen Kanals.

Sie fuhren in Bella Coola die wenigen Straßen der kleinen Küstenstadt ab. Drei Jeeps, sogar ein roter, aber nicht das Modell, das Doug fuhr. Emily schüttelte unwillig den

Kopf und versuchte es noch mal, fuhr die Straßen jetzt langsamer ab und sah auch in den Hinterhöfen vereinzelter Läden nach. Wieder ohne Erfolg. »Er muss hier sein«, sagte sie, ohne ihre Tochter anzusehen, »er kann sich doch nicht plötzlich in Luft aufgelöst haben!«

Vor dem flachen Gebäude der RCMP hielt Emily an. Sie ließ den Schlüssel stecken und öffnete die Tür. »Vielleicht haben die Kollegen was gesehen. Du wartest hier, okay?« Ohne eine Antwort abzuwarten, stieg sie aus. Da sie ihre Uniform und den Polizei-Anorak trug, drehte sich niemand nach ihr um, als sie das Gebäude betrat. Lediglich der sorgenvolle Blick ihrer Tochter folgte ihr.

Jessica griff nach der Thermosflasche mit heißem Tee und schenkte sich einen Becher ein. Die Nervosität ihrer Mutter hatte sie angesteckt und sie fragte sich langsam auch, wo Doug stecken konnte. Warum meldete sich der Kerl nicht? Er musste doch langsam gemerkt haben, dass Weihnachten war und er ihre Mutter auf schmähliche Weise versetzt hatte. Wenn er irgendwo im Busch steckte, war es seine verdammte Pflicht und Schuldigkeit, umzukehren und sich bei ihr zu entschuldigen. Und wenn er bei einem Kumpel war, hatte er sie gefälligst anzurufen. Er kannte doch die Handy-Nummer ihrer Mutter.

Ihre Mutter kehrte mit enttäuschter Miene aus dem Polizeigebäude zurück und stieg ein. Eine Weile blieb sie stumm vor dem Lenkrad sitzen, den Blick stur geradeaus gerichtet, dann sagte sie: »Fehlanzeige. Keiner der Beamten hat ihn gesehen. Wir sollen im Hafen nachsehen, vielleicht hat er dort geparkt.«

»Im Hafen? Aber die Fähre hält doch gar nicht.«

»Vielleicht ein Charterboot.«

»Ein Charterboot? Doug?«

»Wir müssen alle Möglichkeiten in Betracht ziehen.« Sie ließ den Motor an und blickte Jessica aus traurigen Augen an. »Tut mir leid, dass ich dir das Weihnachtsfest verderbe, Jess, aber ich muss nach ihm suchen. Verstehst du?«

»Sicher, Mom. Ich bin dabei.«

Emily fuhr die MacKenzie Street zum Highway hinab und lenkte den Wagen zum Hafen. Schon aus der Ferne waren die Masten der zahlreichen Fischerboote zu erkennen. Jetzt im Winter lagen sie fest vertäut im Hafen oder wurden in den Docks überholt. Auf den Dächern der Lagerhallen lag Schnee.

Auf den öffentlichen Parkplätzen und der abgesperrten Zufahrtsstraße zur Fähre stand überhaupt kein Wagen. Im Schnee waren keine Spuren. Als sie einen Sicherheitsbeamten aus dem Werftgebäude gehen sah, fuhr sie zu ihm und ließ das Seitenfenster herunter. »RCMP«, stellte sie sich vor. »Ich suche nach einem roten Jeep mit viel Chrom.« Sie nannte ihm das Kennzeichen. »Das Fahrzeug muss irgendwo in dieser Gegend stehen. Haben Sie eine Ahnung?«

Der Sicherheitsbeamte, ein älterer Herr in Fantasieuniform, blickte auf das Abzeichen an Emilys Anorak und zeigte den nötigen Respekt. »Ein roter Jeep? Mit doppelten Auspuffrohren und so?« Er grübelte kurz, dann nickte er. »Ja, so einen hab ich gesehen. Gestern Abend. Ich hatte die Spätschicht, wissen Sie? Von den jungen Kollegen will ja keiner an Weihnachten raus. Also blieb ich übrig. Meine

Frau ist letztes Jahr gestorben, die Lunge, und meine Kinder sind längst aus dem Haus. Mein Jüngster arbeitet als Holzfäller in Prince George …«

»Wissen Sie, wo er jetzt ist? Der Jeep, meine ich?«

»Keine Ahnung, Officer. Ich kann mich nur an den Wagen erinnern, weil er spätabends hier auftauchte. Ich war gerade oben im ersten Stock und ging sofort ans Fenster, als ich den Wagen kommen hörte. Ein roter Jeep, das konnte ich sogar im Schneetreiben erkennen. Ein Verrückter, wenn Sie mich fragen. Warum fuhr er wohl sonst die Bergstraße rauf? Da kommt kein Schneepflug hin, und ich bin sicher, er musste kräftig schaufeln, um nicht stecken zu bleiben. Da oben hilft Ihnen nicht mal der Allradantrieb. Hat er was ausgefressen?«

»Nein, nein«, erwiderte Emily, »aber wir haben Angst, dass dem Mann was passiert ist. Er ist gestern Abend in die Berge rauf, sagen Sie? Und nicht mehr zurückgekommen? Sie hätten ihn doch gesehen, wenn es so wäre, oder?«

»Sicher, Ma'am. Ich hatte ja kaum was zu tun. Hab fast die ganze Nacht aus dem Fenster gestarrt und in meinem Krimi gelesen.«

»Sie meinen die Bergstraße neben der Auffahrt zur Fähre?«

»Ja, Ma'am. Da ist er rauf.«

Emily bedankte sich und schloss rasch das Fenster, um nicht einen weiteren Redeschwall des Sicherheitsbeamten ertragen zu müssen. Viel zu schnell fuhr sie auf die Straße zurück und am Wasser entlang zur Fährenauffahrt. Die Bergstraße, im Sommer ein staubiger Schottertrail, begann gleich neben der Schranke und wand sich dem Fichtenwald entgegen. Im Schnee waren noch die Spuren des Jeeps zu sehen. »Warum ist er bloß hier hoch?«, flüsterte Emily.

Sie schaltete in den niedrigsten Geländegang und folgte den Spuren in den Wald hinauf. Die Räder des Blazers gruben sich durch den festen Schnee. Sie kannten die Straße, waren im Sommer ein paarmal auf den Bergwiesen gewesen und hatten ein Picknick gemacht. Von den Hängen hatte man eine wunderbare Aussicht auf den Burke Channel und den Hafen, besonders frühmorgens, wenn die Sonne aufging und die Fischerboote aufs Meer hinausfuhren.

Im Winter war es dort oben eher ungemütlich, und man musste schon einen triftigen Grund haben, um das Risiko einer nächtlichen Fahrt über den gewundenen Trail einzugehen. Jenseits der Bäume bog er scharf nach links, und bei schlechter Sicht konnte es passieren, dass man abrutschte und über die Klippe stürzte. Mindestens hundert Meter fielen die schroffen Felsen zum Meer ab.

Schaukelnd durchquerten sie den Wald. Zwischen den Fichten lag der Schnee etwas niedriger und sie kamen relativ flott voran. Die Sonne war wieder durch die Wolken gebrochen und brachte den Schnee auf den Bäumen zum Glitzern. Ein weihnachtliches, beinahe romantisches Bild, aber weder Emily noch ihre Tochter hatten dafür Augen. Beide befürchteten das Schlimmste. Emily umklammerte das Lenkrad so fest, dass ihre Knöchel weiß hervortraten, und fluchte immer wieder leise vor sich hin. Jessica stützte sich mit beiden Händen am Armaturenbrett ab und hielt angestrengt nach dem Jeep Ausschau.

Beide entdeckten ihn gleichzeitig. Als sie den Wald verließen, sahen sie ihn am Wegesrand stehen, dicht bei den Klippen, die durch einen notdürftigen Zaun gesichert waren. Ein Schild warnte davor, den Zaun zu übersteigen und zu nahe an den Klippenrand zu treten. *Lebensgefahr* stand da in großen Lettern.

Emily trat auf die Bremse und beide sprangen aus dem Wagen. Emily riss die Fahrertür, Jessica die Beifahrertür auf. Doug war nicht da. Seine Kleider lagen sauber gefaltet auf dem Sitz, als wäre er mal eben zum Schwimmen gegangen. Mit einem Stiefel hatte er einen Zettel beschwert. »Verzeih mir, Emily!« stand dort. Mehr nicht, nur diese drei Worte. Er hatte nicht gerade in dem Ruf gestanden, ein Schwätzer zu sein. Der Zündschlüssel steckte, die Handbremse war angezogen. Auf den Scheiben hatte sich eine Eisschicht gebildet.

Emily starrte die Nachricht entgeistert an. Minutenlang sagte sie gar nichts, dann ging sie auf die Klippen zu und blickte verzweifelt in den Abgrund hinab. »Doug! Doug!«, rief sie. »Warum hast du das getan? Warum nur, Doug?«

6

Auf der Lichtung am Klippenrand herrschte ungewöhnliche Hektik. Neben Emilys Blazer parkten zwei Geländewagen der RCMP aus Bella Coola, daneben die Snowmobile der Spurensicherung, die ihren Lieferwagen auf dem Highway geparkt hatte und bereits damit beschäftigt war, den Jeep zu untersuchen, und aus den Funkgeräten quakten unverständliche Stimmen. Jay Hathaway, der Leiter der Dienststelle, telefonierte mit der Zentrale in Kamloops.

Nach dem ersten Schock hatte sich Emily Barnett erstaunlich schnell gefangen und sofort die Kollegen informiert. Obwohl alles für einen Selbstmord sprach, sicherten sie die Lichtung wie den Tatort eines Mordes und schlossen auch eine mögliche Gewalttat nicht aus. Das übliche Vorgehen in einem solchen Fall, vor allem wenn es um den Verlobten eines Constable ging. So hatte Emily den vermissten Doug genannt: »Wir wollten heiraten, Jay. Keine Ahnung, was ihn auf diesen Berg getrieben hat, aber Selbstmord war es nicht.«

»Wir tun, was wir können«, hatte Jay Hathaway versprochen.

Jessica lehnte an der warmen Motorhaube des Blazers und hielt die Hand ihrer Mutter. Den frischen Wind, der den Neuschnee in ihr Gesicht trieb, spürte sie kaum. Die Sonne hatte sich freigekämpft und sorgte für erträgliche Temperaturen. Die Warnlichter der beiden Streifenwagen drehten sich noch immer und warfen rote und blaue Flecken auf den Schnee. Sie wollte etwas sagen, ihre Mutter trösten, ihr Mut zusprechen, denn solange Dougs Leiche nicht gefunden war, bestand ja immer noch Hoffnung. Aber sie blieb stumm, drückte lediglich ihre Hand und versuchte ihr aufmunternd zuzulächeln.

Das Knattern eines Hubschraubers übertönte die Hektik auf der Lichtung. Einer der beiden Chopper aus Anahim Lake, die für »Search and Rescue« eingesetzt wurden, tauchte über dem Burke Channel auf und flog in einer weiten Linkskurve die Lichtung an. Bei der Landung auf dem Trail, ungefähr fünfzig Meter von den Klippen entfernt, wirbelte er Schnee auf. Superintendent Cox stieg aus und lief geduckt unter den ratternden Rotoren hervor.

Er begrüßte Hathaway und nickte den anderen Beamten zu. »Ich habe zwei Constables im Chopper«, sagte er, »aber ich glaube nicht, dass wir ihn finden. Die Strömung ist hier ziemlich stark, nicht wahr? Setzen Sie Taucher ein?«

Hathaway schüttelte den Kopf. »Sinnlos«, sagte er so leise, dass Emily ihn nicht hören konnte. »Wenn er da runtergesprungen ist, hat ihn die Strömung längst aufs offene Meer rausgetrieben.« Er blickte auf den Hubschrauber, der sich vom Boden löste und über den Klippenrand nach Westen flog. »Und mit dem Chopper werden Sie genauso wenig Glück haben. Es ist sinnlos, Jack.«

»Ich weiß«, antwortete Cox, »aber ich bin es Emily schuldig.«

Jessica ahnte, was die beiden Beamten besprachen, und drückte die Hand ihrer Mutter fester. Mit Tränen in den

Augen beobachtete sie, wie der Superintendent auf Emily zutrat und sie tröstend in die Arme schloss. »Ich bin so schnell gekommen, wie ich konnte«, hörte sie Cox sagen. »Es tut mir leid.«

»Es ist so … so furchtbar!«, seufzte Emily. Sie klammerte sich an ihren Chef und schluchzte mit einem Mal so heftig, dass Jessica erschrak. Sie hatte ihre Mutter selten weinen gesehen, nicht einmal nach der Scheidung. »Warum? Warum nur?«

»Ich weiß es nicht, Emily.«

Sie löste sich von ihm und wirkte plötzlich entschlossen. Beinahe trotzig wischte sie sich die Tränen aus den Augen. »Ich glaube nicht, dass er Selbstmord begangen hat, Jack. Du kennst ihn doch. Er ist ein starker Mann. Einer, der sich mit Wölfen und Bären anlegt. Warum sollte er so was Dummes machen? Selbst wenn es irgendetwas gibt, das wir nicht wissen, würde er sich niemals umbringen. Schon gar nicht auf so melodramatische Weise. Oder meinst du, er setzt sich in seinen Jeep und fährt bis nach Bella Coola, um sich von dieser Klippe zu stürzen? Und legt vorher noch sauber seine Klamotten zusammen? Meinst du wirklich, zu so etwas wäre er fähig? Wenn Doug sich umbringen würde, dann mit seiner Winchester, aber nicht hier draußen am Meer.«

»Es sieht aber danach aus«, erwiderte Cox. »Ich verstehe es ja selbst nicht, aber warum sollte er seinen Jeep sonst hier oben geparkt haben? Du weißt doch, wie seltsam sich Selbstmörder manchmal verhalten. Vielleicht gab es irgendetwas in Dougs Leben, von dem wir nichts wissen. Irgendein dunkles Geheimnis. Ich sage es nicht gerne, Emily, aber vielleicht hat er dich deshalb noch nicht geheiratet.« Er wollte sie wieder in die Arme nehmen, aber sie weigerte sich. »Er ist tot, Emily. Ich weiß, so etwas ist schwer zu akzeptieren, aber versuch es wenigstens. Ich verspreche dir, dass wir alles tun werden, um seinen Leichnam zu finden.« Er deutete auf den Hubschrauber über dem Burke Channel. »Ich hab die Zentrale sogar überredet, den Chopper einzusetzen.«

»Er ist nicht tot, Jack!«

»Emily …«

»Und ich werde weiter nach ihm suchen, bis ich ihn gefunden habe. Er ist nicht im Meer. Und wenn du ein ganzes Heer von Hubschraubern einsetzt, dort wirst du ihn nicht finden. Ich hab keine Ahnung, warum er hierhergefahren ist und uns glauben machen will, dass er Selbstmord begangen hat, aber mich kann er nicht täuschen. Er ist am Leben, das spüre ich. Aus irgendeinem Grund hat er den Jeep auf diese Klippen gefahren und seine Kleider gefaltet, aber ich bin fest davon überzeugt, dass er zu Fuß nach Bella Coola zurückgegangen und mit einem Mietwagen oder per Anhalter zurückgefahren ist. Ich werde den Beweis dafür erbringen, Jack, und dann möchte ich, dass eine Großfahndung nach ihm eingeleitet wird. Er schwebt in Gefahr, da bin ich sicher.«

»Du verrennst dich da in etwas, Emily. Du bist traurig und wütend, weil du dich von ihm hintergangen fühlst, das verstehe ich, aber die Beweise sind eindeutig. Er hat sich von den Klippen gestürzt, aus welchem Grund auch immer. Wenn er nach Bella Coola zurückgegangen wäre, müsste es Spuren geben.«

Sie wollte ihm nicht glauben. »Er ist ein erfahrener Waldläufer, schon vergessen? Er ist in den Reifenspuren seines Jeeps zurückgegangen. Außerdem hat es gestern Abend geschneit. Oder ein Chopper hat ihn abgeholt, was weiß denn ich? Mir kommt die ganze Sache genauso spanisch vor wie dir. Und ich bin traurig und wütend, das stimmt. Aber ich gebe nicht auf, noch nicht, Jack.«

Ihre Worte hingen eine Weile in der Luft, dann sagte Cox: »Ich sage es ungern, Emily. Die Zentrale hat alle Dienststellen angewiesen, die Suche nach dem Highway-Killer mit vereinten Kräften voranzutreiben. Alle anderen Fälle sollen erst mal liegen bleiben. Du weißt, was das bedeutet. Doppelschichten …«

»Vergiss es!«, unterbrach sie ihn wütend. »Oder meinst du vielleicht, ich lasse Doug im Stich? Er schwebt vielleicht in Lebensgefahr, läuft vor irgendetwas davon. Vielleicht wollte er seine Verfolger mit dieser Nummer hier nur in die Irre führen. Vergiss den Killer! Ich suche weiter nach Doug!«

Der Superintendent hatte wohl so eine Reaktion erwartet und zeigte sich nachsichtig. »Ich kann dich nicht gehen lassen, Emily. Urlaubssperre für alle.«

»Mir egal. Dann quittiere ich eben den Dienst.«

»Aber ich könnte dir natürlich einige Tage freigeben, weil ich der Meinung bin, dass du nach diesem tragischen … Unfall etwas Ruhe brauchst.« Er lächelte schwach. »Eine Woche, Emily! Und deine Uniform bleibt im Schrank, okay?«

»Okay«, zeigte sie sich zufrieden. »Ruf mich an, wenn du was hast.«

Emily gab ihrer Tochter ein Zeichen und sie stiegen in den

Blazer. Viel zu schnell schaukelte sie den Trail zum Highway hinunter. Jessica bemerkte, wie aufgewühlt ihre Mutter war, und schwieg. Jetzt wäre jedes Wort falsch gewesen. Sie fuhren an der Stadt vorbei zum Flughafen, einer Rollbahn und drei oder vier Häusern und Baracken an der Küste, und sprachen mit einem der Angestellten, der ihnen bestätigte, dass seit zwei Tagen keine einzige Maschine gestartet oder gelandet war. »Viel zu schlechtes Wetter«, erklärte er, »und wer will schon im Winter nach Bella Coola? Vielleicht heute Nachmittag, die Maschine mit der Post und den Vorräten hätte schon vor drei Tagen hier sein sollen.«

Ebenso wenig Erfolg hatten sie bei den Lodges, die Autos vermieteten. Nicht ein Wagen war verliehen worden. »Bei dem Sauwetter gestern?«, fragte einer der Vermieter verwundert. »Ich glaube, da war überhaupt niemand unterwegs. Ich hab schon daran gedacht, meine Lodge im Winter dichtzumachen.«

»Dann ist er per Anhalter gefahren«, sagte Emily unterwegs. »Mit einem Holztruck oder sonst jemand, das finde ich schon raus.« Sie erkannte den zweifelnden Blick ihrer Tochter und blickte sie prüfend an. »Du glaubst mir wohl auch nicht? Du denkst, ich jage einem Hirngespinst hinterher, nicht wahr?«

Jessica fühlte sich unbehaglich. »Ich weiß nicht, Mom. Ich wäre froh, wenn Doug noch am Leben wäre, aber warum hätte er dann auf den Berg fahren sollen?«

»Dafür kann es viele Gründe geben«, erwiderte Emily. In ihrer Stimme schwang immer noch Trotz mit. »Was soll ich denn deiner Meinung nach tun? Aufgeben und zur Tagesordnung übergehen? Doug vergessen, ohne seine Leiche gesehen zu haben und ohne ihn beerdigen zu können? Nach diesem verdammten Mörder suchen und so tun, als hätte es Doug niemals gegeben?«

»Nein, natürlich nicht. Aber du bist nervös und aufgewühlt. Du hast doch selbst gesagt, dass eine Polizistin cool bleiben muss, wenn sie etwas erreichen will. Gefühle haben da wenig Platz, hast du gesagt, sonst machst du Fehler.«

Emily entspannte sich ein wenig und brachte sogar ein Lächeln fertig. »Du hast recht, vielleicht sollte ich tatsächlich erst mal zur Besinnung kommen.«

»Lass uns eine Nacht darüber schlafen«, schlug Jessica vor. »Wenn du dann immer noch der Meinung bist, dass wir nach Doug suchen sollten … okay.«

»Ich«, verbesserte sie, »ich werde nach Doug suchen.«

Sie brauchten drei Stunden für den Rückweg, erreichten Kleena Kleene mit der Abenddämmerung. Jessica belegte einige Sandwiches, ihre Mutter setzte heißes Wasser für ihren Tee und Milch für den Kakao auf. Sie aßen in der Küche. Tagsüber hatten sie vor lauter Aufregung kaum gegessen, nur die beiden Äpfel, die Jessica als eiserne Reserve eingepackt hatte. Nach dem Abspülen gingen sie ins Wohnzimmer und sahen sich die Nachrichten im Fernsehen an. Jessica merkte, dass ihre Mutter in Gedanken ganz woanders war, sagte aber nichts. Sie brauchte sicher Zeit, um den Schicksalsschlag zu verarbeiten.

Nach einem Bericht über die Lage im Nahen Osten tauchte die Einblendung »Highway-Killer auf freiem Fuß« hinter der Nachrichtensprecherin auf. Darunter das Foto der jungen Frau, die er zuletzt ermordet hatte. Anscheinend das Porträt aus dem College-Jahrbuch: Halblange brünette Haare, sauber gescheitelt und auf einer Seite länger als auf der anderen, dunkle Augen und ein hübsches Gesicht. Das übliche Lächeln, das so gar nicht zu der schrecklichen Meldung passte. Jessica griff nach der Fernbedienung und drehte den Ton lauter: »… handelt es sich bei der Toten um Janice Wooley, eine zweiundzwanzigjährige Anwaltsgehilfin aus Williams Lake.« Auf dem Bildschirm waren Privataufnahmen von ihr zu sehen, mit ihrem Bruder und ihren Eltern an einem Strand, offensichtlich in der English Bay von Vancouver. Janice bei ihrem letzten Geburtstag in einem Lokal, wie sie die Kerzen auf dem Kuchen ausbläst. »Leider gibt es von dem Killer noch immer keine Spur. Die Polizei vermutet, dass er sich in Williams Lake und Umgebung aufhält. Alle seine Opfer starben am Highway 97. Ebenfalls ein ungelöstes Rätsel bleiben die roten Rosen, die er bei seinen Opfern hinterlassen hat. Wir wiederholen noch einmal die Warnung der RCMP an alle Mädchen und jungen Frauen: Fahren Sie außerhalb der Stadt auf keinen Fall allein, reisen Sie vor allem nicht per Anhalter …«

Jessica stellte wieder leiser. »Das ist bestimmt ein Verrückter«, überlegte sie. »Einer dieser Spinner, die einen Mord begehen, um ins Fernsehen zu kommen. Deshalb lässt er auch die roten Rosen liegen. Was meinst du, Mom?«

»Wie? Was sagst du?«

»Der Highway-Killer ist bestimmt ein Spinner.«

Emily schob die Gedanken, die sie während der letzten Minuten gequält hatten, zur Seite und nickte. »Der Highway-Killer … natürlich. Ein Spinner, wie man ihn sonst nur im Fernsehen sieht. Man könnte meinen, er ist ein wandelndes Monster, aber wahrscheinlich sieht er ganz normal aus.«

»Ihr müsst ihn unbedingt fangen!«

»Ja … ja natürlich. Holst du noch etwas Brennholz rein?«

»Klar, Mom.« Sie stand auf, schlüpfte in ihren Anorak und ging nach draußen. Es war bereits dunkel. Der Mond und die Sterne lugten zwischen den Wolken hervor und warfen einen bleichen Schein auf die Lichtung und den verschneiten Wald. Der Anblick des Mondes war kalt und unnahbar. Kalter Wind rauschte in den Bäumen. Während der nächsten Tage würden die Temperaturen sinken, dann würde der Wintergeist der Indianer aus dem Norden kommen und das Land mit seinem eisigen Atem erschrecken. Wenn man so lange wie Jessica hier gelebt hatte, brauchte man keinen Wetterbericht, dann spürte man am Wind und der Farbe des Himmels, was auf einen zukam. Die Wolken zogen als dunkle Gebilde über sie hinweg, schienen die Ankunft des Wintergeistes ebenfalls zu spüren und nach Süden zu drängen.

Jessica zog den Reißverschluss ihres Anoraks bis zum Kragen und lief zum Schuppen hinter dem Haus. Sie hatte ihre Turnschuhe angelassen und hielt den Blick auf den Boden gerichtet, um nicht in Schneematsch zu treten. Als sie den Schuppen erreicht hatte und gerade die Tür öffnen wollte, sah sie eine geheimnisvolle Gestalt aus dem nahen Wald treten. Der Anführer der weißen Wölfe! Das Mondlicht schimmerte auf seinem hellen Fell und ließ es leuchten, hob es sogar gegen den Schnee ab. Er war allein und zeigte keine Drohgebärde. Er bewegte sich geschmeidig, beinahe anmutig, und während er näher kam, waren seine Augen ständig auf sie gerichtet. Ungefähr fünf Meter vor ihr blieb er stehen. Hallo, Schwester!, glaubte sie ihn sagen zu hören.

»Hallo, Wolf«, erwiderte sie zögernd. Sie hatte keinen Namen für ihn. »Warum bist du gekommen? Wegen Doug? Weißt du, was mit ihm passiert ist? Ist es das, was du mir die ganze Zeit sagen willst? Ist er noch am Leben, Wolf?«

»Doug Winslow hat viele meiner Brüder getötet«, teilte ihr der Wolf mit. »Auch diesmal wollten die anderen Zweibeiner, dass er wieder auf uns Jagd macht. Wir sind nicht böse auf ihn. Wir respektieren ihn. So wie wir jeden Gegner respektieren, der Stärke zeigt und nicht vor uns in die Knie geht. Doug Winslow kämpft wie ein Krieger. Er zieht allein in die Wälder und lebt von dem, was ihm das Land gibt. Er schläft auf der Erde und deckt sich mit dem Himmel zu. Wie einer von uns.

»Ist er noch am Leben, Wolf?«

»Doug Winslow ist ein starker Mann«, schien der Anführer zu sagen. »Wenn er stirbt, dann im Kampf gegen uns oder unseren Bruder, den Grizzly. Er ist aus demselben Holz wie wir geschnitzt. Emily Barnett hat einen würdigen Mann.«

»Werdet ihr uns helfen, ihn zu finden?«, fragte sie.

»Wir sind immer in deiner Nähe«, signalisierte ihr der Wolf.

»Jess! Jess, wach auf!«

Sie schreckte aus dem Schlaf und blickte sich erstaunt um. Sie lag auf der Couch im Wohnzimmer. Vor dem Kamin lag ein Stapel frisches Brennholz. »Das Holz«, sagte sie mit belegter Stimme. »Hab ich es geholt?«

»Natürlich. Wer denn sonst?«, antwortete ihre Mutter.

»Aber jetzt wird's Zeit, dass du ins Bett kommst. Da ist es bequemer als auf der Couch.« Sie schaltete den Fernseher aus und warf die Fernbedienung in einen Sessel. »Bist du okay?«

»Doch ... ja natürlich.«

»Es war ein anstrengender Tag.«

»Ein trauriger Tag.«

»Ich weiß. Aber ich finde Doug. Bestimmt.«

Jessica stemmte sich von der Couch hoch. »Hey, Mom?«

»Ja?«

»Ich komme mit. Ich helfe dir Doug zu finden.«

Ihre Mutter blieb erstaunt stehen. »Du glaubst auch, dass er noch lebt?«

»Der Wolf hat es mir gesagt.«

»Der Wolf?«, erschrak sie. »So wie damals? Du hast geträumt ...«

Jessica hatte nicht vorgehabt, ihr von dem Wolf zu erzählen, es war ihr einfach so rausgerutscht. »Vielleicht«, räumte sie ein. »Der Wolf hat gesagt, dass Doug ein starker Mann ist. Wenn er sterben würde, dann im Kampf gegen Wölfe oder einen Grizzly. Du ... du hättest einen würdigen Mann gefunden.«

»Das hat ... ein Wolf gesagt?«

Jessica war plötzlich wieder hellwach. »Ich weiß, das klingt verrückt. Aber so ist es, Mom. Der Wolf hat versprochen, uns bei der Suche zu helfen.«

»Seltsam«, erwiderte ihre Mutter. »Und ich dachte ...«

»Was?«

»Ach, nichts. Jetzt geh erst mal schlafen. Gute Nacht, Jess.«

»Gute Nacht, Mom. Bis morgen.«

7

Der nächste Morgen empfing sie mit einem bedeckten Himmel und eisiger Kälte. Fünfzehn Grad minus, schätzte Jessica, viel kälter als am Abend zuvor. Der verharschte Schnee vor dem Haus schimmerte im blassen Morgenlicht und knirschte unter ihren Stiefeln, als sie die Reisetaschen und eine Kühlbox mit Vorräten zum Wagen schleppten. Sie trugen beide gefütterte Hosen und wasserdichte Anoraks, für alle Fälle, wie Emily beim Frühstück gesagt hatte. Ihre warmen Handschuhe hatten sie um den Hals hängen.

»Wer weiß, wie lange wir unterwegs sind und in welche gottverlassene Gegend sich Doug abgesetzt hat«, sagte Emily. Der Gedanke, dass der Jäger tatsächlich Selbstmord begangen haben könnte, schien ihr gar nicht zu kommen. »Besser, wir haben alles dabei.« Emily öffnete den Wagen und sie verstauten ihre Taschen im Kofferraum. Während sie ihn schloss, blickte sie ihre Tochter prüfend an. »Willst du tatsächlich mitkommen? An deiner Stelle könnte ich mir was Schöneres vorstellen, als mit einer verliebten Närrin durch die Wildnis zu kutschieren. Du könntest bei den Hansens in der Lodge wohnen.«

»Ich komme mit, Mom. Ich lass dich nicht allein.«

Sie kratzten das Eis von den Scheiben und stiegen in den Blazer. Der Motor sprang erst nach dem dritten Versuch an. Das kleine Thermometer am Armaturenbrett zeigte siebzehn Grad minus, ihr Atem gefror in der eisigen Luft, und selbst das Lenkrad war so kalt, dass Emily es nur mit Handschuhen anfassen konnte. Die Heizung kam nur langsam auf Touren. Es dauerte beinahe zwanzig Minuten, bis die Temperatur einigermaßen erträglich war und Emily die Handschuhe ausziehen konnte. Zum Glück schneite es nicht, obwohl dunkle Wolken am Himmel hingen.

Östlich von Kleena Kleene bogen sie in eine Seitenstraße ab, eigentlich eher in einen Feldweg, der an einem ausgeholzten Waldstück entlang zum Haus von Moses Gunn führte. Als er das Haus gebaut hatte, war es noch von dichtem Wald umgeben gewesen. Der Schneepflug hatte die schmale Straße geräumt, ein Entgegenkommen, das der Oldtimer seinem legendären Ruf in den Chilcotins zu verdanken hatte, und Emily brauchte nicht einmal den Allradantrieb einzuschalten. Vor dem Haus, einer einfachen Blockhütte mit angebauter Veranda, parkte sie den Wagen. Ein Hund kam ihnen bellend entgegen.

»Mister Bean«, begrüßte Jessica den Hund, angeblich ein reinrassiger Golden Retriever. »Und ich dachte, du wärst längst in den ewigen Jagdgründen!«

»Unkraut vergeht nicht«, erwiderte Moses Gunn. Er war hinter seinem Hund aus dem Haus getreten, ein sehniger Mann mit krummen Beinen, der nach seiner Karriere als Rodeoreiter unter starken Rückenschmerzen litt. »Das seht ihr doch an mir.« Sein Lausbubenlächeln war geblieben. »Was verschafft mir die Ehre?«

»Hast du einen Kaffee für uns?«, fragte Emily lächelnd.

»Für euch immer«, erwiderte er und bat sie ins Haus.

Während er Kaffeewasser aufsetzte, machten es sich Jessica und ihre Mutter auf den Barhockern an der Küchentheke bequem. Das Blockhaus hatte nur zwei Zimmer, einen riesigen Wohnraum, der nur durch die Theke von der Küche getrennt war, und ein Schlafzimmer. Seit er seine Frau vor wenigen Jahren durch Krebs verloren hatte, war das Haus etwas verkommen und starrte nur deshalb nicht vor Dreck, weil jeden Samstag die Witwe Baxter kam und den ganzen Tag putzte. Unangemeldet, wie Moses Gunn stets betonte, denn er hatte auf keinen Fall vor, sich noch einmal zu binden.

»Was gibt's?«, fragte er.

»Doug ist noch immer nicht aufgetaucht«, sagte Emily ohne Umschweife. Sie erzählte in wenigen Worten, was seit dem Heiligabend geschehen war. Mit feuchten Augen schilderte sie, wie sie den leeren Jeep gefunden hatten. »Ich glaube einfach nicht, dass er Selbstmord begangen hat. Warum auch?«

»Vielleicht hat er Angst, dass du ihn zu fest an die Kandare nimmst«, erwiderte Moses schmunzelnd. »Nicht dass er jemals so was gesagt hätte, aber er ist nicht gerade der Typ, der sich einen Ring an den Finger stecken lässt und davon träumt, ein halbes Dutzend schreiender Bälger großzuziehen.«

»Und ich denke gar nicht daran, meinen Job aufzugeben und seine schmutzigen Unterhosen zu waschen«, konterte Emily. Bei anderer Gelegenheit wäre sie vielleicht wütend geworden. »Aber darum geht's nicht. Wir lieben uns, und wenn wir uns tatsächlich mal Ringe anstecken sollten, heißt das noch lange nicht, dass einer zum Sklaven des anderen wird. Mal davon abgesehen, dass ich als Hausfrau eine Niete bin und für Kinder schon ein wenig zu alt.«

Moses kicherte leise. »Bei dem Thema geht Doug auch immer hoch. Aber du hast recht, der Bursche liebt dich, vielleicht noch mehr als ich meine Betty, Gott hab sie selig, und er würde dich niemals im Stich lassen. Für ein paar Tage vielleicht. Du kennst ihn ja. Wenn der hinter irgendwelchen Viechern her ist, kann man ihn kaum bremsen. Aber sich so einfach ausklinken und von einer Klippe springen … nee, das ist bei Doug nicht drin. Nie und nimmer.«

»Und er war nicht hier? Er hat nicht angerufen?«

Moses schüttelte den Kopf. »Wie gesagt, an Thanksgiving war er das letzte Mal hier. Eigentlich wollte er vor Weihnachten noch mal vorbeischauen, mir ein Fläschchen von meinem Lieblingswhisky vorbeibringen, aber das hat er wohl vergessen. Ich hab mir keine Sorgen gemacht, auch am Heiligabend nicht. Dachte, er ist hinter den Wölfen her, von denen Jean … die Witwe Baxter erzählt hat. Keine Ahnung, warum sein Jeep in Bella Coola steht.«

»Hatte er irgendwelche Probleme? Hat er mir was verschwiegen?«

»Nicht dass ich wüsste. Das heißt …«

»Ja?«

»An Thanksgiving war er sehr nervös. Sonst schwärmten wir immer von den alten Zeiten, wenn er hier war, aber diesmal … nun ja, er schien mit seinen Gedanken ganz woanders zu sein. Vielleicht bei dir. Er würde dich gerne auf seine Ranch holen und hofft immer noch, dass du deinen

Job aufgibst.« Er grinste wieder. »Aber das kann er sich wohl abschminken, wenn ich dich so ansehe.« Das Grinsen verschwand. »Aber sonst war er ganz normal … wie immer. Dass er vor Heiligabend nicht vorbeikommt, war mir irgendwie klar.«

Emily nippte an ihrem heißen Kaffee und starrte das Bild hinter der Theke an, ohne etwas zu sehen. »Ich hab nichts dagegen, dass er auf die Jagd geht und eine Verabredung verschwitzt«, sagte sie. »Besonders zuverlässig, was das Private angeht, ist er nicht, das wissen wir alle. Ich könnte auch noch verstehen, dass er sich einige Tage verkriecht, um irgendein Problem aus der Welt zu schaffen. Ich frage mich nur, was die Posse mit dem Jeep soll?«

»Keine Ahnung«, war Moses ebenso ratlos.

»Hatte er Schulden?«

»Glaube ich nicht.«

»Eine andere Frau?«

»Doug?« Moses verschüttete vor Lachen beinahe seinen Kaffee. »Doug kennt keine anderen Frauen. Der will nur dich. Du müsstest ihn sehen, wenn er von dir erzählt. Leuchtende Augen hat er, wie ein kleiner Junge. Nein, Doug würde sich niemals mit einer anderen Frau einlassen. Niemals, Emily!«

»Aber warum läuft er dann weg?«

»Ich weiß es nicht.«

»Hast du eine Ahnung, wo er sich verstecken könnte? Soweit ich weiß, leben seine Eltern nicht mehr. Geschwister hat er auch nicht. Sonst jemand?«

»Eine Cousine, glaube ich. Oben in Prince George.«

»Weißt du, wie sie heißt?«

»Nein … er hat nur einmal von ihr gesprochen. Eher beiläufig, wenn ich mich recht erinnere. Dass sie geschieden sei und ganz allein für die beiden Kinder sorgen müsse. Oder waren es drei? Keine Ahnung, wie wir auf das Thema kamen. Wahrscheinlich hatte ich gerade Stress mit meiner Tochter.«

»Du hast eine Tochter? Davon weiß ich ja gar nichts.«

»Hab's nie an die große Glocke gehängt. Sie ist das schwarze Schaf unserer Familie. Rannte davon, als wir noch in Williams Lake wohnten, und ließ sich mit einem Junkie ein. Einen Monat später nahm sie selbst Drogen.«

»Und ihr konntet nichts machen?«

»Keine Chance«, erwiderte Moses, »obwohl sich Betty alle Mühe gab. Aber wir kamen einfach nicht mehr an sie ran. Sie ging mit dem Typ in die Staaten runter und ließ jahrelang nichts mehr von sich hören. Wir dachten schon, sie wäre tot. Einige Jahre später tauchte sie wieder auf. Sie hatte sich von ihm getrennt. Aber ein Junkie war sie immer noch. Klaute alles, was nicht niet- und nagelfest war, und trieb sich mit zweifelhaften Männern rum. Ich dachte, so was gibt's nur in Vancouver oder Toronto. Sie hatte es Doug zu verdanken, dass sie nicht vollkommen unter die Räder kam.« Er blickte eine Weile nachdenklich in seinen Kaffee. »Doug hat dir nie davon erzählt, was?«

»Nein … ich wusste ja nicht mal, dass du eine Tochter hast.«

Moses nickte. »Wahrscheinlich wollte er dir nicht wehtun. Eigentlich hat er mir verboten, mit dir darüber zu sprechen, aber es könnte ja immerhin sein … er war mit Connie befreundet. Na ja, ein bisschen mehr als befreundet.«

»Er war in sie verliebt?«

»Das ist über zwanzig Jahre her, Emily. Jennifer war damals noch ein Baby. Doug und ich hatten uns beim Rodeo kennengelernt. Ich war damals nicht mehr dabei, aber ging jedes Jahr hin, sah mir die jungen Cowboys an und hing mit den alten Recken im Saloon rum. Einmal war ich so betrunken, dass Doug mich nach Hause fuhr, und … nun ja, da saß Connie bei meiner Betty auf dem Sofa, ausnahmsweise mal nüchtern und wunderschön … sie konnte wunderschön sein, wenn sie das Zeug sein ließ.«

»Du brauchst mir das nicht zu erzählen, Moses.«

»Ich will aber, Emily. Könnte doch sein, dass er bei ihr … nein, nicht was du denkst. Das ist längst vorbei. Wenn es jemals mehr als Mitleid war, ist es längst erloschen. Keine zwei Wochen nachdem sie sich kennengelernt hatten, klaute sie ihm sein ganzes Geld und brannte mit einem Punk durch. Du weißt schon, diese Typen mit den Irokesenfrisuren, die es damals überall gab …«

»Und Doug?«

Moses zuckte die Achseln. »Nun, sie tat ihm immer noch leid. Es bedrückte ihn, dass sie nicht mehr auf die Beine kam und uns so viel Ärger machte. Er organisierte sogar einen Hypnotiseur, um sie von den Drogen abzubringen. Und als sie drei Jahre später zurückkehrte, besorgte er ihr einen Job bei einem Outdoor-Ausstatter. Er kannte den Besitzer und überredete ihn, sie einzustellen.«

»Aus … Liebe?«

»Nein, er liebte sie nicht. Es war wohl eher meinetwegen. Wir waren gute Freunde geworden, und er wollte nicht, dass Betty und ich ständig Kummer hatten. Wenn er nicht gewesen wäre, hätte Connie wohl endgültigen Schiffbruch erlitten, aber sie fing sich wieder und heiratete einen Angestellten aus Kamloops.«

»Dann lebt sie jetzt dort?«

Moses schüttelte den Kopf. »Williams Lake. Sie hat sich vor drei Monaten von dem Kerl scheiden lassen. Ich hab Doug davon erzählt, und er sagte, ich solle gut auf sie aufpassen, damit sie nicht wieder … na, du weißt schon.«

»Und du meinst, er ist zu ihr gefahren?«

»Wenn die Sache mit dem Jeep nicht wäre, würde ich sagen … vielleicht. Nicht aus Liebe! Wie gesagt, das ist vorbei, eher aus Mitleid oder Angst. Doug hat eine Heidenangst vor Drogen, der rührt ja nicht mal deinen Eggnog an. Nicht mal beim Rodeo hat er was getrunken. Höchstens mal ein Bierchen, aber nie mehr als eins oder zwei.«

»Hast du bei deiner Tochter angerufen?«

»Hab ich. Sie hat mich wüst beschimpft. Wie ich auf die verrückte Idee kommen könnte, sie würde einen Mann in ihre Wohnung lassen. Sie würde jeden Mann hochkantig davonjagen, der es wagen würde, in ihre Nähe zu kommen. Selbst ihren Vater. Sie war nicht gerade in bester Stimmung.«

»Du willst nicht zu ihr fahren?«

»Hätte keinen Zweck«, erwiderte er, »sie würde mich nicht reinlassen. Ich kenne doch meine Tochter. Die muss erst mal wieder zu sich kommen, bevor man sich ernsthaft mit ihr unterhalten kann.« Er seufzte kaum hörbar. »Ich weiß, ich hätte mich mehr um sie kümmern müssen. Ein Vater, der von einem Rodeo zum nächsten zieht und jeden Abend in den Saloons feiert, war Gift für sie. Ein Wunder, dass Betty das mitgemacht hat. Ohne sie wäre die Sache wahrscheinlich noch schlimmer ausgegangen. Ihr würde wahrscheinlich das Herz bluten, wenn sie Connie jetzt sehen könnte. Jahrelang dachten wir, jetzt sei alles okay, und dann so etwas.« Er griff nach dem Kaffeetopf und schenkte nach. »Sorry, ich hätte nicht davon anfangen sollen.«

»Schon gut, Moses. Ich bin dir sehr dankbar. Wenn du nichts dagegen hast, schauen wir mal bei ihr vorbei. Könnte ja sein, dass sie weiß, wo Doug steckt.«

»Das glaube ich nicht.«

»Ich muss jeder Spur nachgehen. Gibst du mir die Adresse?«

Moses schrieb sie auf einen Zettel und schob ihn Emily über die Theke. »Ruf mich an, wenn du bei ihr warst. Ich möchte wissen, wie es um sie steht.«

»Okay, Moses. Vielen Dank für den Kaffee.«

Sie verabschiedeten sich und gingen nach draußen. Mr Bean sprang freudig um sie herum, als sie in den Wagen stiegen. In Gedanken versunken fuhren sie zum Highway zurück.

8

Sie überquerten gerade die Sheep Creek Bridge und blickten auf das ruhige Wasser des Fraser River hinab, als Emilys Handy klingelte. Sie hatte den Lautsprecher eingeschaltet und sprach über die Freisprechanlage. »Barnett.«

»Emily? Hier Jack. Wo steckst du gerade?«

»Kurz vor Williams Lake. Habt ihr den Highway-Killer gefasst?«

»Leider noch nicht, und ich hab dem Chef in Kamloops klugerweise verschwiegen, dass sich meine beste Beamtin im Erholungsurlaub befindet.«

»Erholung ist gut. Was gibt's?«

»Ich hab über Doug nachgedacht. Ist schon seltsam, dass sich ein Bursche wie er in seinen Jeep setzt und die vier Stunden nach Bella Coola fährt, nur um ihn dort abzustellen, sich auszuziehen, seine Klamotten sauber gefaltet abzulegen und sich von den Klippen zu stürzen.«

»Meine Rede.«

»Ich habe die Spurensicherung schon angewiesen, den Jeep noch mal genau unter die Lupe zu nehmen und auf einen zweiten Insassen zu untersuchen. Wenn Doug tatsächlich gesprungen ist, könnte ihn auch jemand gezwungen haben.«

»Doug hatte keine Feinde ... außer Wölfen und Bären.«

»Aber deshalb rufe ich nicht an. Ich hab mich noch mal

auf Dougs Ranch umgesehen, Emily. Der Chef würde mich auf der Stelle vom Dienst suspendieren, wenn er davon erfahren würde. Ganz British Columbia sucht nach einem gefährlichen Serienkiller, und ich helfe einer liebeskranken Kollegin, ihren Lover aufzuspüren.« Er lachte trocken. »Leider hab ich nicht viel gefunden. Kein Notizbuch mit aufschlussreichen Telefonnummern, keine Schachtel mit vergilbten Fotografien und Briefen wie in dem Krimi, der vor ein paar Tagen im Fernsehen lief, das heißt … einen Brief hab ich tatsächlich gefunden. Die Weihnachtskarte einer gewissen Kate Strottheimer. Seltsamer Name, was? Hat mit ›Deine Cousine Kate‹ unterschrieben. Eine Adresse in Prince George.«

»Von der hab ich schon gehört«, erwiderte Emily, »anscheinend seine einzige Verwandte. Moses hat von ihr erzählt. Wir waren heute Morgen bei ihm. Er hat auch keine Ahnung, wo Doug stecken könnte. Einen Selbstmord kann er sich nicht vorstellen.« Sie verschwieg ihm Connie. »Vielleicht weiß diese Cousine was.«

»Du willst doch nicht bis Prince George hoch?«, rief Cox.

»Wenn's sein muss, auch weiter. Freut mich, dass du im selben Boot sitzt, Jack.« Sie fuhr auf einen Parkstreifen, um ungestört sprechen zu können. »Hast du sein Telefon gecheckt? Die letzten Anrufe stammen sicher von mir, aber hat sich jemand anderes bei ihm gemeldet? Hat er jemand angerufen? Gibt's einen Zettel mit Telefonnummern? Irgendetwas, was uns weiterhelfen könnte? Wie wär's, wenn du die Spurensicherung auf seine Ranch schickst?«

»Dann könnte ich gleich meinen Abschied einreichen«,

erwiderte er. »Aber du hast recht, neben dem Telefon lag tatsächlich ein Notizblock. Stand nichts Besonderes darauf. Vier Nummern. Unter der einen meldet sich eine Arztpraxis. Wahrscheinlich wollte er sich für seinen jährlichen Check-up anmelden, den machte er immer am Anfang des Jahres. Zwischen Weihnachten und Neujahr hat die Praxis geschlossen. Die Handy-Nummer gehört Mike Rooney, dem Hufschmied, der war kurz vor Weihnachten bei ihm. Den Tierarzt hat er angerufen wegen der Impfung für Rusty. Ich hab mit dem Mann gesprochen. Er sagt, Doug sei wie immer gewesen. Die vierte Nummer gehört einer Connie Nielsen. Keine Ahnung, wer das ist. Die hab ich nicht erreicht.«

»Moses Gunns Tochter. Wir sind auf dem Weg zu ihr.«

»Moses' Tochter? Moses hat eine Tochter?«

»Ist eine lange Geschichte«, sagte Emily, »erzähle ich dir ein anderes Mal. Doug kennt sie von früher. Könnte sein, dass sie ihn um Hilfe gebeten hat.«

»Jetzt verstehe ich gar nichts mehr.«

»Ist nur ein Schuss ins Blaue«, erklärte sie. »Wenn sie wirklich was damit zu tun hat, kläre ich dich auf. Ansonsten vergiss, dass ich sie erwähnt habe.«

»Okay, Emily. Aber halt mich auf dem Laufenden, okay? Und sag mir Bescheid, falls sich Doug in irgendetwas verrannt hat. Wenn irgendwas Ernsteres hinter seinem Verschwinden steckt, sollten wir nach den Vorschriften vorgehen. Keine Alleingänge. Ich verlasse mich auf dich, Emily, okay?«

»Geht klar, Jack. Bis bald.« Emily legte auf und blickte in den Rückspiegel, ließ einen schweren Holztruck passieren, bevor sie weiterfuhr. Sie sah Jessica an. »Tut mir leid, dass ich dich in die Sache mit reinziehe, Jess. Du hast dir deinen Urlaub sicher anders vorgestellt. Wie wär's, wenn du auf die Büffelranch der Findleys gehst? Die würden sich bestimmt freuen, dich ein paar Tage bei sich zu haben. Die kannten dich schon, als du noch ein Baby warst. Ich werde eine Menge Leute in Williams Lake befragen müssen, wenn ich Doug finden will, das muss doch todlangweilig für dich sein. Wie wär's?«

Sie schüttelte den Kopf. »Ich bleibe bei dir, Mom. Ich mache mir genauso große Sorgen um Doug wie du. Solange es noch Hoffnung gibt, dass Doug am Leben ist, bleibe ich bei dir. Vier Augen sehen mehr als zwei, stimmt's?«

»Okay«, sagte Emily, »aber sag mir Bescheid, wenn du genug hast.«

Connie Nielsen wohnte in einem mehrstöckigen Apartmenthaus am Stadtrand, ein verschachtelter Bau aus rotem Backstein mit weiß gerahmten Fenstern und dreieickigen Balkons. Die Haustür stand offen. Jessica und ihre Mutter fuhren im Aufzug nach oben und klingelten an der Wohnungstür.

Die Frau, die ihnen öffnete, musste Anfang vierzig sein, sah aber älter aus. Ihre strähnigen Haare hatte sie zu einem Pferdeschwanz gebunden, ihr Gesicht war ungeschminkt und wirkte hart und knochig. Unter ihren Augen waren dunkle Schatten. Sie trug einen ausgefransten Pullover über ihrer Jogginghose und ausgelatschte Flip-Flops. »Was gibt's?«, fragte sie misstrauisch.

»Connie Nielsen?«, fragte Emily höflich.

»Wer will das wissen? Sind Sie von den Zeugen Jehovas?«

»Emily Barnett«, antwortete Emily, »ich bin Constable bei der RCMP.« Sie zeigte der Frau ihren Ausweis. »Das ist meine Tochter Jessica. Keine Angst, wir sind nicht Ihretwegen hier. Dürfen wir kurz reinkommen?«

»Wenn's sein muss«, erwiderte sie mürrisch. Sie trat zur Seite und ließ Jessica und ihre Mutter in die Wohnung, schloss die Haustür und führte sie in die Küche. Herd und Kühlschrank stammten aus den Siebzigern, der Schrank und der wackelige Holztisch vom Flohmarkt. Unter dem Fenster war ein Bügelbrett aufgeklappt. »Ich wollte gerade mit Bügeln anfangen. Was gibt's?«

Da Connie Nielsen ihnen keinen Stuhl anbot, blieben sie stehen.

»Kennen Sie einen Doug Winslow?«

»Doug … wer?« Sie schüttelte eine Zigarette aus der Schachtel auf dem Küchentisch und zündete sie an. Erst nachdem sie einen tiefen Zug genommen hatte und den Rauch ausblies, fuhr sie fort: »Ach, Sie meinen den Cowboy, der mal Samariter bei mir gespielt hat.« Sie lachte. »Ja, der war schwer in mich verknallt. Hat mich regelrecht angehimmelt. Spielte den Ritter auf dem weißen Pferd und wollte mich auf den Pfad der Tugend führen. Ist 'ne halbe Ewigkeit her. Wieso? Will er sein Geld wiederhaben? Achtzig lumpige Dollar hab ich ihm geklaut, und die war er mir verdammt noch mal auch schuldig.«

Emily wollte gar nicht wissen warum. »Darum geht es nicht. Doug ist verschwunden, und wir dachten, er hätte sich vielleicht bei Ihnen gemeldet …«

»Bei mir?« Sie zog verwundert die Augenbrauen hoch. »Wie kommen Sie denn darauf? Komisch, mein Vater hat auch schon nach ihm gefragt. Scheint ja mächtig beliebt zu sein, dieser Doug Winslow. Nee, von dem hab ich zwanzig Jahre nichts gehört. Weiß der überhaupt, dass es mich noch gibt?«

Die Frage konnte Emily nicht beantworten. »Haben Sie eine Idee, wo er abgeblieben sein könnte? Seine Freunde machen sich große Sorgen um ihn.«

»Ich? Wieso denn gerade ich? Ich hab mit Männern nichts mehr am Hut und mit einem wie Doug Winslow schon gar nicht. Der ging mir schon damals auf den Keks mit seiner Weltverbesserei. ›Connie, tu dies. Connie, tu das. Connie, such dir anständige Arbeit. Der Kerl ist nichts für dich.‹ Ich hab sein Gejammere heute noch in den Ohren. Warum ist er denn weggelaufen?«

»Das wissen wir nicht«, erwiderte Emily ehrlich. Sie verschwieg den abgestellten Jeep und den Selbstmord-Verdacht. »Sie haben ihn nicht gesehen oder von ihm gehört?«

»Sag ich doch. Wollen Sie's schriftlich?«

»Ich wollte nur ganz sichergehen, Mrs Nielsen. Ich soll Ihnen übrigens einen schönen Gruß von Ihrem Vater ausrichten. Moses würde sich freuen, wenn Sie sich wieder mal bei ihm melden. Ich glaube, er vermisst Sie.«

»Dad?« Sie drückte ihre Zigarette in den Aschenbecher und verzog geringschätzig das Gesicht. »Der hat sich doch früher auch nicht um mich gekümmert. Okay, ich war keine Heilige, und mit meinen Männern hatte ich auch kein Glück. Nicht mal mit Bruce. Jahrelang spielt er mir den braven Ehemann vor, bis ich das verdammte Foto in seiner Tasche finde und er mir kalt lächelnd eröffnet, dass er sich eine Jüngere gesucht hat. Irgendein Flittchen aus seiner Firma, das sich einen Karriereschub erhofft, wenn sie mit ihm … na, Sie wissen schon. Nee, ich leb mein Leben und er lebt seines, so ist es schon seit Jahren. Ich war immer das schwarze Schaf, besonders als Mom noch lebte. Die hätte mich doch am liebsten ganz totgeschwiegen. Hauptsache, nach außen hin hatte alles seine Ordnung. Nee …« Sie zündete sich eine weitere Zigarette an und blickte Emily herausfordernd an. »Sonst noch was, Officer?«

»Nein, vorerst nicht. Aber geben Sie mir bitte Bescheid, falls Doug … Mister Winslow sich doch noch bei Ihnen meldet, ja?« Emily reichte ihr eine Visitenkarte. »Und überlegen Sie sich das mit Ihrem Vater noch mal, okay?«

»Mal sehen«, erwiderte sie.

Jessica und ihre Mutter verließen die Wohnung und kehrten zu ihrem Wagen zurück. Der Besuch bei Connie Nielsen hatte bei beiden ein bedrückendes Gefühl hinterlassen. »Die Frau macht sich selbst kaputt«, sagte Jessica, »als gäbe es nichts Schönes im Leben. Hast du die Wodkaflaschen gesehen?«

Ihre Mutter nickte. »Ich sage Moses Bescheid. Er muss sich um sie kümmern, sonst nimmt es ein böses Ende mit ihr.« Sie drehte den Zündschlüssel und blickte Jessica an. »Was hältst du davon, wenn ich dich bei McDonald's absetze? Inzwischen schaue ich beim Tierarzt und ein paar Leuten vorbei, die Doug vielleicht gesehen haben. Dauert nicht lange. Du hast doch sicher Hunger, und bei der Fragerei kannst du mir sowieso nicht helfen …«

»Und du? Hast du keinen Hunger?«

»Ich esse später was.«

Jessica hatte tatsächlich Hunger und war einverstanden. Die Aussicht auf einen Burger steigerte ihre Laune erheblich. Sie hatte während der letzten Tage kaum geschlafen und war immer noch müde.

Das Lokal lag auf einer Anhöhe oberhalb der Hauptstraße. Emily hielt am Straßenrand und ließ Jessica aussteigen. »Ich beeile mich«, rief sie ihr nach.

Jessica stieg die Treppen zum Eingang hoch und öffnete die Tür. Im Lokal empfing sie angenehme Wärme. Sie öffnete ihren Anorak und stellte sich an. Auch einen Tag nach Weihnachten brummte das Geschäft im McDonald's. Sie bestellte einen Cheeseburger mit Pommes frites und Diet Coke, holte Servietten und einen Strohhalm für ihre Cola und suchte nach einem freien Platz.

Ihr Blick blieb an einem jungen Mann hängen, der allein an einem Zweiertisch saß und gerade genüsslich in einen Big Mac biss. Das war doch … Mike! Sie ging zu ihm und begrüßte ihn. »Mike … was tust du denn hier?«

»Jessica!« Er verschluckte sich beinahe, lief rot an, obwohl er das amüsierte Lächeln eines jungen Paares am Nachbartisch gar nicht bemerkte. »Ich dachte, du bist bei deiner Mutter in Kleena Kleene. Ich … ich wollte dir gerade eine SMS schicken. Ich wusste nur nicht, wie ich anfangen soll. Ich …«

»Darf ich mich setzen?«

»Na klar! Entschuldige, setz dich doch!« Er wischte sich den Mund ab und schob ihr rasch den freien Stuhl hin. »Sorry, ich war gar nicht darauf gefasst, dass du plötzlich hier auftauchst. Ich freue mich natürlich, ich freue mich sogar sehr … Was machst du in Williams Lake? Bist du alleine hier?«

Seine Nervosität wirkte ansteckend. Sie warf beinahe den Cola-Becher um, als sie ihren Cheeseburger auspackte, und das Ketchup-Tütchen bekam sie nur mit den Zähnen auf. »Die Dinger sind vielleicht widerspenstig.« Sie drückte den Ketchup auf die Pommes frites. »Ich freue mich auch, Mike. Wenn ich gewusst hätte, dass du noch in Williams Lake bist, hätte ich dich angerufen und …« Sie errötete leicht. »Nein, ich bin mit meiner Mutter hier. Sie ist gerade unterwegs, ein paar Leute befragen. Doug ist immer noch verschwunden.«

»Doug? Ich dachte, der war auf eurer Christmas Party?«

»Er ist weg, Mike. Spurlos verschwunden.« Sie erzählte ihm, was seit dem Heiligabend passiert war und was sie herausbekommen hatten. »Meine Mutter glaubt, dass er vor irgendetwas weggelaufen ist. Hast du eine Ahnung?«

Er nahm nur noch kleine Bissen, um sich nicht mehr zu verschlucken. »Nein, bei mir war er ganz normal. Wie immer. Gesagt hat er kaum was, aber du kennst ihn ja, der Gesprächigste war er noch nie.« Er überlegte kauend. »Na ja, wenn ich's mir recht überlege … ein bisschen nachdenklicher als sonst wirkte er schon. Stand lange vor der Koppel und starrte zu den Bergen rüber, als würde ihm die Kälte überhaupt nichts ausmachen. Und als ich ihm sagte, dass seine neue Stute bestimmt prächtige Fohlen werfen würde, blickte er mich nur an und sagte gar nichts. Aber das wäre mir, ehrlich gesagt, gar nicht aufgefallen, wenn du nicht gefragt hättest.«

»Er hat nicht gesagt, dass er wegfahren würde?«, hakte Jessica nach. »Dass er seine Ranch verkaufen würde oder so?«

Mike schüttelte den Kopf. »Nein, die meiste Zeit schwieg er vor sich hin. Und wenn er was sagte, ging es um die Pferde. Er hätte mich schon früher anrufen sollen … so was in der Art. Nur einmal … das war ein bisschen komisch.«

Jessica blickte ihn erwartungsvoll an.

»Er hat mich gefragt, ob ich schon mal am Yukon gewesen sei. Und ob es da wirklich so schön wäre, wie alle Leute sagen. Keine Ahnung, hab ich ihm geantwortet, ich sei gerade mal bis zum Stewart-Cassiar Highway gekommen, da würde ich jeden Winter an einer Tankstelle arbeiten. Kam mir ein bisschen komisch vor. Sonst lag er mir immer damit in den Ohren, wie schön es in den Chilcotins sei und dass ihn keine hundert Pferde von dort wegbringen würden … nicht mal die Bahamas würde er dagegen eintauschen.«

»Der Yukon? Was will er am Yukon? Das ist eine halbe Ewigkeit von hier und … meiner Mutter entfernt. Warum sollte er einen Selbstmord vortäuschen und heimlich zum Yukon verschwinden? Das macht doch keinen Sinn.«

Mike trank von seiner Cola. »Wenn es ein Krimi wäre, würde ich sagen, ein Killer ist hinter ihm her. Oder ein Typ, der jahrelang im Knast saß und es auf ihn abgesehen hat.« Er bemerkte, dass er Jessica mit solchen Bemerkungen nicht aufheitern konnte, und fügte schnell hinzu: »Nein, so dramatisch ist es sicher nicht. Er taucht bald wieder auf, da gehe ich jede Wette ein.«

Sie aßen eine Weile schweigend. Jessica blickte durch die großen Panoramafenster nach draußen und bemerkte, dass es wieder zu schneien begonnen hatte. Mike beobachtete einen älteren Herrn, der sich verzweifelt bemühte, einen Strohhalm durch den Plastikdeckel seines Bechers zu stoßen. Als Jessica ihre Beine ausstreckte und, ohne es zu wollen, gegen Mikes linken Knöchel stieß, wurde sie rot und murmelte ein verlegenes »Entschuldigung!«. Ihre Blicke begegneten sich, und auch Mikes Wangen röteten sich wieder. Dann lachten plötzlich beide.

»Ich komm mir vor wie damals auf der Highschool«, sagte Mike. Er griff zögernd nach ihrer Hand. »Ich hab ein richtiges Kribbeln im Bauch. Schade, dass du in Vancouver wohnst. Meinst du, ich könnte dich mal besuchen?« Er blickte nach draußen. »Natürlich nur, wenn meine alte Rostlaube anspringt.«

»Ich würde mich freuen.« Auch sie fühlte sich plötzlich seltsam jung, als wäre sie zum ersten Mal mit einem Jungen allein. »Und wenn nicht, nimmst du eben den Bus oder ich komme hoch. Das kriegen wir schon hin, oder?«

»Ganz sicher.« Er strahlte. »Möchtest du noch einen Burger? Oder eine Cola? Vielleicht einen Ice Cream Sundae?«

»Nein«, wehrte sie lächelnd ab. »Die Figur, du weißt schon. Außerdem muss meine Mutter jeden Augenblick auftauchen.« Sie blickte aus dem Fenster und sah sie aus dem Blazer steigen. »Da ist sie ja schon. Mach's gut!«

Sie verschwand so plötzlich, dass Mike nicht mal Zeit blieb, sich von ihr zu verabschieden. Ich will keinen festen Freund, redete sie sich ein, nicht solange ich auf der Hotelfachschule bin. Ich habe genug um die Ohren, und wer weiß, wohin es mich danach verschlägt. Ich will frei und unabhängig sein und erst mal an meiner Karriere basteln, bevor ich mich auf was Ernstes einlasse.

Dennoch kehrte sie um. Sie war bereits an der Tür, als sie noch mal zu Mike ging, ihre Arme um den Hals des verdutzten Jungen legte und ihn leidenschaftlich küsste. Erst als ihr der Atem ausging, ließ sie von ihm ab und lief zum Ausgang. Der Applaus der Gäste begleitete sie nach draußen.

9

»Was war denn das?«, fragte ihre Mutter erstaunt, als sie in den Wagen stiegen. Sie ließ den Motor an. »War das nicht Mike Rooney, der Hufschmied?«

»Mike ist okay«, antwortete Jessica, als hätte jemand daran gezweifelt. Sie staunte selbst über ihren Gefühlsausbruch. »Und … hast du was rausbekommen? Besonders lange warst du nicht weg.« Sie blickte auf die Uhr am Armaturenbrett. »Über eine Stunde! Hab gar nicht gemerkt, wie die Zeit vergeht.«

»So ist das, wenn man verliebt ist«, erwiderte ihre Mutter. Es klang ein wenig spöttisch. Sie wollte noch etwas über Mike sagen, überlegte es sich aber anders. »Doug war weder in der Werkstatt noch im Futtermittelladen. Auch nicht im Supermarkt. Jedenfalls konnte sich niemand an ihn erinnern. Ich hab auch am Flughafen, am Busbahnhof und bei den Autovermietungen angerufen … überall Fehlanzeige. Bei den Gebrauchtwagenhändlern war er auch nicht. Wenn er in Williams Lake war und die Stadt verlassen hat, dann zu Fuß oder per Anhalter.«

Jessica wartete, bis sie eine Kreuzung überquert hatten. Der Schnee fiel jetzt in dichten Flocken und ließ die Häuser zu beiden Seiten der Straße nur schemenhaft erscheinen.

»Ich glaube, er will zum Yukon hoch. Er hat sich bei

Mike nach der Gegend erkundigt. Ernsthaft. Sonst hat er immer von den Chilcotins geschwärmt.«

»Vielleicht will er da oben jagen. Oder jemand will ihn als Guide.«

»Er war noch nie am Yukon.«

»Aber was soll er da? Der ist am anderen Ende der Welt!«

»So was Ähnliches hab ich auch gesagt.«

Emily schaltete den Scheibenwischer eine Stufe höher. Am unteren Rand der Fensterscheibe klebte bereits ein dicker Schneewulst. »Wir fahren sowieso nach Norden. Wenn er zum Yukon will, liegt Prince George auf dem Weg. Obwohl ich es eigentlich lieber hätte, wenn du nach Vancouver zurückkehren würdest. Versteh mich nicht falsch, ich freue mich riesig über deine Begleitung, aber ich habe gerade mit dem Superintendent telefoniert. Er sagt, dass sie den Highway-Killer in der Gegend von Prince George vermuten. Wir haben alle Einheiten draußen, und der Mann wäre ziemlich dumm, wenn er einen weiteren Mord begehen würde – dann würden wir ihn nämlich garantiert erwischen –, aber das Risiko ist groß, und ich möchte nicht, dass dir was passiert.«

»Du bist Polizistin«, erwiderte Jessica. »Du trägst zwar keine Uniform, aber wie ich dich kenne, hast du deine Smith & Wesson dabei. Außerdem sind wir zu zweit und nehmen keinen Anhalter mit. Ich lasse dich nicht allein.«

»Ich weiß. Aber du musst nicht mitkommen.«

»Ich bin erwachsen, Mom.«

»Na schön. Ich weiß sowieso nicht, wie lange mich Jack noch in Ruhe lässt. Wenn er den Befehl bekommt, alle verfügbaren Kräfte gegen den Highway-Killer einzusetzen, bin ich dran. Dann muss ich dich nach Hause schicken und die Suche nach Doug verschieben.« Sie fuhr unter das Dach einer Tankstelle und schaltete den Motor aus. »Am liebsten würde ich mein Handy ausschalten und mich taub stellen. Aber das könnte mich den Job kosten.« Sie deutete auf die erleuchtete Zapfsäule. »Tankst du? Ich gehe inzwischen rein und höre mich mal um. Wer weiß, vielleicht war Doug ja hier.«

Sie stiegen beide aus und Jessica tankte den Wagen voll. Während das Benzin floss, senkte sie den Kopf gegen den Schnee, der vom Wind unter das Tankstellendach getrieben wurde. Die Straßenlampen am benachbarten Highway waren nur als gelbe Flecken zu erkennen. Sie zog den Reißverschluss ihres Anoraks bis zum Hals und klappte den Kragen nach oben.

Neben ihr, auf der anderen Seite der Zapfsäule, hielt ein Geländewagen. Ein Ford Explorer, wie Jessica bei genauerem Hinsehen feststellte. Die Farbe konnte sie nicht erkennen, dazu war der Wagen zu schmutzig. Schwarz oder braun, vielleicht auch dunkelblau. Ein Mann stieg aus, kam um den Wagen herum und nahm den Zapfhahn aus der Halterung. Sie blickte auf und sah für einen Augenblick sein Gesicht. Hager und knochig, wie bei diesen Fitness-Typen, die nur Gemüse und Salat essen und jeden Abend an den Geräten verbringen oder zwanzig Kilometer laufen. Stechende Augen, blau oder grün. Dünne Lippen und ein leicht vorgeschobenes Kinn. Die Haare kurz, kaum über die Ohren. Ende zwanzig, Anfang dreißig. Genau der Typ, für den sie sich überhaupt nicht erwärmen konnte, auch wenn er freundlich lächelte.

»Hallo«, sagte er. »Scheußliches Wetter, was?«

»Scheußlich, ja«, erwiderte sie.

Ihr Tank war voll und sie zog den Zapfhahn heraus. Sie war froh, sich nicht länger mit dem Mann unterhalten zu müssen. Als sie den Tankdeckel zuschraubte und noch einmal auf den Explorer blickte, glaubte sie, einige rote Rosen auf dem Rücksitz liegen zu sehen. Mitten im Winter, die kosten bestimmt ein Vermögen, war ihr erster Gedanke. Dann dachte sie daran, was sie in den Nachrichten gehört hatte: Der Highway-Killer hatte auf jedes seiner Opfer eine rote Rose gelegt. Vor lauter Schreck hielt sie sich am Wagen fest.

»Ist Ihnen nicht gut, Miss?«, fragte der Fremde.

»Nein, es geht schon«, erwiderte sie schnell.

Er sah sie auf die Rosen starren und lächelte verschmitzt. Zumindest versuchte er es. »Ich fahre zu meiner Verlobten nach Quesnel. Heute ist der große Tag, wissen Sie? Die Rosen waren teurer als der Verlobungsring …«

»Viel Glück«, wünschte Jessica. Sie stieg in den Blazer und war froh, als sie ihre Mutter aus dem Tankstellengebäude treten sah. Während sie sich beeilte zum Wagen zu kommen, fuhr der Mann im Explorer davon. Er hatte mit seiner Kreditkarte an der Zapfsäule bezahlt. Sie versuchte das Nummernschild zu entziffern, erkannte aber nur, dass es aus British Columbia war.

»Hast du den Explorer gesehen?«, fragte sie, als ihre Mutter einstieg. »Ein junger Typ, der Unsympath schlechthin.

Hatte rote Rosen auf dem Rücksitz liegen. Er behauptet, auf dem Weg zu seiner Verlobten in Quesnel zu sein.«

Emily dachte einen Augenblick daran, ihm zu folgen, verzichtete aber darauf. Stattdessen rief sie Cox an und bat Jessica, ihm die Beschreibung des Mannes und des Wagens durchzugeben. »Er hat mit Kreditkarte bezahlt. Das Nummernschild konnte ich nicht entziffern. B. C. auf jeden Fall. Er hatte rote Rosen auf dem Rücksitz liegen, und ich dachte … er benahm sich so seltsam.«

»Wir überprüfen den Mann, Jessica. Danke für deine Hilfe.«

Der Superintendent legte auf und Jessica gab ihrer Mutter das Handy zurück. In ihrem Magen rumorte es, als sie auf den Highway zurückfuhren, aber das konnte auch am Cheeseburger liegen. Im dichten Schneetreiben verließen sie Williams Lake. Der Highway 97 lag einsam und verlassen vor ihnen, außer einem Lieferwagen, der aus dem Hof einer Fensterfabrik bog und in Richtung Williams Lake an ihnen vorbeifuhr, war die Straße leer. Der schneebedeckte Highway war kaum von den angrenzenden Feldern zu unterscheiden.

»Wussten die Leute in der Tankstelle was?«, fragte Jessica.

»Nicht direkt«, erwiderte ihre Mutter. »Die Kassiererin sagt, die Tankstelle läge zwar am Ende der Welt, aber hier wäre immer noch so viel los, dass sie sich kaum an etwas erinnern könnte. Wenn du mich fragst, verbringt sie die meiste Zeit damit, sich langweilige Soaps auf ihrem kleinen Fernseher anzusehen. Gestern hätte sie zwar beobachtet, wie ein Mann mit Cowboyhut in einen Truck gestiegen wäre, aber wie er ausgesehen hätte, wüsste sie nicht. Sie könnte sich nur noch daran erinnern, dass er einen braunen Cowboyhut trug.«

»So wie Doug.«

»Auf alles andere hätte sie nicht geachtet. Weder auf das Fabrikat des Lasters noch auf den Namen der Spedition, obwohl er sicher in großen Lettern auf dem Anhänger stand. Auf das Kennzeichen schon gar nicht. ›Da hätte ich ja viel zu tun‹, sagte sie. Als ich ihr meinen Ausweis zeigte, wurde sie nervös und betonte mehrmals, dass sie niemals als Zeugin aussagen würde, niemals. Anscheinend hat sie schlechte Erfahrungen gemacht. Eine seltsame Frau.«

Williams Lake verschwand hinter ihnen im Schneetreiben. Der Sturm war jetzt beinahe so heftig wie am Heiligabend und der Wind rüttelte heftig an ihrem Wagen. Wild tanzende Flocken trieben ihnen entgegen. Der Highway verschmolz mit dem Schnee, war nur an den Begrenzungspfählen zu erkennen. Dunkle Wolken lasteten auf den Bäumen, die dicht an dicht auf den umliegenden Hügeln standen und nur als dunkle Flecken zu erkennen waren.

»Vielleicht hätten wir warten sollen«, sagte Emily besorgt, »in dem Sturm sieht man ja kaum die Hand vor Augen!« Obwohl sie solches Wetter gewöhnt war, saß sie etwas verkrampft hinter dem Lenkrad und steuerte viel zu heftig dagegen, als sie ins Schleudern gerieten. »Haben wir noch Tee?«, fragte sie.

Jessica schraubte die Thermosflasche auf und schenkte den Becher voll. Sie nippte daran und sagte: »Noch einigermaßen warm. Soll ich mal fahren?«

»Es geht schon noch.«

»Du hast doch sicher nichts gegessen.«

»Ein Sandwich aus dem Supermarkt.«

»Na toll. Komm, lass mich mal fahren!«

Emily gab nach und fuhr an den Straßenrand. Ohne auszusteigen, tauschten sie die Plätze. Jessica schob den Fahrersitz etwas nach hinten, richtete die Spiegel aus und fuhr langsam weiter. Auch sie hatte keine Lust, durch diesen Sturm zu fahren, aber ihre Mutter wurde von der Sorge um Doug geplagt und hatte die Ruhe nötiger. Emily trank den Becher leer, schraubte ihn auf die Flasche und war wenige Minuten später eingeschlafen.

Beim Anblick ihrer Mutter, die mit geöffnetem Mund am Fenster lehnte und leise schnarchte, musste Jessica lächeln. Sie hatte immer ein gutes Verhältnis zu ihr gehabt, vor allem nach der Scheidung, als sie beide aufeinander angewiesen waren. Jessica vermisste ihren Vater nicht. Er hatte sich so selten bei ihr gemeldet, dass sie sich kaum noch an sein Gesicht erinnern konnte. Und ihre Mutter hatte ihn sowieso aus ihrem Leben gestrichen. Er konnte nie akzeptieren, dass eine Frau auch ihr eigenes Leben hatte. Von seinen Wutausbrüchen ganz zu schweigen.

Wenige Meter vor ihr tauchten flackernde Rücklichter aus dem Schneetreiben auf. Sie trat so plötzlich auf die Bremse, dass ihre Mutter aufwachte und sich gerade noch rechtzeitig am Armaturenbrett abstützte. Der Wagen geriet ins Schleudern und schlitterte an den Straßenrand. »Sorry«, entschuldigte sich Jessica. »Da steht ein Wagen auf dem Seitenstreifen. Direkt vor uns.« Sie schaltete in den Leerlauf. »Ein Explorer ... der Mann mit den Rosen!«

Ihre Mutter war sofort hellwach. »Du bleibst im Wagen! Schalte die Warnblinker ein!!« Sie zog ihre Smith & Wesson aus der Anoraktasche, überprüfte sie und steckte sie wieder weg.

Jessica schaltete die Warnlichter ein. Wie in einem Krimi, dachte sie. Nur dass sie es vielleicht mit einem echten Serienkiller zu tun hatten. Der Gedanke ließ ihr das Blut gefrieren.

»Beweg dich nicht von der Stelle!«, schärfte ihr Emily noch mal ein.

»Okay, Mom«, gehorchte sie leise.

Emily stieg aus und näherte sich dem Explorer, die rechte Hand am Griff ihrer Pistole in der Anoraktasche. Mit der linken zog sie ihren Dienstausweis heraus. Eiskalter Wind ließ ihren Atem gefrieren. Durch den wirbelnden Schnee konnte sie nicht erkennen, ob jemand im Wagen saß.

Jessica ließ das Fahrerfenster herunter und blickte ihrer Mutter nach. Ihre Furcht und Neugier waren größer als die Abneigung gegen den eisigen Wind und den Schnee. Sie beobachtete, wie ihre Mutter sich zum Fahrerfenster hinunterbeugte und mit dem Mann am Steuer sprach. Im Rauschen des Windes konnte sie nur Bruchstücke verstehen. »Führerschein ... ausweisen ...«

Der Fahrer reichte ihr seine Papiere und Jessica verstand: »... Verlobten ... spät dran ... nicht getraut weiterzufahren ... etwas warten ... Sturm vorüber ...«

Emily kehrte mit den Papieren zurück. Sie setzte sich

auf den Beifahrersitz und griff nach dem Handy, wählte die Nummer von Superintendent Cox aus der Liste.

Er meldete sich nach einigem Warten. »Emily, ich wollte dich gerade anrufen. Wegen des Mannes im Explorer. Ich hab gerade Nachricht bekommen.«

»Er sitzt einige Meter vor mir in seinem Wagen, Jack. Hat seinen Wagen am Straßenrand gestoppt, ungefähr fünfzig Kilometer nordwestlich von Williams Lake. Angeblich weil er Angst hat, in dem Sturm weiterzufahren.«

»Das passt«, erwiderte Cox. »Brendan Foley, nicht wahr?« Er nannte eine Adresse in Williams Lake und buchstabierte das Kennzeichen des Wagens.

»Korrekt«, bestätigte Emily.

»War eine einfache Übung, das herauszufinden«, sagte Cox. Emily hatte auf die Lautsprecheranlage geschaltet, damit Jessica mithören konnte. »Über die Kreditkarte, mit der er an der Tankstelle bezahlt hatte. Der gläserne Bürger. Keine Vorstrafen, aber mehrere Verkehrsvergehen. Zu schnelles Fahren, Überfahren einer roten Ampel, entging knapp einer Gefängnisstrafe, als er zu schnell an einer Schule vorbeifuhr und beinahe einen Schulbus rammte.«

»Ein Verkehrsrowdy, der Angst vor ein bisschen Schnee hat?«

»Er leidet unter einer bipolaren affektiven Störung.«

»Wie bitte?«

»Er ist manisch-depressiv«, erklärte Cox, »leidet unter extremen Stimmungsschwankungen. Mal ist er euphorisch und übertrieben höflich, dann wieder vollkommen down und depressiv. Und wenn es ganz schlimm kommt, reagiert er gereizt und extrem gewalttätig. Hat mir Doc Ryan erklärt. Die Krankheit ist in seinen Akten vermerkt, aber die Fahrerlaubnis wurde ihm bisher nicht entzogen. Ein Wunder, dass er überhaupt eine bekommen hat. Eigentlich sollte so ein Mann nicht hinters Steuer. Sei vorsichtig, Emily!«

»Kein Verdacht auf andere Gewalttaten? Vergewaltigung? Mord?«

»Nein«, bestätigte Cox. »Ich hab mit einem Kollegen in Williams Lake gesprochen, der ihn kennt. Foley ist kein Serienkiller und auch kein Vergewaltiger. Ohne seine Krankheit wäre er ein ganz normaler Mann. Er dreht nur durch, wenn er seine Tabletten nicht nimmt, sagt der Kollege. Anscheinend kommt das häufig vor. Die Dinger haben starke Nebenwirkungen, sagt Doc Ryan. Gib ihm seine Papiere zurück und fahrt weiter. Reiz ihn nicht, Emily!«

»In Ordnung, Jack.« Emily stieg aus und brachte Foley die Papiere. Vorsichtig, wie sie war, hatte sie auch diesmal die Hand an der Smith & Wesson.

Doch auf das, was dann geschah, war sie nicht vorbereitet. Kaum stand sie neben dem Wagen, flog die Fahrertür auf und warf sie rückwärts in den Schnee. Die Papiere fielen ihr aus der Hand. Sie zog die Hand mit der Pistole aus der Tasche, aber da war Foley schon aus dem Blazer gesprungen und trat ihr die Waffe aus der Hand. »Du verdammtes Miststück!«, rief er wütend.

Jessica sprang aus dem Wagen. Ohne zu überlegen, stürmte sie auf den Mann zu und schrie: »Lassen Sie meine Mutter in Ruhe! Hauen Sie ab!«

Seltsamerweise fügte sich Foley. Er lächelte sogar, als er

sie kommen sah. »Ach, Sie sind's«, sagte er völlig normal, hob seine Papiere auf und stieg in den Blazer. Noch bevor Jessica ihre Mutter erreicht hatte, startete er den Motor und fuhr davon.

Jessica half ihrer Mutter vom Boden hoch. »Alles okay, Mom?«

»Alles okay, Jess. Danke … das war sehr mutig.« Sie hob die Pistole auf.

»Willst du ihm nach? Ihn festnehmen?«

Sie steckte die Pistole weg und klopfte den Schnee aus ihren Kleidern. »Er ist krank, Jess. Ich geb eine Meldung an Jack durch, das muss genügen.«

Jessica half ihrer Mutter auf den Beifahrersitz und setzte sich hinters Steuer. Sie wollte gerade die Tür schließen, als sie eine Bewegung am Waldrand bemerkte. Kaum sichtbare Geschöpfe, wie von Geisterhand gelenkt, huschten über den Schnee, verharrten für einen Augenblick und verschwanden im Schneetreiben. Nur noch ihre gelben Augen leuchteten im Flockenwirbel.

»Ist was?«, fragte ihre Mutter.

Jessica zog die Tür zu. »Nein, alles okay, Mom.«

Denn als sie den Motor startete und in den Rückspiegel blickte, bevor sie langsam weiterfuhren, waren die leuchtenden Punkte bereits verschwunden.

10

Prince George lag in einer weiten Senke am Zusammenfluss von Fraser River und Nechako River, eine eher langweilige Industriestadt mit Sägewerken und einem großen Güterbahnhof, die im Winter noch trostloser als sonst wirkte. Das Schneetreiben hatte nachgelassen, doch über dem ausufernden Häusermeer hingen noch bedrohliche Wolken, die weiteren Schneefall ankündigten.

Jessica und ihre Mutter erreichten die Stadt am späten Nachmittag. Sie hatten sich von der erschreckenden Begegnung mit dem kranken Brendan Foley erholt, waren aber müde von der anstrengenden Fahrt und checkten in einem Motel ein, bevor sie zu Dougs Cousine fuhren. Unterwegs hatte Emily mit ihrem Chef telefoniert und erfahren, dass Foley tatsächlich zu seiner Verlobten unterwegs gewesen war. Emily spielte seinen Gewaltausbruch herunter, empfahl Cox aber, sich bei der Verlobten für eine eingehende medizinische Untersuchung des Mannes einzusetzen. »Ich weiß auch, dass wir dringendere Probleme haben«, sagte sie, »aber der Mann ist eine wandelnde Zeitbombe.«

Kate Strottheimer wohnte in der Victoria Street, nur wenige hundert Meter vom Güterbahnhof entfernt, in einem zweistöckigen Holzhaus, das noch aus der Pionierzeit zu stammen schien. Die weiße Farbe war längst vergilbt oder abgeblättert, am Dach fehlten Ziegel und die Dachrinne wies faustgroße Löcher auf. Vor dem Haus lag ein verrostetes Fahrrad im schmutzigen Schnee.

»Nette Gegend«, sagte Jessica beim Aussteigen. Die Nachbarhäuser sahen nicht viel besser aus, wirkten vernachlässigt und abgewohnt, und von einem nahen Sägewerk drang das Kreischen einer Kreissäge herüber. Selbst der Schnee war hier schmutzig, hatte sich unter dem Rauch einer Fabrik verfärbt.

Emily klopfte an die Haustür. Laute Musik, irgendein Hit aus den Charts, und das Geplärre einer Talkshow drangen nach draußen. Als niemand öffnete, ging sie um das Haus herum und klopfte gegen das Wohnzimmerfenster. Durch die schmutzige Scheibe beobachtete sie, wie eine Frau vom Sofa aufstand und schimpfend zur Tür schlurfte. Emily kehrte zur Haustür zurück.

»Kate Strottheimer?«, fragte sie beim Anblick der schlampig gekleideten Frau, die nur einen Spalt geöffnet hatte und misstrauisch nach draußen blickte. »Wir sind Freunde von Doug und hätten gern mal mit Ihnen gesprochen.«

»Sind Sie sicher, dass Sie nicht von diesem Wucherer kommen? Ich hab der Lady am Telefon doch gesagt, dass ich erst am Ersten zahlen kann. Der Typ vom Supermarkt wollte mir keinen Vorschuss geben. Am Ersten, okay?«

Sie wollte die Tür wieder schließen, aber Emily hielt sie zurück. »Wir wollen kein Geld«, betonte sie lächelnd. »Wir sind Freunde von Doug Winslow.«

»Doug? Ehrlich?« Sie öffnete die Tür. »Kommen Sie rein!«

Jessica und ihre Mutter folgten der Frau ins Wohnzimmer und setzten sich auf die altersschwache Couch. Auch die übrigen Möbel stammten aus dem vorigen Jahrhundert, sogar der Fernseher mit seinem klobigen Gehäuse. Auf einem Tischchen in der Ecke stand ein Weihnachtsbaum mit dürren Ästen.

»Elisa!«, rief Kate Strottheimer nach oben. »Stell das verdammte Radio leiser!« Sie griff nach der Fernbedienung und schaltete den Fernseher aus. »Den ganzen Tag muss ich mir dieses Hip-Hop-Gestammel anhören. Ich möchte mal wissen, warum sie Kopfhörer an ihrem MP3-Player hat.«

Sie verschwand in der angrenzenden Küche. »Kaffee?«

»Nein danke«, riefen Jessica und ihre Mutter gleichzeitig.

Kate Strottheimer kehrte mit einem vollen Becher zurück und setzte sich in einen der beiden Sessel. »Und Sie wollen wirklich kein Geld von mir?«

»Nein«, erwiderte Emily. »Wir suchen Doug.«

»Doug? Ist er denn nicht zu Hause auf seiner Ranch?«

Emily wollte der Frau nicht alles erzählen. »Doug ist verschwunden. Seit vorgestern. Er wollte eigentlich zu meiner Christmas Party kommen, ist aber nicht erschienen. Er hat weder angerufen noch eine Nachricht hinterlassen und wir konnten ihn auch nicht erreichen. Ich weiß, er ist nicht der Zuverlässigste, wenn es um das Einhalten von Terminen oder Verabredungen geht, aber an Weihnachten so sang- und klanglos zu verschwinden … das ist schon seltsam. Wir machen uns große Sorgen. Ich bin Constable bei der RCMP …«

»Sie sind von der Polizei?«

»… und habe bereits alle Hebel in Bewegung gesetzt, aber er ist spurlos verschwunden. Hat er sich bei Ihnen gemeldet, Mrs Strottheimer? War er hier? Hat er angerufen, geschrieben, sonst irgendwie von sich hören lassen?«

»Kate«, verbesserte sie. »Nein, er war nicht hier. Warum auch?«

»Er hat sich nicht gemeldet?«

»Das letzte Mal hat er vor drei Wochen angerufen. Er wollte wissen, ob ich das Geld bekommen habe. Seit John … mein Mann … seit er tot ist, unterstützt uns Doug jeden Monat mit zweihundert Dollar. Ohne das Geld hätten wir uns schon vor einem Jahr aufhängen können. Er ist unser einziger Verwandter. Na ja, der einzige, der sich dazu bekennt. Meine Schwiegereltern glauben immer noch, ich hätte ihren Sohn vor den Zug gestoßen, um die Witwenrente zu bekommen. Witwenrente … dass ich nicht lache! Das sind nicht mal Almosen!«

»Ihr Mann hat Selbstmord begangen? Warum denn?«

»Warum wohl?« Kate Strottheimer klang verbittert. »Weil wir von den paar Fischen, die wir fangen durften, nicht mehr leben konnten. Wir kommen aus Prince Rupert. Hatten dort ein Fischerboot, dasselbe, mit dem Johns Vater aufs Meer gefahren war. Er starb vor ein paar Jahren an Krebs. Die ersten Monate ging es uns richtig gut, aber dann kamen die Japaner und die Vietnamesen mit ihren Booten, und die Regierung kam mit den neuen Fangbestimmungen rüber. Haben Sie die mal gelesen? Davon kann doch kein Mensch leben! Was meinen Sie, wie viele Fischer in den letzten Jahren pleitegingen? Aber was interessieren die Regierung schon ein paar Fischer! Wir gaben auch auf. Mussten unser Boot verschrotten, weil es niemand haben wollte, und zogen nach Prince George. Unsere Stimmung war nicht die beste, das kann ich Ihnen sagen. John vermisste das Meer, hatte ständig schlechte Laune und schrie rum. Ein Jahr lang hielt er es in der Fabrik aus, dann warf er sich vor den Zug.«

»Mein Beileid, Kate.«

»Ach was. Ich bin längst drüber weg. War sowieso kein Vergnügen mehr, mit John zusammenzuleben. Ich hätte mich wahrscheinlich scheiden lassen, wenn er sich nicht umgebracht hätte. Das Geld reichte so und so nicht. Das bisschen Geld, das er in der Fabrik verdiente, versoff er, und ich hatte Glück, dass ich als Kassiererin im Supermarkt anfangen konnte. Für einen Hungerlohn. Ohne Doug würde ich es nicht schaffen, nicht mit den Kindern. Elisa ist sechzehn, John vierzehn. Wissen Sie, was Kinder kosten?«

»O ja«, erwiderte Emily und blickte Jessica an. »Das weiß ich.«

»Ich hab schon das Rauchen aufgegeben, aber es reicht noch immer nicht.«

»Haben Sie eine Idee, wo Doug sein könnte?«

Kate Strottheimer trank einen Schluck und überlegte. »Bei seinen Rindern? Auf Bärenjagd? Auf Wolfsjagd? Irgendwo weit draußen, nehme ich an. Ich glaube, da fühlt er sich am wohlsten. Von den Chilcotins hat er immer geschwärmt. Ich hab nichts für die Berge übrig, würde am liebsten wieder ans Meer ziehen, aber die Kinder gehen hier zur Schule … na ja, ist auch egal.«

»Bei seinem letzten Anruf … klang er da irgendwie anders?«

»Nein, wieso?«

»Wirkte er niedergeschlagen oder … oder lebensmüde? Sprach er davon, die Chilcotins zu verlassen und irgendwo anders neu anzufangen? Erwähnte er irgendetwas, das Ihnen seltsam vorkam? Überlegen Sie bitte genau, Kate!«

»Nein, er war wie immer. Fragte, ob ich das Geld bekommen hätte und damit durchkäme … wie es den Kindern ginge … das Übliche eben. Dass er sich eine neue Stute gekauft und einen gefährlichen Bären zur Strecke gebracht habe … na ja, und wie herrlich es in den Chilcotins sei … die Berge, die Flüsse und Seen, die wilden Tiere … Doug ist ein Romantiker. Er klang fast wie jemand, der frisch verliebt war, wie ein Junge von der Highschool.«

»Tatsächlich?« Emily unterdrückte nur mühsam ein Schmunzeln. »Und danach hat er sich nicht mehr gemeldet? Kurz vor Weihnachten vielleicht?«

»Die Weihnachtskarte!«, rief sie. »Die hätte ich beinahe vergessen.«

»Irgendwas Besonderes?«

»Irgendwie schon«, fiel es Kate Strottheimer ein. »Warten Sie, ich hab sie noch in der Küche liegen.« Sie lief davon und kehrte mit einer aufklappbaren Karte zurück. Auf der Titelseite war ein Cowboy mit einem Packpferd voller Weihnachtsgeschenke abgebildet. Sie schob die Karte über den Tisch. »Hier …«

Emily griff nach der Karte und las vor: »Liebe Kate, zum Weihnachtsfest wünsche ich Dir und den Kindern alles Gute. Ein kleines Geschenk findest Du auf Deinem Konto. Kauft euch was Schönes dafür. Hier gibt es kaum Läden, und ich wüsste sowieso nicht, was ich aussuchen sollte. Lass Dich nicht unterkriegen, Kate, das Leben geht oft seltsame Wege, aber das weißt Du ja besser als ich. Es grüßt Dich aus den majestätischen Chilcotins Dein Doug.«

»Seltsame Wege«, wiederholte Emily. »Was meint er bloß damit?«

»Keine Ahnung«, erwiderte Kate Strottheimer.

Jessica wunderte sich ebenfalls und war in Gedanken versunken, als sie von einer plötzlichen Bewegung vor dem Fenster abgelenkt wurde. Sie blickte verstört nach draußen und sah dieselben Schatten wie am Highway, doch diesmal mitten in einer Stadt, in einer Gasse zwischen den Häusern. Im düsteren Abendlicht waren die geisterhaften Wesen kaum zu erkennen.

Aus Angst, sich vor ihrer Mutter und Kate Strottheimer lächerlich zu machen, gab sie sich betont gleichgültig. »Ich gehe schon mal zum Wagen«, sagte sie zu ihrer Mutter. »Hat mich gefreut, Mrs Strottheimer. Alles Gute!«

Sie sah den verwunderten Blick ihrer Mutter, beantwortete ihn mit einem vorgetäuschten Lächeln und verließ das Haus. Im Laufen zog sie den Reißverschluss ihres Anoraks zu und schlüpfte in ihre Handschuhe. Sie hatte keine Angst, glaubte der greisen Wolfsfrau, die ihr versichert hatte, dass die weißen Wölfe nur ihr Bestes wollten. Wenn es sie wirklich gab. Aber hatten ihr die Bestien vor drei Jahren nicht das Leben gerettet? Hatte der Anführer mit der Narbe über dem rechten Auge dem Bankräuber nicht die Kehle durchgebissen? Ohne zu zögern, lief sie um das Haus herum in die Gasse.

Im Licht einer Straßenlampe, deren gelber Schein bis zwischen die Häuser reichte, sah sie die schemenhaften Tiere wieder. Wie flüchtige Bilder wanderten sie an einem Bretterzaun entlang und in das Gestrüpp am Straßenrand. Nur für einen Augenblick waren die gelben Augen in der Dämmerung zu sehen.

»Was wollt ihr hier?«, rief sie in die Richtung, in welche die Wesen verschwunden waren. »Warum folgt ihr mir bis in die Stadt? Bin ich in Gefahr?«

Die gelben Augen blitzten erneut auf und bewegten sich über die Straße, zum Güterbahnhof hinüber. Jessica folgte ihnen, blieb am Straßenrand stehen und hielt erschrocken den Atem an, als ein Auto mit quietschenden Bremsen ins Schleudern geriet und gegen die Bordsteinkante prallte. Sie glaubte zu hören, wie der Fahrer auf die »verdammten Köter« schimpfte und fluchend weiterfuhr. Die Erscheinungen waren längst von der Straße verschwunden.

Nach kurzem Zögern lief Jessica ihnen nach. Sie hatte das Gefühl, dass ihr die Wölfe etwas zeigen wollten, denn auch jetzt sah sie die gelben Augen wieder in einiger Entfernung verharren, als warteten sie darauf, dass sie ihnen folgte. Wie von Geisterhand gesteuert verschwanden sie über die Böschung.

Jessica erreichte die andere Straßenseite und blickte auf den Güterbahnhof hinab. Die Abstellgleise waren über eine steile Treppe erreichbar, die über die Böschung nach unten führte. Sie hielt sich am Geländer fest, um auf den vereisten Stufen nicht den Halt zu verlieren, und stieg langsam hinab. Von den Schatten war nichts mehr zu sehen, weder auf der verschneiten Böschung noch zwischen den zahlreichen Güterwagen, die hier abgestellt waren.

Unten angekommen blieb sie zögernd stehen. Im gelben Neonlicht der Bahnhofslampen wirkte das Gelände beklemmend und geheimnisvoll. Kalter Glanz spiegelte sich auf den Güterwagen. Der Schnee zwischen den Gleisen war schmutzig. Es roch nach altem Treibstoff, Abfall und verfaultem Holz.

Sie überquerte die Schienen und ging an den Wagen entlang. Ihre Stiefel knirschten auf dem verharschten Schnee. Die Wölfe waren nicht zu sehen.

Sie blieb eine Weile stehen und blickte sich suchend um, dann stieg sie die Treppen zur Böschung wieder hinauf. Ganz schön dumm von mir, mich im Dunkeln auf einem Güterbahnhof rumzutreiben, dachte sie. Mom würde die Hände überm Kopf zusammenschlagen, wenn sie mich sehen könnte. Da unten hätte genauso gut der Highway-Killer warten können. Oder irgendein anderer Verbrecher. Nicht zu fassen!

Oben blieb sie einen Augenblick stehen und schnappte nach Luft. Sie war die Stufen viel zu schnell nach oben geklettert. Als sie wieder bei Atem war und weiterlief, sah sie einen Geländewagen mit laufendem Motor am Straßenrand stehen. Ein japanisches Modell. Das linke Rücklicht funktionierte nicht.

Sie sah einen Mann aussteigen und rief: »Hallo, Mister! Ihr linkes Rücklicht brennt nicht.« Ich kann einfach meine Klappe nicht halten, dachte sie im selben Moment.

Der Mann ging um den Wagen herum und antwortete:

»Ach, tatsächlich. Das war mir gar nicht aufgefallen. Vielen Dank.« Er war noch jung, so viel konnte sie aus der Ferne erkennen, Ende zwanzig oder Anfang dreißig. Sein heller Skianorak hing locker über den Jeans. Seine Kapuze hatte er nach hinten geklappt. Als sie näher an ihn herankam, sah sie, dass sein Gesicht sanft, fast mädchenhaft wirkte und seine Augen glänzten, aber das konnte auch am trüben Licht der Straßenlampe liegen.

»Ist es nicht zu kalt für einen Spaziergang?«, fragte er.

»Ich bin die Kälte gewöhnt«, antwortete sie. Noch immer ohne Argwohn ging sie an dem Wagen vorbei und hielt auf die Victoria Street zu. Ein freundlicher junger Mann, der ihr zufällig über den Weg gelaufen war, sagte sie sich. Nicht jeder Mann, dem man abends begegnete, war ein Killer. »War nett, mit Ihnen zu plaudern, Mister«, verabschiedete sie sich.

»Sagen Sie«, hielt er sie zurück, »könnten Sie mir kurz helfen?«

Jetzt wurde sie misstrauisch. »Worum geht's denn?«

»Ich hab ein Paket auf dem Rücksitz, das kriege ich allein nicht raus.«

»Ich weiß nicht«, zögerte sie.

»Ich brauche nur jemand, der mir die Tür aufhält.«

Okay, dachte sie, warum nicht? Sie kehrte um, ging auf den Mann zu, hörte plötzlich ein gefährliches Knurren. Die Wölfe, fuhr es ihr sofort durch den Kopf. Sie blieb abrupt stehen und blickte sich um, aber die Straße war leer. Keine Wölfe, nicht mal Hunde, niemand außer ihr und dem Fremden.

Noch während sie zögerte, wurde das Knurren lauter. Als würde sich ein ganzes Wolfsrudel nähern und den jungen Mann in die Ecke treiben. Sie blieb wie versteinert stehen, beobachtete staunend, wie der Fremde immer nervöser wurde, abwehrend die Hände hob und voll Panik in seinen Wagen sprang.

Der Motor seines Wagens heulte auf und er brauste davon. Mit ihm verschwanden auch die unsichtbaren Wölfe. Als hätte es sie nie gegeben.

Verstört kehrte Jessica zu ihrer Mutter zurück.

11

»Das war sehr leichtsinnig von dir«, sagte Emily, als Jessica zu ihr in den Wagen stieg und von ihrer Begegnung mit dem jungen Mann berichtete. »Mag sein, dass er harmlos war, aber auch in Prince George gibt es Typen, die es auf hübsche Mädchen abgesehen haben. Du weißt doch, dass sich der Highway-Killer in dieser Gegend herumtreiben soll. Geh bitte nicht allein auf die Straße, solange er nicht gefasst ist. Vor allem nicht, wenn es dunkel ist.«

»Geht klar, Mom. Es ist ja nichts passiert.«

»Was hattest du überhaupt am Güterbahnhof zu suchen?«

»Ich hab die Wölfe gesehen.«

Emily zog die Augenbrauen hoch.

»Vielleicht hab ich sie mir auch nur eingebildet. Als der Typ mit dem Geländewagen damit anfing, dass ich ihm helfen sollte, knurrten sie so laut, dass er die Flucht ergriff …«

Ihre Mutter schüttelte den Kopf. »Das glaubst du doch selbst nicht …?«

»Ich weiß nicht, Mom. Ich weiß überhaupt nichts mehr.«

Emily ließ den Motor an. »Ich glaube, es wird höchste Zeit, dass wir was essen gehen. Wahrscheinlich brauchst du nur was Anständiges in den Magen. Wie wär's mit einem Steak?«

»Klingt gut«, erwiderte Jessica zufrieden.

Sie fuhren zu einem bekannten Steakhaus in der Nähe ihres Motels. Die Steaks schmeckten hervorragend, fast so gut wie beim Barbecue in der Lodge der Hansens, die Kartoffeln waren riesig, die Sour Cream nicht zu knapp bemessen wie in so vielen anderen Lokalen. Jessica war erleichtert, dass ihre Mutter nicht mehr auf die Wölfe zu sprechen kam.

»Puh«, stöhnte Jessica, »so gut hab ich lange nicht mehr gegessen!«

»Das kostet mich zwei Kilo«, seufzte ihre Mutter.

Nachdem Emily bezahlt hatte, sagte sie: »Sei mir nicht böse, aber ich würde gern noch im Moose Head vorbeischauen.«

»Moose Head?«

»Eine Country-&-Western-Bar.«

»Seit wann gehst du in solche Rabaukenläden?«

Emily grinste. »Das ist keine wilde Bikerkneipe, eher so was wie das ›Rodeo Cowboy‹ in Williams Lake. Als ich mit Doug hier war, vor anderthalb Jahren im Sommer, haben wir dort ein Bierchen getrunken. Ist nur eine vage Vermutung, ich weiß, aber vielleicht war er dort. Der alten Zeiten willen.«

Jessica blickte auf die Uhr am Armaturenbrett und nickte. »Solange ich nicht beim Line Dance mitmachen muss. Das Gehopse finde ich nämlich ziemlich affig. Erinnert mich an meine Kindergeburtstage.« Sie lachte. »Oder hab ich jetzt was Falsches gesagt?«

»Doug und ich tanzen nur Twostepp … und das nur heimlich, wenn uns niemand sehen kann. Wir sind die schlechtesten Tänzer in den Chilcotins.«

»Okay, dann spendier ich dir 'ne Coke.«

»Diet Coke«, verbesserte Emily sie.

Sie brauchten zwanzig Minuten für die Fahrt zum Moose Head, einer von außen eher schäbigen Kneipe, die sich in einem großen Blockhaus abseits des Yellowhead Highways befand. Über dem Eingang hing ein überdimensionaler Elchkopf aus Kunststoff, darunter leuchtete der Name des Lokals in roten Neonbuchstaben. Das »H« flackerte nervös. Auf dem großen Parkplatz standen fast ausschließlich Pickups und SUVs, wenige Personenwagen.

Auf dem Weg zur Tür ernteten sie die anerkennenden Blicke einiger Cowboys, die trotz der Kälte zum Rauchen nach draußen gekommen waren.

»Howdy«, grüßte Emily standesgemäß. »Alles okay?«

»Alles roger, Lady«, antwortete ein Cowboy lässig.

Die Kneipe war wie die Scheune in einer kitschigen Fernsehshow eingerichtet. Auf verwittert getrimmte Holzbalken stützten das hohe Giebeldach, zwischen den Tischen türmten sich Heuballen, und die lange Theke erinnerte an einen Western-Saloon. An der Wand leuchteten die Neonreklamen verschiedener Brauereien. Über der Tanzfläche hingen alte Hollywood-Scheinwerfer. Aus den Lautsprechern dröhnte ein ehemaliger Hit von Shania Twain.

Jessica mochte moderne Country Music. Sie blieb einen Augenblick stehen und ließ die Atmosphäre auf sich wirken, schüttelte aber den Kopf, als ein junger Mann sie zum Tanzen aufforderte. »Später vielleicht«, sagte sie.

Sie zog ihren Anorak aus und setzte sich neben ihre Mutter an die Theke. »Zwei Diet Cokes«, bestellte sie bei der Barkeeperin, einer kurzberockten Schönheit mit blonden Locken. Sie drehte sich mit dem Rücken zur Theke. »Ich hab's gewusst«, sagte sie, als sie die Line Dancer auf der Tanzfläche bemerkte. Sie waren alle gleich gekleidet, gehörten anscheinend zu einem Club.

Ihre Mutter drehte sich ebenfalls um. Auch sie hatte ihren Anorak ausgezogen und die Handschuhe in die Taschen gestopft. »Doug ist nicht hier.«

»Das wäre auch zu schön gewesen«, erwiderte Jessica.

Sie prosteten sich mit den Diet Cokes zu und ließen ihre Blicke durch das Lokal schweifen. Fast jeder Mann und auch so manche Frau trug einen Cowboyhut, aber Dougs brauner Filz mit der leicht verbogenen Krempe war nicht dabei. Emily wollte es nicht wahrhaben und suchte weiter nach ihm. Jessica berührte sie am Oberarm und sagte: »Wir finden ihn, Mom. Ganz bestimmt.«

Emily hatte wieder Tränen in den Augen. »Aber wo, Jess? Wo?«

»Warum gebt ihr keine Fahndung raus? Weit kann er nicht sein.«

Ihre Mutter schüttelte den Kopf. »Warum sollten wir? Wir haben keine stichhaltigen Beweise dafür, dass er noch lebt. Höchstens Vermutungen. Und dass Superintendent Cox wie wir denkt, hilft uns auch nicht. Außerdem sind alle Kräfte wegen dieses Highway-Killers im Einsatz. Selbst wenn jemand Doug einwandfrei identifiziert hätte, wäre eine Fahndung unmöglich.«

Sie drehte sich zur Theke um und kramte ein Foto von Doug und ihr aus der Anoraktasche. »Miss«, rief sie die

Barkeeperin heran, »darf ich Sie mal was fragen? Haben Sie diesen Mann gesehen? War er in letzter Zeit hier?«

»Sind Sie von der Polizei?«, fragte die junge Frau misstrauisch.

Emily zeigte ihren Dienstausweis. »RCMP. Er wird vermisst.«

Die Barkeeperin betrachtete das Foto genauer. »Hm«, grübelte sie, »so oder so ähnlich sehen einige Männer hier aus. Cowboys aus der Gegend. Die sind mir wesentlich lieber als die Möchtegern-Viehtreiber aus der Stadt mit ihren sauberen Vorzeige-Stetsons. Aber sagen Sie das bitte nicht weiter.«

»War er hier? Heute oder gestern? Oder Heiligabend?«

Sie nahm das Foto in die Hand und betrachtete es länger. »Könnte sein«, sagte sie schließlich. »Der Typ kommt mir irgendwie bekannt vor. So einer war gestern hier, das stimmt. Aber beschwören könnte ich es nicht. Wie gesagt, so sehen einige Männer aus, die bei mir ein Bierchen bestellen.«

»Hat er was gesagt? Der Mann, den Sie gesehen haben?«

Die Barkeeperin gab Emily das Foto zurück. »Kann mich nicht erinnern.«

»Versuchen Sie's.«

»Tut mir leid, Officer.«

»War jemand bei ihm?«

»Nein … der, den ich meine, war allein.«

»Vielen Dank.« Emily steckte das Foto ein und schlüpfte in ihren Anorak. »Gehen wir«, sagte sie zu Jessica. »Wir müssen morgen früh zeitig weiter.«

»Zum Yukon hoch?«

»Wenn's sein muss. Das ist die einzige Spur.«

Sie verließen das Lokal und stiegen in den Blazer. Nach der lauten Country Music im Moose Head kam ihnen das Motorengeräusch des Wagens extrem leise vor. Es dauerte eine Weile, bis die Heizung auf Touren kam.

»Über den Alaska Highway?«, fragte Jessica.

Ihre Mutter schüttelte den Kopf. »Doug hatte nie was für den Alaska Highway übrig. Wildnis-Autobahn hat er ihn genannt. Weil er inzwischen durchgehend asphaltiert ist und an jeder Ecke eine Tankstelle wartet. Früher mal, sagt er, früher sei das anders gewesen, da war die Fahrt über den Highway noch ein richtiges Abenteuer, da brauchte man fünf Extrakanister mit Benzin und zwei Ersatzreifen, wenn man heil in Fairbanks ankommen wollte. Nein, ich glaube, er hat den Stewart-Cassiar Highway genommen.«

Der Stewart-Cassiar Highway führte über neunhundert Kilometer durch das raue Bergland des kanadischen Westens und vereinte sich westlich von Watson Lake mit dem Alaska Highway. Eine einsame Straße, an der es kaum Siedlungen und Tankstellen gab und die im Winter so verlassen wie irgendein Trail in der Arktis wirkte. Nur Einheimische wagten sich um diese Jahreszeit auf den Highway, und auch dann nur, wenn es unbedingt sein musste.

»Du willst wirklich auf den Stewart-Cassiar?«, vergewisserte sich Jessica.

»Ich will Doug finden, Jess. Ich will wissen, warum er Hals über Kopf seine Ranch verlassen hat und diese Show inszeniert, um seine besten Freunde in die Irre zu führen und um sich, weiß der Teufel wohin, abzusetzen. Ich will es wissen, selbst dann, wenn er Schluss macht mit mir. Du kannst gerne hierbleiben, Jess, aber ich muss weiter, egal wo es hingeht.«

»Ich bleibe bei dir, Mom.«

Sie fuhren zum Motel, einem L-förmigen Bau mit einfachen, aber sauberen Zimmern, und parkten vor ihrer Zimmertür. Es schneite leicht, als sie ausstiegen und ihre Taschen hineintrugen. Vom Hauptgebäude, in dem das Büro und ein Schnellrestaurant untergebracht waren, leuchtete eine Neonreklame herüber.

Jessica hatte gerade ihre Tasche abgestellt, als ihr Handy klingelte. »Ja?«

»Ich bin's, Mike.«

»Hey, Mike!«, rief sie erfreut.

»Ich hoffe, ich bin nicht zu spät dran.«

»Nein, gar nicht«, erwiderte sie mit einem Blick auf ihre Mutter. Sie trat nach draußen unter das Vorbaudach und zog die Tür hinter sich zu. Die Kälte und der Schnee machten ihr nichts aus. »Wie geht's dir, Mike? Wo bist du?«

»Irgendwo am Yellowhead Highway, nördlich von Houston. In einem Motel. Der Campingplatz ist ein bisschen zu kalt für die Jahreszeit. Ich hab den Job am Stewart-Cassiar wieder bekommen. In der Werkstatt in Dease Lake. Werkstatt, Tankstelle und nebenbei muss ich im Laden aushelfen. Viel ist hier nicht los. Wo treibst du dich rum? Immer noch in Williams Lake?«

Die schlechte Verbindung zwang Jessica, das Handy fest ans Ohr zu drücken. Einige Schneeflocken flogen in ihr

Gesicht und schmolzen auf ihrer Haut. »Prince George«, antwortete sie, »auch in einem Motel. Wir wollen auch zum Stewart-Cassiar. Vielleicht kommen wir sogar bei dir vorbei.«

»Hey, das wär ja riesig!« Selbst durchs Handy spürte man, wie sehr Mike sich freute. »Dann bleibst du aber ein paar Tage hier. Wir könnten mit dem Snowmobil oder dem Hundeschlitten rumkurven. Der alte Duncan, mein Arbeitgeber, schwört auf Hundegespanne. Du bist doch eine gute Musherin.«

»Na ja«, wiegelte sie ab, »für den Yukon Quest reicht es noch nicht, aber …«

Mike realisierte erst jetzt, was Jessica und ihre Mutter auf den Stewart-Cassiar Highway trieb. »Sag mal … glaubt ihr etwa, dass Doug da oben ist?«

»Sieht ganz so aus, ist jedenfalls unsere einzige Spur. Wir vermuten, dass er zum Yukon unterwegs ist. Frag mich nicht, was er da will. Ich hoffe für Mom, dass es stimmt und wir ihn irgendwo am Stewart-Cassiar aufspüren. Sieh dich auch nach ihm um, okay? Er hat sich entweder einen Wagen besorgt oder er ist per Anhalter unterwegs, vielleicht mit einem Holztruck.«

»Habt ihr euch bei den Mietwagenfirmen umgehört?«

»Hat Mom gemacht. Bei den Firmen und den Werkstätten. Leider ohne Erfolg. Wie ich Doug kenne, fährt er bei einem Trucker mit. Halt die Augen offen, ja?« Sie ging ein paar Schritte und blickte in das Schneetreiben. »Ich vermisse dich, Mike. Ich weiß, das klingt verdammt kitschig, aber was soll ich sonst sagen, wenn es so ist?« Sie atmete die kalte

Luft ein, bedauerte die Worte schon fast wieder. »Ich mach dir doch keine Angst, Mike, oder? Ich meine …«

»Ich hab mich auch in dich verliebt«, erwiderte er, »gleich im ersten Augenblick. Als du in der offenen Scheunentür standest und ich dich mit der Taschenlampe angeleuchtet habe. Hinter dir das Schneetreiben und … Jess?«

Sie ließ die Hand mit dem Handy sinken und blickte entsetzt zur Straße. Direkt vor der Einfahrt zum Motel stand ein dunkler Geländewagen, die Scheinwerfer aufgeblendet und mit laufendem Motor. Derselbe Wagen, den sie am Bahnhof gesehen hatte. Sie kniff die Augen zusammen, um besser sehen zu können, und sah eine Gestalt am Steuer sitzen. Der junge Mann, der sie angesprochen hatte. Den die Wölfe vertrieben hatten. Er beobachtete sie durch einen Feldstecher! Oder bildete sie sich das alles ein?

Sie lief zur Straße, versuchte die Automarke und das Kennzeichen zu erkennen, aber das Schneetreiben war zu dicht. Der Fremde ließ den Motor aufheulen und raste davon, zog eine dünne Schneefahne hinter sich her.

Jessica blickte ihm verstört nach, nahm erst nach einer ganzen Weile wieder das Handy ans Ohr. »Mike? Tut mir leid, ich muss aufhören. Ich ruf dich später wieder an, okay?« Sie steckte das Handy weg und rannte ins Zimmer.

12

Das Restaurant neben dem Motel war schäbig und die Bedienung, eine Frau mit stark blondierten Haaren, so schlechter Laune, dass sie kaum ein freundliches Wort über die Lippen brachte, aber die Eier waren gut und der Kaffee einigermaßen stark. Mehr brauchten Jessica und ihre Mutter am frühen Morgen nicht. Sie hatten beide schlecht geschlafen und wirres Zeug geträumt.

»Und es war derselbe Mann wie gestern?«, setzte Emily die Unterhaltung fort, die sie vergangene Nacht begonnen hatten. Sie trug Jeans und Pullover.

»Er sah jedenfalls so aus«, bestätigte Jessica.

»Der Wagen ... hast du das Nummernschild erkannt?«

Jessica schüttelte bedauernd den Kopf. »Es ging alles so schnell. Und das Schneetreiben war viel zu stark. Ich konnte nicht mal erkennen, was für ein Wagen es war. Diese Geländewagen und SUVs sehen doch alle gleich aus.«

Ihre Mutter biss in ihren Toast und kaute bedächtig. »Wahrscheinlich war es gar nicht derselbe Typ. Ein Mann, der mit seinem Geländewagen am Straßenrand hält, ist in dieser Gegend nichts Besonderes. Vielleicht wollte er nur den Sturm abwarten. Oder er hatte vor, im Motel einzuchecken. Ein harmloser Fremder ohne böse Absichten. Wenn sich ein Mörder auf freiem Fuß befindet, sehen die Leute oft Gespenster. Es war dunkel, du bist nervös ...«

»Er hat mich durch ein Fernglas beobachtet.«

»Bist du sicher?«

»Nein«, räumte Jessica ein. »Wie du schon sagst … es war dunkel und schneite heftig, ich war nervös … aber ich bilde mir ein, er hatte einen Feldstecher. Und als ich auf ihn zulief, legte er ihn schnell weg und fuhr davon.«

Emily spülte den Bissen mit etwas Kaffee hinunter. »Okay«, sagte sie, »ohne eine Beschreibung des Mannes oder seines Wagens und ohne die Nummer kann ich natürlich nichts machen, aber wir werden die Augen offen halten. Am besten bleiben wir immer zusammen. War sowieso reichlich dumm von dir, bei dem Wetter vor die Tür zu gehen. Wer war denn dran?«

»Mike … das weißt du doch.«

Emily lächelte. »Du magst ihn wirklich, was?«

»Sieht so aus.«

»Hör auf deine erfahrene Mutter und verrenne dich nicht in etwas, das du später bereuen könntest. Du weißt, dass ihr sehr weit auseinander wohnt. Vancouver und der Norden sind zwei grundverschiedene Welten, das weißt du doch am besten. Du bist mit deiner Schule beschäftigt und bleibst vermutlich in Vancouver. Mike kommt vielleicht an eine kleine Ranch oder er bekommt Arbeit in einer Werkstatt … Wer weiß, ob ihr euch jemals wiederseht?«

»Ich weiß, Mom. Ich weiß das alles.«

Emily musste grinsen. »Jetzt klinge ich wie eine richtige Mom, was? Ausgerechnet ich … verknallt sich auf ihre alten Tage in einen Waldläufer, der noch weniger zu Hause ist als Mike, und fährt ihm durch halb Kanada nach.«

»Wahre Liebe«, kommentierte Jessica spöttisch.

Sie blickten beide aus dem Fenster und beobachteten, wie jemand seinen Wagen neben ihrem Blazer parkte. Eine junge Frau, das war selbst in dem Schneetreiben zu erkennen. Sie schlüpfte im Wagen in ihren Anorak, stülpte sich eine Wollmütze über die Haare und stieg aus. Mit gesenktem Kopf rannte sie auf das Lokal zu. Erst als sie eintrat, bemerkten sie die große Sonnenbrille, die sie auch nicht abnahm, als sie sich an den Tresen setzte.

»Ich hab's an den Augen«, sagte sie zu der missmutigen Bedienung, die gar nicht hinsah, als sie die Bestellung aufnahm. »Nur Kaffee und Toast.«

»Toast!«, rief die Bedienung in die Küche. Sie stellte einen Becher auf den Tresen und schenkte Kaffee ein. Mit schlurfenden Schritten kam sie zu Jessica und Emily und schenkte ihnen ebenfalls Kaffee nach. »Alles okay?«

»Danke«, erwiderte Emily überrascht.

Emily war lange genug Polizistin, um den wahren Grund für die Sonnenbrille zu erraten. Jessica hatte dieselbe Vermutung. In Fernsehfilmen sah man oft genug, wie sich misshandelte Frauen mit Sonnenbrillen tarnten.

»Meinst du …«, flüsterte Jessica.

Ihre Mutter gab ihr mit einem strengen Blick zu verstehen, besser nichts zu sagen. Die junge Frau und sie beide waren die einzigen Gäste in dem kleinen Lokal und man verstand jedes Wort. »Iss dein Rührei«, sagte sie scheinbar beiläufig, »du lässt ja die Hälfte liegen. Wir haben eine lange Fahrt vor uns.«

Erst als die junge Frau zu schluchzen begann und ihr Gesicht in beiden Händen verbarg, stand Emily auf und ging zu ihr. »Ist Ihnen nicht gut, Miss?«

»Nein, nein … es ist alles okay.«

Emily wusste, dass es nicht so war, sah jetzt auch das blaue Auge und die Blutergüsse auf ihren Wangen. »Ich möchte Ihnen nicht zu nahe treten …«

»Es ist alles in Ordnung … wirklich!«

Emily wartete geduldig, blieb neben der weinenden Frau stehen, ohne etwas zu sagen oder sie zu berühren. Sie vermied es sogar, sie anzublicken.

»Ich …« Die Frau schniefte. »Mir geht's nicht besonders, das ist alles.«

»Wie heißen Sie, Miss?«

»Amy … ich heiße Amy.«

»Warum setzen Sie sich nicht zu uns, Amy? Kommen Sie! Ich bin Emily Barnett und das ist Jessica, meine Tochter.« Sie half der jungen Frau, die immer noch benommen wirkte, vom Hocker und führte sie zum Tisch. Die Bedienung brachte den Kaffee und einen Teller mit Toast und Marmelade.

»Sie brauchen sich vor uns nicht zu verstecken«, sagte Emily nach einer Weile. »Nehmen Sie ruhig die Brille ab.« Sie zögerte einen Augenblick, wie jedes Mal, bevor sie einer misshandelten Frau die entscheidende Frage stellte, und fragte: »War das Ihr Mann, Amy?« Sie deutete auf das blaue Auge und die Blutergüsse. »Sagen Sie mir bitte nicht, dass Sie sich gestoßen haben …«

Amy hatte sich wohl entschieden, Emily zu vertrauen, und nickte. »Ich bin ihm weggelaufen … ich habe es einfach nicht mehr ausgehalten. Ich hab sogar meine Kinder im Stich gelassen …« Bei dem Gedanken an ihre Kinder begann sie erneut zu weinen. Sie griff nach einer Serviette und schnäuzte sich.

Emily ließ ihr Zeit. »Wie viele Kinder haben Sie, Amy?«

»Zwei … einen Sohn und eine Tochter. Sieben und fünf …« Sie schluchzte in die Serviette. »Ich hätte sie nicht alleinlassen dürfen … mein Mann kümmert sich um sie, das weiß ich … er ist nicht so schlecht, wie Sie vielleicht denken.«

»Warum hat er sie geschlagen, Amy?«

Sie griff nach einer neuen Serviette und putzte sich wieder die Nase. Ihre Augen waren rot vom vielen Weinen. »Er hat seine Arbeit verloren, schon vor ein paar Monaten. In einem Sägewerk in Mackenzie. Die Naturschützer haben durchgesetzt, dass nicht mehr so viel gerodet werden darf, und das Sägewerk musste reihenweise Leute entlassen. John … mein Mann hätte nach Saskatchewan gehen können, aber das wäre nur für ein halbes Jahr gewesen, und danach wäre die Suche von vorne losgegangen. Wenn diese Umweltschützer wüssten, was sie mit ihren Protesten alles anrichten … ein Teufelskreis ist das.«

Emily wusste, wie es weiterging. Sie hatte diese und ähnliche Geschichten zu oft gehört. »Er kam mit seiner ungewohnten Rolle nicht zurecht«, sagte sie. »Er wurde nervös, brauste öfter auf als früher und manchmal rutschte ihm die Hand aus … so war es doch, Amy, nicht wahr?« Amy blickte sie verwundert an und sie fuhr lächelnd fort: »Sie sind nicht die einzige Frau, der es so geht. Ich bin Polizistin und weiß aus Erfahrung, was Familien in Ihrer Situation durchmachen. Wo wollen Sie hin, Amy? Zu Ihren Eltern? Einer Freundin?«

»Zu meiner Schwester ... in Prince Rupert.«

»Ich kann Ihnen die Adressen einiger Organisationen geben, die sich um Sie kümmern würden, Amy. Erfahrene Leute, die tagtäglich mit diesen Problemen konfrontiert werden und Ihnen sicher wertvolle Ratschläge geben könnten.« Sie zog ihr Notizbuch hervor und schrieb zwei Telefonnummern auf, die sie längst auswendig kannte. »Hier«, sagte sie, als sie den Zettel abriss, »beide in Prince George. Die wissen, was in so einer Lage zu tun ist.«

Amy griff nach dem Zettel und betrachtete ihn lange, als müsste sie die Nummern auswendig lernen. Während sie die Zahlen studierte, kam die Bedienung aus der Küche und legte die Rechnungen auf den Tisch. Sie ging hinter den Tresen und schaltete den Fernseher neben dem Kuchenregal ein.

»... gibt es noch immer keine Spur von dem Highway-Killer«, verkündete eine Nachrichtensprecherin. Sie kam ins Bild, zeigte selbst bei dieser Meldung ein makelloses Lächeln. »Die Polizei vermutet, dass er sich immer noch in der Gegend um Prince George aufhält. Warum es der RCMP bisher nicht gelang, den Täter zu fassen, bleibt ihr Geheimnis. Selbst mit einem Großaufgebot an Beamten war sie bisher nicht in der Lage, den Täter zu fassen. Ungeklärt ist bisher auch, woher der Mörder die Rosen hatte, die er auf den Leichen seiner Opfer hinterließ. Der einzige Mann, der einen Strauß roter Rosen in einem Blumengeschäft kaufte, verfügt über ein einwandfreies Alibi. In diesem Zusammenhang bittet die RCMP noch einmal alle junge Frauen in Prince George und Umgebung, auf keinen Fall allein oder per Anhalter zu fahren ...«

»Das gilt auch für Sie, Amy«, warnte Emily. »Am besten fahren Sie nach Prince George zurück. Halten Sie auf keinen Fall an! Und tun Sie mir einen Gefallen und melden Sie sich bei einer dieser Nummern.« Amy wollte aufstehen und bezahlen, aber Emily winkte ab: »Das Frühstück geht auf uns.«

»Vielen Dank«, sagte Amy und schob sich die Sonnenbrille aufs Gesicht. »Vielen Dank, dass Sie mit mir gesprochen haben. Ich werde mir das alles durch den Kopf gehen lassen.« Sie hielt den Zettel hoch. »Danke noch mal.«

Sie verließ das Lokal und stieg in ihren Wagen. Jessica und ihre Mutter beobachteten, wie sie nach Westen davonfuhr, in Richtung Prince Rupert.

»Sie fährt nicht nach Prince George zurück«, sagte Jessica.

»Das habe ich auch nicht erwartet. Sie hat Angst.«

»Vor ihrem Mann? Davor, ihre Kinder zu verlieren?«

»Davor, dass ihre kleine Welt aus den Fugen gerät. Der Mann, die Kinder ... von einem Tag auf den anderen kann alles vorbei sein. Bei mir kam die Scheidung auf Raten. Ich wusste genau, was auf mich zukam, aber bei ihr ... Wenn ein Mann erst mal gewalttätig wird, ändert er sich nicht mehr. Ich habe es jedenfalls noch nie erlebt. Ich hoffe, ihr Mann ist die große Ausnahme.«

Jessica musste lächeln.

»Was ist?«, fragte ihre Mutter verwundert. »Hab ich was Falsches gesagt?«

»Nein«, erwiderte Jessica. »Ich muss nur gerade daran denken, was du für Probleme am Hals hast. Das rätselhafte Verschwinden von Doug, der Killer … und du … du sorgst dich um eine Frau, die du gar nicht kennst.«

Jetzt lächelte auch Emily. »So bin ich eben. Gehen wir?«

Sie gaben der mürrischen Bedienung ein Trinkgeld, das sie nicht verdient hatte, und liefen zu ihrem Wagen. Das Gepäck hatten sie bereits verstaut. Es schneite immer noch heftig, und sie waren froh, als sie die Türen geschlossen hatten und das Gebläse warme Luft in den Passagierraum pustete. Die Scheibenwischer räumten den Schnee zur Seite, der sich auf der Windschutzscheibe angesammelt hatte. Im schwachen Licht der Scheinwerfer fuhren sie auf den Highway zurück, rollten über die verschneite Fahrbahn nach Westen.

Nach einigen Minuten zogen sie ihre Anoraks aus. Emily schaltete das Gebläse herunter und wischte mit dem Ärmel über die Seitenscheibe. Einige Wagen kamen ihnen entgegen, darunter auch ein schwer beladener Truck.

»Meinst du, Doug ist per Anhalter unterwegs?«, fragte Jessica.

»Keine Ahnung«, antwortete ihre Mutter. »Sieht ihm so gar nicht ähnlich, nicht wahr? Aber wenn er einen Wagen gekauft hätte, wüssten wir das. Jack hat bestimmt alles unternommen, was in seiner Macht steht. Er glaubt doch selbst nicht, dass Doug sich umgebracht hat. Doug und sich umbringen …«

Das Schneetreiben wurde stärker. Oder es kam ihnen nur so vor, weil Emily jetzt mehr Gas gab und die Flocken noch schneller auf sie zukamen? Vor ihnen zog sich der Yellowhead Highway wie ein endloses Band nach Westen, tauchte in ein weites Tal hinab, stieg auf der anderen Seite steil an und verlor sich im morgendlichen Dunst. Abseits der Straße schimmerte ein See durch die Bäume, war sekundenlang im Schneetreiben zu sehen und verschwand wieder. Die Bäume auf den Berghängen waren schwarze Flecken im Schnee.

Jessica hing ihren Gedanken nach. Vor ihrem geistigen Auge sah sie flüchtige Bilder: der lächelnde Mike, wie er sie in die Arme schloss und sanft küsste. Amy, wie sie schluchzend am Steuer ihres Wagens saß und krampfhaft überlegte, in welche Richtung sie fahren sollte. Der geheimnisvolle Highway-Killer, wie er eine junge Frau im Wald erdrosselte und ihr eine rote Rose auf die Brust legte. Amys Wagen, der mit offener Tür im Graben hing.

»Mom! Halt an!«

Das letzte Bild war keine Einbildung gewesen. Amys rostbrauner Ford Taurus hing am Ende einer langen Bremsspur im Straßengraben. Die Fahrertür stand offen, das Licht im Innenraum brannte. Amy war nicht zu sehen.

Emily schaltete die Warnblinkanlage ein und fuhr an den Straßenrand. »Amy!«, sagte sie nur. Sie stiegen aus und rannten zu dem Ford. Die Automatik stand auf »Drive«, der Motor war abgestorben, nur das Radio lief, ein Hit aus den Achtzigern. »Nichts anfassen!«, sagte Emily zu ihrer Tochter. Anscheinend glaubte sie, dass Amy einem Verbrechen zum Opfer gefallen war.

»Da sind Spuren!«, rief Jessica. Sie deutete auf die tiefen

Eindrücke, die vom Wagen zum nahen Waldrand führten. »Sieh dir das an. Sie muss ein paarmal hingefallen sein. Sie muss es verdammt eilig gehabt habe. Soll ich …«

»Du bleibst hier! Geh in den Wagen!«, befahl Emily mit ihrer Polizistinnenstimme, die keine Widerrede duldete. Sie zog die Pistole aus der Tasche.

»Meinst du, der Mörder …«, erschrak Jessica.

»Geh in den Wagen!«, wiederholte Emily barsch.

Jessica gehorchte widerwillig und kehrte langsam zum Blazer zurück. Ihre Mutter war bereits am Waldrand und sie hatte den Türgriff in der Hand, als sie das leise Schluchzen hörte. Sie blieb erschrocken stehen, lauschte angestrengt und hörte es wieder. Keine zehn Meter von ihr entfernt weinte eine Frau. Amy, dachte sie sofort. Sie musste im Wald nach Westen gelaufen sein.

»Mom!«, rief Jessica mit gedämpfter Stimme. »Hierher!«

Ohne ihrer Mutter die Gelegenheit zu einem Einwand zu geben, stapfte sie auf den Waldrand zu. Ihr Anorak stand offen und bauschte sich im eisigen Wind. Sie zog rasch den Reißverschluss hoch, senkte den Kopf gegen den treibenden Schnee. War Amy von dem Highway-Killer … Sie wagte den Gedanken nicht zu Ende zu denken. Wieder drang das Schluchzen an ihre Ohren, diesmal von weiter links. Es klang nicht so, als sei Amy in großer Gefahr. Eher verzweifelt und am Ende. Immerhin, sie lebt, sagte Jessica sich.

Sie drang in den Wald, bekam die schneebedeckten Fichtenzweige ins Gesicht. Neben ihr kämpfte sich ihre Mutter durch das Unterholz. Leise fluchend und mit beiden Händen vor dem Gesicht, um keinen Ast ins Auge zu bekommen, arbeiteten sie sich vorwärts. Nach einigen Metern erreichten sie einen schmalen Pfad. Hier kam der Schnee kaum mehr durch die Bäume, es lag nur eine hauchdünne Schneedecke auf dem Waldboden. Teilweise blitzte die Erde durch.

Sie entdeckten Amy im selben Moment. Die junge Frau war gestürzt und lag schluchzend auf dem Boden, das Gesicht in beide Hände vergraben.

Als Jessica sie vorsichtig berührte, schrie sie auf, hob abwehrend beide Hände und blickte sie aus geweiteten Augen an. »Wir sind's«, rief Emily schnell, »Emily und Jessica. Sie haben nichts zu befürchten. Ist alles okay!«

»Alles … okay?«, fragte sie ungläubig. Ihr Schluchzen verstummte und sie griff mit beiden Händen nach Jessicas Arm, ließ sich von ihr auf die Beine ziehen. »Alles okay? Der Highway-Killer … er hat mich nicht verfolgt? Ich dachte … ich dachte …« Sie begann wieder zu schluchzen, klammerte sich Hilfe suchend an Jessica und schüttelte sich wie unter einem heftigen Krampf.

»Es ist alles gut«, beruhigte Jessica die Frau.

Es dauerte fast zehn Minuten, bis Amy sich beruhigte. Emily hatte inzwischen ihre Kollegen von der RCMP benachrichtigt und eine Wolldecke um die Schultern der nur noch leise wimmernden Frau gelegt. »Die Kollegen kümmern sich um Sie«, sagte sie, als sie zum Highway zurückkehrten. Der Streifenwagen wartete bereits. »Sie bringen Sie ins Krankenhaus nach Prince George, nur zur Beobachtung. Dort haben Sie erst mal Ihre Ruhe. Morgen früh können Sie immer noch entscheiden, was Sie tun wollen. Okay, Amy?«

Amy nickte schwach. »Ich hatte die Kontrolle über meinen Wagen verloren und landete im Graben«, versuchte sie sich zu entschuldigen. »Und plötzlich kam mir in den Sinn, was der Nachrichtensprecher im Fernsehen gesagt hatte. Ich dachte, der Highway-Killer … Ich hatte ganz plötzlich solche Angst …«

»Es ist alles okay«, wiederholte Emily. »Und keine Angst wegen Ihres Wagens, den stellt ein Kollege vor dem Krankenhaus ab. Alles Gute, Amy!«

Amy ließ sich von einem der Polizisten zum Streifenwagen führen und drehte sich noch einmal um, bevor sie einstieg. »Vielen Dank, Emily und Jessica! Sie haben mir das Leben gerettet. Ich hoffe, ich sehe Sie mal wieder.«

»Bestimmt, Amy. Bestimmt.«

Sie warteten, bis die Polizisten mit Amy verschwunden waren, und stiegen in den Blazer. Die plötzliche Wärme tat ihnen gut. »Als ob wir nicht genug eigene Sorgen hätten«, sagte Emily lächelnd. Aber es klang nicht so, als bedauerte sie es, der jungen Frau geholfen zu haben. »Schnall dich an, okay?«

13

Das Wetter war schlechter geworden. Der Wind hatte aufgefrischt und trieb die Flocken in dichten Schleiern über den Highway. Die Scheibenwischer kamen kaum noch dagegen an. Obwohl der Räumdienst beinahe rund um die Uhr im Einsatz war, lag eine dichte Schneedecke auf dem Asphalt. Nur die Begrenzungspfähle sahen daraus hervor.

Jessica hielt ihre Hände über den heißen Luftstrom, der aus einem der Schlitze am Armaturenbrett blies. Ihre Gedanken waren immer noch bei Amy. »Die arme Frau«, sagte sie. »Ich wüsste auch nicht, was ich an ihrer Stelle tun würde.«

»Amy?« Ihre Mutter blickte kurz zu ihr herüber, richtete den Blick aber gleich wieder auf die Straße. »Sie kehrt zu ihrem Mann und ihren Kindern zurück.«

»Auch wenn er sie schlägt?«

Emily nickte. »Vielleicht nicht heute oder morgen, aber spätestens in ein paar Tagen ist sie wieder bei ihrem Mann. Sie lässt ihre Kinder nicht im Stich. Und wenn er sie grün und blau schlägt. Ist nicht der erste Fall dieser Art, den ich erlebe. Frauen wie sie finden immer eine Entschuldigung für die Gewaltausbrüche ihrer Männer. Warum auch immer. Die wenigsten schaffen den Absprung.«

»Und die Telefonnummern, die du ihr gegeben hast?«

Emily trat kurz auf die Bremse, als nasser Schnee gegen

die Windschutzscheibe klatschte und ihr für einen Augenblick die Sicht nahm, und fuhr vorsichtig weiter. »Vielleicht ruft sie an. Die Leiterin des Frauenhauses sagt, dass die meisten Frauen auflegen, sobald sie eine Stimme am anderen Ende hören.«

»Aber irgendjemand muss Amy helfen. Wenn sie zurückgeht, schlägt er sie vielleicht tot. Könnt ihr nichts tun? Warum rufst du nicht die Zentrale an?«

Ihre Mutter lächelte milde. »Solange sie ihn nicht anzeigt, können wir nichts tun. Ich weiß, das klingt ziemlich grausam, aber so sind unsere Gesetze nun mal. Ich habe früher genauso reagiert wie du und muss mich selbst heute noch zurückhalten, wenn ich zu einem Ehepaar wie Amy und ihrem Mann gerufen werde. Aber in meinem Job dürfen Gefühle keinen Platz haben. Ähnlich wie bei einem Arzt oder einer Krankenschwester. Die würden sich nur kaputtmachen, wenn sie eine nähere Beziehung zu ihren Patienten aufbauen würden.« Ihr Blick wich von der verschneiten Straße. »Jetzt klinge ich wie eine Polizistin, was?«

Auch Jessica lächelte jetzt. »Wäre komisch, wenn's nicht so wäre.« Sie nahm ihre Hände vom Lüftungsschlitz. »Vielleicht ist Amy ja die große Ausnahme.«

»Hoffen wir's.«

Jessica blickte aus dem Seitenfenster und ließ sich von dem treibenden Schnee blenden. Obwohl ihre Mutter eher langsam fuhr, flogen die Telegrafenmasten und Begrenzungspfähle nur als Striche an ihr vorbei. In einem der Dörfer am Wegesrand, die meist nur aus ein paar Häusern bestanden, leuchtete es hell aus einem Fenster.

Houston war größer, eine Holzfällerstadt, die von dem großen Sägewerk am Highway und dem Tourismus lebte. Einige Trucks kamen ihnen entgegen, und mitten in der Stadt stand ein Kombi quer und verschwand mit sich durchdrehenden Rädern, als ihn die Scheinwerfer von Emilys Blazer erfassten. Einige Schaufenster an der Hauptstraße waren erleuchtet und die gelben Straßenlampen waren nur als verwaschene Flecken zu erkennen. Das digitale Thermometer an der Bank, einem klobigen Eckhaus, zeigte minus 23 Grad. Es wurde immer kälter.

Die Stadt verschwand im Rückspiegel und mit ihr die Lichter und die wenigen Anzeichen von Leben. Sie kehrten in die düstere, menschenleere Landschaft zurück, waren schon wenige Minuten später von Einsamkeit umgeben. Die Flocken schlossen sie ein.

Jessica seufzte leise. »Doug hätte sich ruhig besseres Wetter aussuchen können. In dem Schneetreiben würden wir ihn nicht mal sehen, wenn er am Straßenrand stünde.« Sie blickte ihre Mutter an. »Warum legen wir keine Pause ein?«

»Das bringt nichts. Wir würden nur Zeit vergeuden.«

»Du willst bei dem Wetter auf den Stewart-Cassiar?«

»Wir müssen es versuchen, Jess. Je früher wir Doug finden, desto besser. Er ist bestimmt nicht nach Norden geflohen, weil es ihm am Yukon so gut gefällt. Vielleicht ist er in Gefahr. Vielleicht ... Ich weiß nicht, was sonst noch alles passiert sein könnte. Ich ... ich habe Angst, dass er in eine ernste Sache verwickelt ist.«

»Eine ernste Sache? Ein Verbrechen?«

»Nein ... nicht so, wie du denkst. Doug könnte niemals

ein Verbrechen begehen. Er würde nicht mal seinem Hund wehtun. Aber was ist, wenn er das Opfer ist? Wenn ein anderer die Sache mit dem Jeep arrangiert hat? Wenn ihn jemand gezwungen hat, sein Verschwinden wie einen Selbstmord aussehen zu lassen?«

»Wer sollte das sein? Warum sollte jemand wollen, dass Doug verschwindet? Das macht keinen Sinn, Mom!« Sie starrte in die wirbelnden Flocken vor der Windschutzscheibe. »Ich glaube immer noch, dass irgendwas ganz Banales hinter seinem Verschwinden steckt. Dass er sich wegen etwas schämt und dir eine Weile nicht unter die Augen treten will. Ein schlechtes Gewissen oder so was.«

»Doug und sich schämen?« Emily lachte trocken. »Nein, wenn er was ausgefressen hätte, würde er auch dafür einstehen. Und wenn es ein Problem gäbe, würde er es direkt angehen. Er ist einfach nicht der Typ, der sich klammheimlich vom Acker macht. Nein, es muss was Ernstes sein. Wenn ich nur wüsste, was!«

Darauf hatte Jessica auch keine Antwort. Sie zuckte resigniert die Achseln und blickte seufzend aus dem Seitenfenster, als hielten der Wind oder der Schnee die Antwort bereit. Doch der Wind war beim lauten Brummen des Motors und dem Rauschen der Heizung nicht zu hören, und der Schnee umspülte sie wie aufspritzende Gischt und zeigte nicht mal mehr Fantasiebilder.

Sie fuhren durch ein kurzes Waldstück, wie in einem dunklen Tunnel, der erst ein Ende nahm, als sich der Blazer über einen Hügel kämpfte und die Bäume am linken Straßenrand verschwanden. Jessica blickte nach links, erkannte flüchtig einen Wegweiser zu einer Lodge am Seeufer, doch weder von dem See noch von der Lodge war etwas zu sehen. Stattdessen rannten vertraute Wesen am Straßenrand entlang, sieben Wölfe mit hellem, schmutzigem Fell und aufgerichteten Ohren. Sie waren so nahe, dass Jessica sogar Einzelheiten wie die leichte Schürfwunde am linken Vorderlauf eines Tieres erkannte. Sie liefen fast so schnell wie ihr Wagen, bewegten sich mit einer Anmut und Selbstverständlichkeit, wie Jessica sie nicht einmal bei einem Rennpferd beobachtet hatte. »Mom! Sieh doch!«, rief sie.

Ihre Mutter wandte den Kopf, bemerkte den angespannten Ausdruck in ihrem Gesicht und blickte selbst aus dem Fenster. »Was ist denn? Hast du … ist Doug …«

»Die … die Wölfe … siehst du denn nicht …« Sie deutete aus dem Fenster und erkannte im selben Augenblick, dass sie sich getäuscht haben musste. Außer dem dicht fallenden Schnee waren nur die Umrisse vereinzelter Bäume zu sehen. »Ich hätte schwören können, dass da draußen Wölfe waren.«

»Unsinn, Jess! Da war nichts.«

»Aber ich … na ja, vielleicht sehe ich wirklich schon Gespenster.«

»Es ist viel passiert in den letzten beiden Tagen, Jess. Dougs Verschwinden, die Sache mit dem Serienkiller, die lange Fahrt … das steckt selbst eine junge Frau wie du nicht so einfach weg. Vielleicht hättest du doch zu Hause bleiben sollen.«

»Ich bin okay, Mom. Die Wölfe …«

» … bildest du dir ein. Sei ehrlich, Jess. Unter Eid würdest du niemals schwören können, dass du sie wirklich gesehen hast. Du hattest schon immer eine große Fantasie. Andere Mütter lesen ihren Kindern vor, aber bei uns war es immer umgekehrt … du hast die Geschichten erzählt und ich hab zugehört. An eine dieser Geschichten erinnere ich mich noch genau. Sie handelte von einem geheimnisvollen Bären, der aus einem Zauberreich im hohen Norden kam und seinen Bruder …«

»Sie haben den Bankräuber getötet, Mom! Vor zwei Jahren!«

»Niemand bezweifelt, dass es Wölfe waren«, räumte ihre Mutter ein. »Aber meinst du wirklich, sie waren nur deinetwegen in der Gegend? Ich weiß, ich weiß, es gibt viele Dinge zwischen Himmel und Erde, die wir nicht verstehen, und die indianischen Schamanen vollbringen wahre Wunderdinge, aber wenn du die Sache nüchtern betrachtest, könnten die Wölfe auch zufällig dort gewesen sein.«

»Der Anführer hat mich angesehen, Mom. Ich glaube sogar, er hat …« Sie zögerte ein wenig. »Ich hatte sogar das Gefühl, er spricht mit mir. So wie an Weihnachten. Die Wölfe standen vor dem Fenster. Ich hab nichts gesagt, weil ich selbst nicht wusste, was ich von der Sache halten sollte, aber …« Sie bemerkte den ungläubigen Blick ihrer Mutter und seufzte. »Na ja, vielleicht hab ich einiges wirklich nur geträumt, aber ich habe sie gesehen. Ich habe die Wölfe wirklich gesehen, Mom!«

»Das waren die Wölfe, die sich an den Rindern vergriffen haben.«

»Und wie kommen die so schnell zum Yellowhead?«

»Ein anderes Rudel. Bei der Kälte kommen einige Rudel nach Süden, das weißt du doch. Obwohl ich noch nie erlebt habe, dass Wölfe so nahe an die Straße ...« Sie brach ab und beugte sich überrascht nach vorn. »Was ist denn da los?«

Vor ihnen drehten sich rote und blaue Warnlichter im Flockenwirbel, schimmerten wie die Farben eines Regenbogens im düsteren Licht. Die Umrisse zweier Streifenwagen der RCMP und eines Krankenwagens erschienen im Schnee. Die undeutlichen Figuren einiger Männer oder Frauen bewegten sich hektisch hin und her.

»Ein Unfall«, sagte Emily. Wie meist, wenn es um Polizeidinge ging, klang sie sehr nüchtern. Sie bremste leicht, um nicht ins Schleudern zu geraten, und parkte am Straßenrand. Sie griff nach ihrem Anorak, schlüpfte hinein und stieg aus.

Jessica folgte ihr und war gerade dabei, ihre Handschuhe überzustreifen, als ein Beamter in einer Warnweste auf sie zukam und abwehrend beide Hände hob. »Steigen Sie bitte wieder ein und fahren Sie weiter!«, sagte er zu ihrer Mutter.

»RCMP, Constable Barnett aus Anahim Lake«, stellte sie sich vor. »Meine Tochter Jessica.« Sie zeigte ihren Dienstausweis. »Was ist passiert? Ein Unfall?«

Sie ging, ohne auf eine Antwort zu warten, an dem Beamten vorbei und erkannte Superintendent Walker aus Prince George, einen kräftigen Mann mit breiten Schultern und kantigem Gesicht. Seine Haut war leicht gerötet, anscheinend verbrachte er nicht mehr so viel Zeit im Freien wie früher, als er noch Constable gewesen war. Emily hatte bei einigen Einsätzen mit ihm zusammengearbeitet.

»Bist du das, Emily?«, wurde er auf sie aufmerksam. Seine Laune war nicht die beste. »Was tust du bei diesem Sauwetter hier im Norden? Das ist deine Tochter … Jessica, stimmt's? Du bist groß geworden. Das letzte Mal, als ich dich sah, warst du noch ein Teenager.« Er deutete ein Lächeln an, wurde aber gleich wieder ernst. »Du trägst keine Uniform, Emily. Bist du zufällig hier? Ferien am Yellowhead Highway?«

Emily hatte keine Lust, ihm von Doug zu erzählen, dazu kannte sie Walker nicht gut genug. »Verwandtenbesuch«, wich sie aus. »Und du?« Sie deutete mit einer vagen Handbewegung auf den Kombi im Straßengraben und die junge Frau, die gerade auf eine Trage gehoben und in den Krankenwagen geschoben wurde. »Seit wann musst du bei einem harmlosen Unfall raus?« Sie erkannte, dass Walker zögerte, und fügte rasch hinzu: »Oder war's gar kein Unfall? Der Killer?«

»Sieht ganz so aus«, antwortete der Superintendent, »aber diesmal hatte er kein Glück. Irgendwas muss ihn gestört haben, sonst wäre die Frau jetzt tot.« Er drehte sich zu der Verletzten auf der Trage um. »Sie sagt, dass einige Wölfe den Killer verjagt hätten. Sie wären plötzlich aufgetaucht und hätten ihn in seinen Wagen zurückgetrieben. Das ist natürlich Unsinn, die letzten Wölfe waren vor zwei Jahren so weit im Süden, und ich hab noch nie gehört, dass Wölfe einen Mörder vertrieben haben.« Er blickte Jessica an. »Außer dem Rudel, das damals den Bankräuber getötet hat, aber damals war es noch kälter und er lief ihnen wohl direkt vor die Fänge. Es muss was anderes gewesen sein. Na ja, das kriege ich schon noch raus.«

Emily hatte den letzten Satz gar nicht mehr gehört. »Wölfe?«

»Ja ... wieso? Hast du welche gesehen?«

»Nicht direkt«, antwortete sie ausweichend, »aber in unserer Gegend sollen sich einige Wölfe rumtreiben. Die Rancher werden schon nervös.« Sie tauschte einen schnellen Blick mit Jessica. »Vielleicht sind sie nach Norden gezogen.«

»Hier sind keine Wölfe. Wenn welche hier wären, wüssten wir es.«

Sie beobachtete, wie sich ein Arzt über die verletzte Frau beugte und nach einem Sanitäter verlangte. »Bist du sicher, dass es der Highway-Killer war?«

»Ziemlich«, antwortete er. »Wir haben eine Rose gefunden.«

»Eine Rose?«

Er nickte. »Sie lag neben der Frau im Schnee. Die Kollegen der Spurensicherung untersuchen sie auf DNA-Spuren. Bei der Frau werden wir weniger Glück haben. Sie trug noch ihre Handschuhe. Er hatte gerade erst angefangen.«

»Können wir mal mit der Frau sprechen?«

»Wir?«, erwiderte er überrascht. »Ich glaube nicht, dass Jessica ...«

»Kann sein, dass Jess den Killer ebenfalls gesehen hat, Walker.«

Jessica nickte und berichtete von dem Mann, den sie in Prince George getroffen hatte. »Keine Ahnung, ob er der Highway-Killer war, aber er hat sich sehr seltsam benommen und wollte unbedingt, dass ich was aus seinem Wagen hole.«

»Wie sah der Mann aus?«

»Mitte zwanzig, nicht besonders groß ... sanftes Gesicht, fast wie bei einer Frau. Er trug einen weißen Skianorak. Mehr konnte ich leider nicht erkennen.«

»Was für einen Wagen fuhr er?«

»Irgendeinen japanischen. Toyota oder Honda ... keine Ahnung. Aber ...«

»Aber?«

»Sein linkes Rücklicht funktionierte nicht.«

»Bist du sicher?«

»Ganz sicher. Ich hab ihn ja darauf aufmerksam gemacht.«

»Hm«, meinte Walker, »von einem kaputten Rücklicht hat die Frau nichts gesagt, aber wenn es tatsächlich der Killer war, den du gesehen hast, hat er es bestimmt repariert. Dumm ist der Bursche nicht. Die Beschreibung passt auf ihn ... Mitte zwanzig, weißer Anorak, das hat die Frau auch gesagt. Das sagt zwar nicht viel, aber ... okay, redet mit ihr. Aber nur, wenn der Arzt einverstanden ist.«

Jessica folgte ihrer Mutter zum Krankenwagen. Sie war so nervös, dass ihr das Schneetreiben und die Kälte kaum noch etwas ausmachten. Die anerkennenden Blicke eines Mannes von der Spurensicherung, der sich kurz nach ihr umdrehte, beachtete sie gar nicht. Hatte sie wirklich mit dem gesuchten Killer gesprochen?

»Constable Barnett ... meine Tochter«, sagte Emily zu dem jungen Arzt im Krankenwagen. Sie blickte auf die Verletzte. »Können wir mit ihr sprechen?«

»Ich nehme an, es ist wichtig.«

»Sehr wichtig.«

»Okay, zwei Minuten. Nicht länger.«

Emily nickte und sie stiegen beide in den Krankenwagen. Sie schoben sich auf die Bank neben der Verletzten, einer jungen Frau mit dunklen Haaren und indianischen Gesichtszügen. Ihre Augen standen weit offen, spiegelten immer noch das Entsetzen wider, das sie bei der Begegnung mit dem Highway-Killer empfunden haben musste. Eine silberne Isolierdecke schützte ihren Körper vor der Kälte.

»Miss …«, begann Emily. Ihr fiel ein, dass sie den Namen der Frau nicht kannte. »Ich bin Emily … das ist meine Tochter, Jessica. Wie heißen Sie, Miss?«

»Louise.« Ihre Stimme klang schwach.

Emily erkannte die roten Flecken am Hals der Frau. Anscheinend hatte der Killer sie gewürgt, bevor er auf geheimnisvolle Weise vertrieben worden war. »Tut mir leid, was der Mann Ihnen angetan hat, Louise.« Sie wusste, dass die inneren Wunden der bedauernswerten Frau noch viel schlimmer waren, aber das würde sie erst einige Tage später feststellen, wenn sie den ersten Schock überwunden hatte. Sie wartete einige Sekunden, gab Louise ausreichend Zeit, sich zu sammeln. »Darf ich Sie etwas fragen, Louise? Haben Sie den Wagen des Mannes erkannt?«

»Den Wagen?«, fragte sie verwundert. »Irgendein Geländewagen …«

»Ist Ihnen irgendwas an dem Wagen auffallen?«

»Nein … es ging alles so schnell. Er war dunkel.«

»Brannten die Rücklichter?«, fragte Jessica. Sie tauschte

einen raschen Blick mit ihrer Mutter. »Könnte sein, dass ich dem Highway-Killer auch begegnet bin.«

»Er hat Sie auch …?«

»Nein, nein«, erwiderte Jessica schnell, »er benahm sich nur so komisch. Wie sah er aus, Louise? Eher der harte Typ? So, wie man sich einen Killer vorstellt? Normal … wie irgendein Typ aus der Nachbarschaft? Ganz anders … weiblich?«

Louise erwiderte die Fragen mit einem verstörten Blick. »Jetzt, wo Sie's sagen … ja, er sah irgendwie weiblich aus. Gar nicht wie ein Killer. Deshalb bin ich ja auf ihn reingefallen. Mein Wagen war ins Schleudern geraten, wissen Sie? Und als er auftauchte, dachte ich noch: Gott sei Dank, jetzt kommst du doch noch rechtzeitig zu deiner Schwester. Ich wollte sie besuchen. Er wollte mir helfen, den Wagen wieder flottzukriegen, aber dann packte er mich plötzlich und …« Sie begann zu weinen und stöhnte laut: »Oh, es war so furchtbar, Miss, ich …«

»Das reicht!«, beendete der Arzt das Verhör. »Gehen Sie jetzt bitte!«

»Okay«, sagte Jessica zu der Frau. »Es wird alles wieder gut!«

Sie stieg aus dem Krankenwagen, wartete auf ihre Mutter und hielt nur mühsam ihre Tränen zurück. »Die arme Frau. Sie hatte sicher Todesangst.«

Ihre Mutter nickte ernst. »Aber sie lebt. Sie lebt, Jess.«

Sie kehrten zu Superintendent Walker zurück und verrieten ihm, was sie von Louise erfahren hatten. »Sieht ganz so aus, als hätte Jessica ihn auch gesehen«, sagte Emily. »Ein junger Mann mit weichen Gesichtszügen. Beinahe feminin.«

Walker wandte sich an Jessica. »Meinst du, es reicht für ein Phantombild? Russ McGregor, unser Computer-Experte, vollbringt wahre Wunderdinge auf seinem Notebook. Ich könnte ihn anrufen, er wohnt keine halbe Stunde von hier.«

Emily dachte an Doug. »Ich weiß nicht, Walker …«

»Zehn Kilometer weiter gibt's ein Roadhouse. Gehört einer Schweizerin. Sagt Regula, dass ich euch schicke, dann spendiert sie euch einen Milchkaffee. Ich komme in spätestens einer Stunde mit Russ nach.« Er lächelte. »Einverstanden?«

»Einverstanden«, willigte Emily widerstrebend ein.

14

Die Schweizer und die kanadische Flagge knatterten im Wind, als Jessica und ihre Mutter aus ihrem Wagen stiegen und geduckt zum Blockhaus liefen. Im gemütlich eingerichteten Innenraum erwartete sie angenehme Wärme. Eine stämmige Frau, ungefähr vierzig und mit vereinzelten Sommersprossen auf ihren glänzenden Wangen, begrüßte sie herzlich: »Willkommen in Heidi's Roadhouse! Ich bin Regula, aber Heidi's Roadhouse verkauft sich einfach besser, was meinen Sie? Sie wollen sicher frühstücken!« Sie bot ihnen sogleich einen Fenstertisch an, nahm ihnen die nassen Anoraks und die Handschuhe ab und gab ihnen die Speisekarten.

Die gute Laune der Schweizerin wirkte ansteckend. »Superintendent Walker sagt, Sie hätten einen besonders guten Milchkaffee«, erwiderte Emily lächelnd.

»Sie sind mit Fred befreundet?« Regula nahm ihnen die Karten wieder ab. »Dann brauchen Sie keine Speisekarten. »Ich bringe Ihnen das beste Frühstück und den besten Kaffee der Welt. Ich hoffe, Sie haben ordentlichen Hunger mitgebracht!« Sie ließ ihre weißen Zähne blitzen. »Sind Sie auch bei der Polizei?«

»Constable Barnett aus Anahim Lake«, erwiderte Emily freundlich. »Nennen Sie mich Emily. Meine Tochter Jessica. Der Superintendent kommt später nach.«

Regula ahnte, dass etwas Ernstes vorgefallen war. »Gab es Ärger?«

»Der Highway-Killer hat eine Frau überfallen«, antwortete Emily zögernd. Bis Mittag würde sowieso die ganze Gegend davon wissen. »Gott sei Dank ist ihr kaum was passiert. Leider konnte der Täter entkommen. Wir haben eine vage Beschreibung von ihm. Junger Typ, weiche Gesichtszüge, fährt einen Geländewagen. Wahrscheinlich funktioniert das linke Rücklicht nicht. Haben Sie den Mann zufällig gesehen? Haben Sie sonst was Ungewöhnliches bemerkt?«

Regula schüttelte den Kopf. »Nein … nichts. Ein paar Wagen kamen schon vorbei, aber ich bin natürlich nicht jedes Mal zum Fenster gelaufen. Ich hatte ja keine Ahnung, was passiert war. Hier waren nur Leute, die ich kenne. Na ja, und der junge Mann, der kaum noch Geld für ein Frühstück hatte. Ich hab ihm drei Spiegeleier mit Rösti spendiert. Er wollte den Stewart-Cassiar hoch und einen Job bei Logan in Dease Lake antreten. Keine Ahnung, warum der Alte ihn im Winter anstellt. Wahrscheinlich soll er ihm helfen, den alten Porsche flottzumachen. Er sammelt Oldtimer, wissen Sie? Verdient 'ne Menge Geld mit seiner Werkstatt.«

»Mike!«, rief Jessica so laut, dass sich die beiden anderen Gäste, ein älteres Ehepaar an einem der Fenstertische, erstaunt umdrehten. »Das war Mike!«

»Ja, so hieß er«, wunderte sich Regula. »Kennen Sie ihn?«

Jessica errötete. »Er ist … ein guter Freund.«

»Ah«, erwiderte die Schweizerin mit einem verständnisvollen Grinsen. Sie zwinkerte Emily verschwörerisch zu. »Er sah wirklich gut aus, der junge Mann.«

Regula hängte ihre Anoraks auf und ging in die Küche. Kurze Zeit darauf kehrte sie mit dem Milchkaffee zurück. »Wir Schweizer haben schon Milchkaffee getrunken, da war an Starbucks noch gar kein Gedanke«, sagte sie fröhlich. Sie stellte die übergroßen Tassen auf den Tisch. »Und Sie müssen unbedingt was essen!«

Zehn Minuten später brachte sie zwei große Teller mit Steaks und geraspelten Kartoffeln, die wie Hash Browns aussahen. »Rösti«, erklärte sie, »so heißen die Bratkartoffeln in der Schweiz. Am besten schmecken sie mit Emmentaler Käse.«

Regula blieb stehen und wartete, bis Jessica und ihre Mutter die Rösti probiert hatten. Ein zufriedenes Lächeln erschien auf ihrem Gesicht, als sie ihre anerkennenden Mienen sah. »Sagen Sie Bescheid, wenn Sie einen Nachschlag wollen.«

Sie aßen schweigend. Jessica war mit ihren Gedanken bei Mike, stellte sich vor, wie er allein durch das Schneetreiben fuhr und an sie dachte. In Dease Lake würde sie ihn wiedersehen. Wenn Doug tatsächlich zum Yukon gefahren war, mussten sie dort vorbei. Emily aß schweigend, ließ nicht erkennen, woran sie dachte. Doch als die Schweizerin vorbeikam und sich erkundigte, wie ihnen die Steaks schmeckten, antwortete sie: »Wunderbar … ich habe selten so gute Steaks gegessen.« Sie legte ihre Gabel auf den Teller. »Was ich Sie noch fragen wollte …« Sie zog das Foto hervor, das sie mit Doug zeigte. »Kennen Sie diesen Mann?«

Regula griff nach dem Foto und betrachtete es eingehend. »Stattlicher Bursche. So einen würde ich mir auch schnappen. Ihr Mann?«

»Wir suchen ihn. Könnte sein, dass er hier vorbeigekommen ist.«

Die Schweizerin sah sich das Foto genauer an. »Hm«, meinte sie, »an so einen Mann würde ich mich erinnern, wenn er bei mir eingekehrt wäre. Andererseits … er sieht ein wenig wie der Typ aus, der neulich hier war. Er war etwas kleiner, meine ich, und sein Gesicht war etwas eingefallener, soweit ich das erkennen konnte. Er saß dort hinten in der Ecke und trank Kaffee … schwarz. Ich hab mich noch gewundert. Die meisten Männer, die allein bei mir einkehren, setzten sich an die Theke. Er wollte wohl allein sein. Ja … könnte sein, dass er hier war. Aber beschwören könnte ich das nicht.« Sie reichte Emily das Foto zurück. Man sah ihr an, dass sie gern genauer gewusst hätte, warum Emily nach ihm suchte, aber sie verkniff sich die Frage. »Ich weiß nur, dass er mir ein großzügiges Trinkgeld gab und weiter nach Westen fuhr. Er fuhr einen Geländewagen, einen alten Ford, wenn ich mich recht erinnere. Mein Exmann fuhr so eine Kiste, einen Explorer.«

»Hat er was gesagt? Wo er hinwollte? Irgendwas?«

»Nein … er war stumm wie ein Fisch. Ich hab mir nichts dabei gedacht. Hier kommen öfter Männer rein, die wenig Worte machen. Fallensteller, Fischer …«

»Das Nummernschild? Haben Sie sich die Nummer gemerkt?«

»Bei dem Schneetreiben?« Sie schüttelte den Kopf. »Wenn mein Ex nicht den gleichen Wagen gefahren hätte, wüsste ich nicht mal, dass es ein Explorer war.«

»Aber er war hier.«

»Ich bin mir nicht ganz sicher, aber ja … ich denke schon.«

Die Tür ging auf und Superintendent Walker betrat das Lokal. In seinem Schlepptau hatte er einen jungen Mann mit einem schwarzen Lederkoffer. Beide Männer schienen erleichtert, dem Schneetreiben entronnen zu sein. »Hey, Reggie«, begrüßte Walker die Schweizerin. Die beiden kannten sich anscheinend näher. Während er auf Jessica und ihre Mutter zuging, öffnete er den Reißverschluss seines Anoraks. »Constable Barnett, ihre Tochter Jessica. Russ McGregor, unser Computer-Experte«, stellte er vor. »Jess, vielleicht setzt du dich mit Russ an den Nebentisch. Sag ihm alles, was du über den Mann weißt, den du gesehen hast.«

Er wartete, bis Jessica aufgestanden war, und setzte sich an ihren Platz. »Bringst du mir auch einen Milchkaffee, Reggie?«, rief er der Schweizerin zu.

»Schon unterwegs«, antwortete Regula und brachte den Kaffee. »Ich hab gehört, was passiert ist, Fred. Ich hoffe, der Bastard wandert bald hinter Gitter!«

»Wir tun, was wir können, Reggie. Keine Panik, okay?«

»Ich doch nicht«, erwiderte sie. »Ich hab schon ganz andere Sachen in dieser Gegend erlebt. Erinnerst du dich noch an den verrückten Rancher, der seine Frau umgebracht hat? Jeder dachte doch, der bringt auch seine Kinder um, aber stattdessen lieferte er sie bei seiner Schwiegermutter ab, als wollte er mit seiner Frau nach Prince George fahren und ins Kino gehen. Anschließend kam er zu mir und bestellte einen Kaffee nach dem anderen. Er erzählte mir die ganze Geschichte …«

»Ich weiß, Reggie«, stoppte er ihren Redefluss. »Bringst du Emily noch einen Kaffee? Und Jessica und Russ? Geht alles auf mein Spesenkonto. Wir haben einiges zu besprechen, weißt du? Am besten lässt du keine Gäste mehr ins Lokal.«

Regula seufzte. »Du bist noch mein Ruin, Fred! Manchmal glaube ich, du hast gar kein Büro. Aber ich hab schon verstanden, ich halte meine Klappe. Okay?«

»Nichts für ungut, Reggie.«

Emily wartete, bis sie gegangen war, und amüsierte sich über Walkers angestrengtes Bemühen, seine Beziehung zu der Schweizerin nicht zu persönlich aussehen zu lassen. Dabei war nicht zu übersehen, wie sehr er sie mochte. Er hatte jedes Recht dazu. Auch seine Ehe war vor einigen Jahren in die Brüche gegangen.

»Wie geht es Louise?«, fragte sie.

»Besser«, antwortete Walker. »Ich hab gerade im Krankenhaus angerufen. Sie behalten sie bis morgen früh zur Beobachtung dort, aber sie hat keine bleibenden Schäden davongetragen. Körperlich zumindest. Ich nehme an, eine Psychologin wird sich um sie kümmern. Die arme Frau muss Todesängste ausgestanden haben.«

»Und der Killer? Was sagt die Zentrale?«

Regula brachte den Kaffee und er nahm einen tiefen Schluck. »Höchste Alarmstufe. Sie schicken alle verfügbaren Einheiten in unsere Gegend. Wird ein ziemliches Gedränge auf dem Yellowhead geben. Leider können die Hubschrauber nicht starten. Zu schlechtes Wetter. Besserung ist nicht in Sicht. Im Gegenteil. Die Wetterfritzen befürchten, dass es einen gewaltigen Blizzard gibt.«

»Das fehlte uns gerade noch«, erwiderte Emily und dachte dabei auch an Doug. Wie sollten sie ihn in einem Blizzard aufspüren? Doug war der Letzte, um den man sich Sorgen machen musste. Er fand sich auch in einem Blizzard zurecht. Aber sie wussten nicht, was ihn nach Norden getrieben hatte und unter welchem Druck er stand. Auch ein erfahrener Waldläufer wie er war nicht unverwundbar.

»So ungefähr?«, fragte Russ McGregor am Nebentisch.

Jessica betrachtete das Computerbild und nickte zögernd. Es zeigte den Mann, den sie am Güterbahnhof von Prince George gesehen hatte. Zumindest so, wie sie ihn in Erinnerung hatte. »Die Lippen noch ein bisschen größer«, bat sie, »ja … so ungefähr. Und die Augen ein wenig schmaler. Das kommt hin.« Sie lehnte sich seufzend zurück. »Ich hoffe nur, dass er auch wirklich der Highway-Killer ist.«

»Wir verwenden das Bild nur intern«, versprach der Superintendent. »An die Presse geben wir so was nur, wenn wir absolut sicher sind. Wir zeigen es auch Louise. Vielleicht hilft das.« Er nickte zufrieden. »Danke für die Mühe, Jessica.«

Emily nippte nachdenklich an ihrem Kaffee. »Der Kerl hat sich bestimmt schon verkrochen. Er kann sich doch denken, dass wir jetzt alle Hebel in Bewegung setzen, um ihn zu fangen. Und er weiß nicht, wie deutlich Louise ihn erkannt hat. Ich würde den Wagen in einem See versenken und mich verkriechen.«

»Die Befürchtung habe ich auch«, sagte Walker. »Mit einem Hubschrauber wäre es einfach. Wir würden den Yellowhead und den Stewart-Cassiar abfliegen und jeden Geländewagen anhalten. So viele sind da nicht um diese Jahreszeit. Aber so?«

»Wenn er sich westlich oder nördlich von hier aufhält, kriegen wir ihn. Ich nehme an, die Kollegen haben Straßensperren errichtet. Er kann sich nicht in Luft auflösen. Es sei denn … es sei denn, er kennt sich hier wirklich gut aus. Oder er hat irgendwo ein Flugzeug stehen. Oder … mein Gott, wir kriegen ihn wohl doch nicht so einfach. Hoffentlich wird das Wetter besser.«

Walker trank seinen Kaffee aus und bedeutete McGregor, sein Notebook einzupacken. »Höchste Zeit, dass wir uns auf den Weg machen. Bis bald, Emily. Jessica …« Er verschwand in der Küche und kehrte verlegen grinsend zurück.

»Wir bleiben in Kontakt«, rief Emily ihnen nach.

Jessica und ihre Mutter wollten sich ebenfalls von der Schweizerin verabschieden, aber die hielt sie zurück. »Wo wollen Sie denn bei dem Sauwetter noch hin?«

»Meziadin Junction«, erwiderte Emily, »dort soll's ein Motel geben.«

Regula lachte. »Eine elende Bruchbude, viel mehr ist das nicht. Einer meiner Stammkunden, ein Truck Driver, war neulich dort und hatte ungebetene Gäste. Und damit meine ich keine Zweibeiner. Also, ich würde lieber warten. Die Straße ist kein Zuckerschlecken. Okay, sie ist asphaltiert, aber was nützt das schon bei dem Schnee? Ganz zu schweigen von den Schlaglöchern. In der Schweiz hätten sie eine solche Straße längst gesperrt! Bleiben Sie hier. Ich hab eine Gästehütte hinter dem Haus. Nichts Besonderes, aber für eine Nacht reicht es. Die kriegen sie umsonst. Und das Abendessen spendiere ich auch. Ich bin froh, wenn ich mich mal mit Frauen unterhalten kann. Im Winter kommen doch hier nur Männer rein.«

»Wir haben es eilig, Regula. Der Highway-Killer … und Doug …«

»Was nützt Ihnen das, wenn Sie irgendwo im Graben hängen? Vor Einbruch der Dunkelheit kommen Sie bestimmt nicht nach Meziadin Junction, und wenn es dunkel wird, sehen Sie da oben nicht mehr die Hand vor Augen. Tun Sie mir den Gefallen und nehmen Sie mein Angebot an, ja?«

Emily wechselte einen schnellen Blick mit Jessica und nickte. »Sie haben recht, es wäre tatsächlich unvernünftig, heute noch weiterzufahren. Aber morgen früh müssen wir weiter. Und wenn der Schnee tonnenweise vom Himmel fällt.«

»Natürlich … ich weiß doch, wie viel Arbeit Sie jetzt haben.« Sie ging zur Theke und kam mit einem Schlüssel wieder. »Hinter dem Haus, die Hütte mit dem Elchgeweih über dem Eingang. Holz liegt neben der Tür. Machen Sie sich's gemütlich. Abendessen, wann immer Sie wollen. Ich hab bis zehn Uhr geöffnet.«

»Vielen Dank, Regula. Sie sind sehr freundlich.«

»Egoistisch«, widersprach die Schweizerin.

Jessica und ihre Mutter holten ihre Taschen aus dem Kofferraum und trugen sie in die Hütte. Sie bestand aus einem kombinierten Wohn- und Schlafraum und einer Küchenecke und war sehr einfach eingerichtet. Zwei Betten, ein altes Sofa und ein durchgesessener Sessel, ein Schrank und ein Tisch mit zwei Stühlen. Auf den Betten lagen stapelweise Decken, im Schrank fanden sie saubere Bezüge.

Während ihre Mutter die Betten bezog, holte Jessica etwas Holz herein und brachte den offenen Kamin in Gang. Die Scheite waren relativ trocken und brannten schnell. Schon nach zehn Minuten war es einigermaßen warm. Sie zogen die Couch vor den Kamin und verkrochen sich unter einer Wolldecke. Vor den Fenstern fiel der Schnee und verdeckte selbst das nahe Lokal. Obwohl die Fenster geschlossen waren, schienen sich die karierten Vorhänge aufzubauschen.

»Ich glaube, wir brauchen tatsächlich ein wenig Ruhe«, räumte Emily ein. »Ich hoffe nur, dass Dougs Vorsprung nicht zu groß wird. Wo mag er bloß stecken?«

»Wenn er in Dease Lake ist, ruft Mike an. Er sucht auch nach ihm.«

»Und wenn er schon in Alaska ist?«

»So weit kann er nicht sein … unmöglich.«

»Er hat einen Wagen«, gab Emily zu bedenken, »einen Ford Explorer. Er muss ihn irgendwo am Yellowhead gekauft haben. Wenn die Sache mit dem Highway-Killer nicht wäre, würde ich Jack überreden, eine Fahndung nach ihm einzuleiten. Aber so … jetzt hat doch jeder nur diesen verdammten Killer im Kopf. Wir müssen ihn allein finden.« Sie drehte sich zu ihrer Tochter um. »Du denkst doch nicht, dass ich meine Pflichten vernachlässige. Dass ich den Kollegen bei der Suche nach dem Killer helfen sollte, anstatt einem Phantom nachzujagen.«

»Doug ist kein Phantom«, erwiderte Jessica.

Nachdem sie sich ein wenig ausgeruht hatten, verbrachten sie den halben Abend im Lokal, ließen sich ein Gericht schmecken, das den im Englischen unaussprechlichen Namen »Züricher Geschnetzeltes« trug und so gut war, dass sie einen Nachschlag bestellten, und unterhielten sich mit Regula und einigen Einheimischen. Natürlich ging es fast ausschließlich um den Killer und die Möglichkeit, dass er sich in der näheren Umgebung aufhalten und eine Bedrohung für die Frauen des nahen Ortes darstellen könnte, doch Emily zeigte ihnen auch Dougs Foto. Leider hatte ihn keiner der Anwesenden gesehen.

»Ist das Ihr Liebster?«, fragte eine Frau. »Sieht ja verdammt gut aus!«

»Doug ist einmalig«, rutschte es ihr heraus.

Um kurz nach neun verabschiedete sich Jessica. Der Tag und vor allem die Arbeit mit dem Computer-Experten war anstrengend gewesen. »Ich gehe schon mal rüber und sehe nach dem Feuer«, sagte sie. »Dann ist es schön warm, wenn du kommst. Okay?«

»Ich komme auch gleich«, versprach ihre Mutter.

Jessica schlüpfte in ihren Anorak und lief zur Hütte. Der Schnee trieb unvermindert stark von Norden heran und umhüllte sie wie feuchter Nebel. Ihre Fußspuren vom Nachmittag lagen längst unter einer dicken Schneeschicht verborgen. Dichte Wolken verdeckten den Mond und die Sterne. Der Wind war eisig kalt.

Ungefähr zehn Meter vor der Hütte schien Jessica gegen eine unsichtbare Wand zu laufen. Ein Gefühl, das sie sich selbst nicht erklären konnte, ließ sie auf der Stelle verharren und wie gebannt auf die Tür starren. Sie war angelehnt, obwohl sie hätte schwören können, dass ihre Mutter sie geschlossen hatte. Der böig auffrischende Wind drückte dagegen und ließ sie in den Angeln knarren. Die kleine Notlampe, die neben dem Eingang brannte, verbreitete schummriges Licht.

Jessica drehte sich um, wollte zu ihrer Mutter zurückkehren und sie warnen, aber eine innere Stimme zwang sie weiterzulaufen. Beinahe gegen ihren Willen setzte sie einen Fuß vor den anderen, den Blick starr auf die Tür gerichtet, trotz des wirbelnden Schnees und des stürmischen Windes. Sie kniff nicht einmal die Augen zusammen. Ihre Muskeln waren angespannt, wie vor einem weiten Sprung.

Sie handelte gegen alle Vernunft. Hinter der Tür konnte der Highway-Killer oder ein anderer Mann lauern, der es auf sie abgesehen hatte. Warum lief sie nicht zu ihrer Mutter zurück? Die war Polizistin, sie hatte eine Pistole. Warum ging sie ein Risiko ein? Warum setzte sie ihr Leben aufs Spiel?

Ihr blieb keine Zeit, lange darüber nachzudenken, denn sie war bereits an der Tür und drückte sie vorsichtig nach innen. Ihre linke Hand bewegte sich zum Lichtschalter, ohne ihn zu berühren. Keine drei Meter vor ihr glühte ein gelbes Augenpaar in der Dunkelheit. Der Anführer der weißen Wölfe! Auch ohne ihn zu sehen, wusste sie, dass er es war. Er stand vor ihr und starrte sie an. Kein Knurren, kein Fauchen, kein Jaulen. Als wäre er aus Stein. Er sprach auch nicht wie am Weihnachtstag, als er vor ihrem Fenster erschienen war und sie gewarnt hatte.

Seltsamerweise hatte Jessica keine Angst. Auch dann nicht, als er sich plötzlich bewegte und dicht an ihr vorbeilief. Sie glaubte zu spüren, wie sein Fell an ihrem rechten Bein entlangstreifte, dann hatte er die Hütte verlassen, und sie wusste nicht mehr, ob sie ihn wirklich gesehen oder sich alles nur eingebildet hatte.

15

Jessica wachte um sechs Uhr morgens auf. Sie öffnete blinzelnd die Augen und sah, dass ihre Mutter die kleine Lampe über dem Herd eingeschaltet hatte und sich die Zähne über dem Spülbecken putzte. Sie griff nach ihrer Armbanduhr und hielt sie ins Licht. »Mom«, rief sie gähnend. »Weißt du, wie viel Uhr es ist?«

Emily spülte mit kaltem Wasser und drehte sich um. »Das Schneetreiben hat etwas nachgelassen. Wir müssen weiter. Regula ist auch schon auf. Im Lokal brennt Licht. Wir schnappen uns ein Sandwich und machen uns auf den Weg.«

Jessica wusste, dass jede Widerrede zwecklos gewesen wäre. Wenn sich ihre Mutter etwas in den Kopf gesetzt hatte, ließ sie sich durch nichts und niemanden davon abbringen. »Nicht mal eine heiße Dusche gibt es hier«, jammerte Jessica.

Eine halbe Stunde später waren sie unterwegs. Regula hatte vergeblich versucht, sie zu einem Schweizer Frühstück im Lokal zu überreden, ihnen dann ein großes Lunchpaket mitgegeben und Emilys Thermoskanne mit ihrem Milchkaffee gefüllt.

Im Wagen war es bitterkalt. Sie behielten die Anoraks an, zogen sie erst eine halbe Stunde später aus, als sich das warme Gebläse gegen den morgendlichen Frost durchgesetzt hatte. Jessica rieb ihre Hände, um sie zu wärmen. Sie konnte nicht erkennen, dass der Sturm schwächer geworden war, im Gegenteil, er schien mit unverminderter Wucht den Schnee gegen die Windschutzscheibe zu klatschen. Aber sie sagte nichts. Ihre Mutter wollte Doug so schnell wie möglich finden und hätte es wohl nicht länger in der Hütte ausgehalten. Wahrscheinlich hatte sie die halbe Nacht wach gelegen und sich Sorgen um ihn gemacht. Sie würde so lange nach ihm suchen, bis sie ihn gefunden hatte, und wenn sie dafür ihren Job aufgeben müsste.

Der Schneepflug war bereits am frühen Morgen über den Yellowhead Highway gefahren, aber Emily konnte den Wagen erst beschleunigen, als es heller wurde und sie besser sehen konnten. Sie fuhr riskanter als sonst, ging viel zu schnell in die Kurven und schaffte es einmal nur mit knapper Not, den Wagen auf der Straße zu halten. Jessica blieb stumm, doch ihre verkniffene Miene und ihre schmalen Lippen verrieten ihrer Mutter auch so, was sie dachte. »Okay«, gab Emily nach, »ich fahre langsamer. Ich mache mir Sorgen um Doug, das ist alles.«

»Ich weiß, Mom. Ich weiß.«

Bereits am späten Vormittag erreichten sie die Abzweigung nach Meziadin Junction. Vor ihnen lag der verschneite Stewart-Cassiar Highway wie eine verwunschene Straße, von der es keine Wiederkehr gab. Wie ein endloses Band führte er durch dunklen Fichtenwald in eine fremde und bedrohliche Welt. Der treibende Schnee ließ die Konturen verschmelzen, verstärkte die Einsamkeit, die sie auf der langen Fahrt nach Norden umgeben würde. Bis zum Yukon würden sie einen ganzen Tag unterwegs sein, und das nur, wenn das Wetter hielt und kein Schneesturm über sie hereinbrach. Gegen die Stürme, die im hohen Norden toben konnten, war das Schneetreiben, in dem sie sich befanden, lediglich ein laues Lüftchen.

Sie waren allein auf der Straße, selbst der Schneepflug ließ sich nicht mehr blicken. Die Räder gruben sich durch den zentimeterdicken Schnee. Emily hatte längst den Allradantrieb eingeschaltet und fuhr konzentriert, hatte lange genug hier gelebt, um in dieser Einsamkeit kein unnötiges Risiko einzugehen. Selbst auf das Handy konnte man sich abseits des Yellowhead Highways nicht verlassen.

»Meinst du wirklich, Doug hat den Stewart-Cassiar genommen?«, fragte Jessica nach einer Weile.

»Ich weiß es nicht. Es ist unsere einzige Spur.«

»Was will er hier oben, Mom? Was will er hier?«

»Wenn ich das nur wüsste.«

Sie fuhren eine Weile schweigend dahin, lauschten nur dem Motorengeräusch und dem Knarzen der Scheibenwischer. Jessica wagte nicht, nach dem Highway-Killer zu fragen. Ihre Mutter wusste selbst, dass die RCMP längst Großalarm gegeben hatte und alle verfügbaren Polizisten nach dem Mörder suchten. Jetzt würde man ihr nicht mehr verzeihen, wenn sie die Fahndung vernachlässigte und stattdessen ihrem Lover hinterherfuhr. Wo war der Killer? Hatte er denselben Weg wie Doug genommen? War er zur Küste gefahren? Hielt er sich irgendwo versteckt?

Emily griff nach ihrem Handy und drückte eine Nummer, nickte lediglich, als sie keine Verbindung bekam. Dass sie kein Netz hatte, schien sie nicht weiter zu stören. So konnte Superintendent Cox sie nicht erreichen. Auch kein anderer der verantwortlichen Polizeichefs. Sie blickte Jessica an und erriet ihre Gedanken. »Machst du dir Sorgen wegen des Highway-Killers? Ich halte die Augen offen, Jess! Wenn er den Stewart-Cassiar hoch ist, wimmelt es hier sowieso bald von Polizisten. Sie werden alle Hebel in Bewegung setzen, um den Burschen zu finden.«

»Hoffentlich, Mom!«

Meziadin Junction lag bereits weit hinter ihnen, als die Scheinwerfer eines Trucks in ihrem Rückspiegel auftauchten. Jessica bemerkte sie zuerst. Zwei leuchtende Flecken inmitten des wirbelnden Schnees, die rasch größer wurden und sie wie die Suchscheinwerfer eines Hubschraubers erfassten. Das Röhren eines schweren Motors übertönte die Geräusche ihres eigenen Wagens, schwoll zu einem bedrohlichen Dröhnen an, schien zu einem riesigen Ungeheuer zu gehören.

»Zur Seite, Mom! Ein Truck!«, rief Jessica.

Ihre Mutter hatte bereits die Warnblinker eingeschaltet und fuhr an den äußersten rechten Straßenrand. Zu den ungeschriebenen Gesetzen in der Wildnis gehörte, dass man jedem Truck die Vorfahrt überlassen musste. Sie fuhren mit Vollgas durch die Wälder, und ihr Bremsweg war viel zu lang. Wer nicht von einem solchen Ungetüm in den Graben gedrängt werden wollte, überließ ihm die Straße.

Seltsamerweise wurde dieser Truck langsamer. Der Lichtstrahl der Scheinwerfer drang in ihren Wagen und hüllte sie in gleißendes Licht. Direkt neben ihnen kam er zum Stehen.

Der Fahrer beugte sich zum Beifahrerfenster herüber und öffnete es.

Emily ließ ihr Fenster herunter.

»Alles okay?«, fragte der Fahrer, ein korpulenter Mann mit schütteren roten Haaren und blasser Haut. »Die RCMP hat uns gebeten, die Augen offen zu halten. Der Highway-Killer soll sich hier oben irgendwo herumtreiben. Sie sind okay?«

Emily hielt ihren Ausweis aus dem Fenster. »Ich gehöre selbst zur Polizei. Aber vielen Dank, dass sie gehalten haben. Wir kriegen den Kerl … versprochen.«

»Hoffentlich! Solchen Typen sollte man die Rübe abhacken!«

»Haben Sie unterwegs jemanden gesehen?«

Der Truck Driver lehnte sich in das offene Fenster. Obwohl er nur einen Pullover trug, schien ihm die Kälte wenig auszumachen. »Ungefähr drei Kilometer hinter Ihnen fährt ein Geländewagen, ein harmloser Typ, konnte kaum bis drei zählen. Will zu seiner Mutter nach Alaska. Keine Ahnung, warum er sich den Stewart-Cassiar antut. Ich bin hier nur unterwegs, weil ich muss.«

»Waren die Rücklichter seines Wagens okay?«

»Das eine flackerte ein bisschen … wieso?«

»Nur so. Gute Fahrt, Mister!«

»Danke, Ma'am. Passen Sie gut auf sich auf!«

Der Truck fuhr davon und ließ Jessica und ihre Mutter in einer wallenden Schneewolke zurück. Sekundenlang sahen sie gar nichts, dann räumten die Scheibenwischer wenigstens die Windschutzscheibe frei. Jessica schlüpfte in ihren

Anorak und griff nach dem Handfeger, der für solche Fälle hinter dem Fahrersitz lag. Nachdenklich kehrte sie den Schnee von den anderen Fenstern. Sie stieg wieder ein, legte den Handfeger an seinen Platz und schloss die Tür.

»Kalt«, sagte sie.

Ihre Mutter schien sie nicht zu hören, war mit ihren Gedanken ganz woanders. »Ich muss den Mann überprüfen«, sagte sie entschlossen. »Du bleibst im Wagen.«

Jessica hatte sich schon so etwas gedacht. »Ich weiß. Aber ich glaube nicht, dass der Highway-Killer in dem Wagen sitzt. Er war die ganze Zeit vor uns.«

»Er kann sich versteckt haben. In einem leeren Haus, in einer Kirche, in einem der Indianerhäuser in Kitwanga, was weiß ich.« Sie zog ihre Pistole aus der Anoraktasche, überprüfte das Magazin und steckte sie wieder zurück. »Er wäre ziemlich dumm, wenn er den Stewart-Cassiar genommen hätte. Er muss doch langsam ahnen, dass wir ihm auf der Spur sind. Aber Typen wie er sind unberechenbar.«

Jessica bekam es mit der Angst zu tun. »Du solltest ihn vorbeifahren lassen, Mom. Warte, bis Verstärkung hier ist. Auf dem Stewart-Cassiar kann er euch sowieso nicht entkommen. Hier geht es nur geradeaus. Lass ihn laufen, Mom!«

»Ich passe auf mich auf, Jess. Bleib im Wagen, hörst du?«

Jessica erkannte, dass sich ihre Mutter nicht umstimmen lassen würde, und nickte stumm. Vielleicht machte sie sich ja unnötig Sorgen. Der Truck Driver hatte sicher recht, ein harmloser junger Mann, der zu seiner Mutter nach Alaska fuhr. Er würde zu Tode erschrecken, wenn ihre Mutter ihn mitten in dieser verlassenen Gegend stoppte, nervös seinen Führerschein zeigen und weiterfahren. Der Killer war sicher schon in Prince Rupert, hatte ein Flugzeug oder ein Boot gechartert und floh nach Vancouver Island und weiter in die USA. Er war über alle Berge.

Wieder tauchten Scheinwerfer im Rückspiegel auf, diesmal klein und nicht so bedrohlich. Etwas Dunkles näherte sich ihnen. Nur langsam schälten sich die Umrisse eines Geländewagens aus dem Schneetreiben. Ob es derselbe Geländewagen wie am Güterbahnhof in Prince George war, konnte Jessica nicht erkennen.

Sie rutschte nervös auf ihrem Sitz hin und her. Am liebsten wäre sie aus dem Wagen gesprungen und davongelaufen. Stattdessen verkrampfte sie immer mehr. Nur noch wenige Minuten, dann würde der junge Mann neben ihnen halten.

»Hab keine Angst«, tröstete ihre Mutter sie, »dir passiert nichts. Ich weiß, ich dürfte dich so einer Gefahr gar nicht aussetzen, aber wenn wir es wirklich mit dem Highway-Killer zu tun haben, ist es meine Pflicht, ihn aufzuhalten. Bleib unter allen Umständen im Wagen! Ich tue alles, damit dir nichts passiert.« Sie versuchte ein Lächeln. »Wahrscheinlich ist der Mann ganz harmlos. So dumm, den Stewart-Cassiar hinaufzufahren, kann nicht mal ein verrückter Serientäter sein.«

Als der Wagen nur noch knappe fünfzig Meter hinter ihnen war, stieg Emily aus. »Duck dich!«, sagte sie zu Jessica. Ihre Pistole ließ sie im Anorak stecken.

Der Geländewagen hielt und ein junger Mann stieg aus. Die Beschreibung des Highway-Killers traf auf ihn zu: weiche Gesichtszüge, beinahe feminin, weißer Anorak. Aber Emily hätte auch ohne die Beschreibung geahnt, dass etwas mit ihm nicht stimmte. Warum trug er während der Fahrt einen Anorak? Warum hatte er die Kapuze über den Kopf gezogen? Sein Lächeln konnte sie nicht täuschen.

»Hallo, Ma'am«, grüßte er freundlich. »Ich hätte nicht gedacht, dass ich auf dieser gottverlassenen Straße jemand treffe. Alles in Ordnung mit dem Wagen?«

»Ein Truck hatte uns mit Schnee eingedeckt.«

Sein Lächeln wirkte verführerisch. »Der hat mich auch überholt. Stellen Sie sich vor, er hat sogar angehalten. Die Polizei sucht nach dem Highway-Killer. Zum Glück sind Sie eine Frau. Sonst wäre ich wohl vorsichtshalber an Ihnen vorbeigefahren …«

Emily blieb wachsam. Ihre rechte Hand umklammerte die Pistole in ihrer Tasche, mit der linken zog sie ihren Ausweis heraus. »Ich bin auch von der Polizei, Mister. Wir überprüfen alle Autofahrer in dieser Gegend. Ihren Führerschein …«

»Natürlich … er liegt im Wagen.«

»Holen Sie ihn. Keine hastige Bewegung, okay?«

»Kein Problem, Officer. Sie glauben doch nicht, dass ich …« Er lachte kurz. »Ich bin kein Killer, Ma'am. Ich will zu meiner Mutter nach Alaska. Sie ist sehr krank, wissen Sie, und ich hab kein Geld mehr für ein Flugticket. Leider hat sie …«

»Den Führerschein«, drängte Emily.

Jessica kauerte geduckt im Wagen, hob vorsichtig den Kopf und versuchte einen Blick auf den Fremden zu erhaschen. Leider hatte er seine Kapuze weit in die Stirn geschoben. Doch seine Stimme kam ihr bekannt vor und auch den Anorak glaubte sie schon gesehen zu haben. »Mom, sei bitte vorsichtig!«, flüsterte sie.

Sie war zu aufgeregt, um sich wieder zu ducken, lehnte ihren Kopf gegen die Sitzlehne und spähte vorsichtig durch das Seitenfenster. Im dichten Schneefall verflüchtigte sich der Mann zu einem dunklen Schatten, als er um seinen Wagen herumging und die Fahrertür öffnete. Sie beobachtete, wie er sich in den Wagen beugte, anscheinend das Handschuhfach öffnete und etwas herauszog, das sie nicht genau sehen konnte. »Eine Pistole!«, schrie Jessica. »Er hat eine Pistole!«

Zu spät erkannte Emily, dass sie einen verhängnisvollen Fehler begangen hatte. Sie hätte jede Bewegung des Fremden verfolgen und so stehen müssen, dass sie genau sehen konnte, was er aus dem Handschuhfach nahm. Verzweifelt zog sie ihre Pistole aus der Anoraktasche. Zu spät! Noch bevor sie abdrücken konnte, krachte die Waffe des Fremden, und die Kugel streifte sie am Arm. Sie ließ ihre Pistole fallen und stolperte gegen den Blazer. Sie griff sich an den verletzten Arm.

»Mom!«, schrie Jessica entsetzt. In ihrer Panik stieß sie die Tür auf und sprang aus dem Wagen. »Mom!« Sie klammerte sich an den gesunden Arm ihrer Mutter, achtete nicht auf den Fremden mit der Pistole. »Mom! Bist du okay? Mom!«

»In … in den Wagen!«, stammelte Emily. »Mach, dass du wegkommst!«

»Nicht doch«, widersprach der Fremde. Sein Lächeln und sein verbindlicher Tonfall waren geblieben, nur seine Augen blitzten spöttisch, beinahe verächtlich. »Sie wollen doch nicht, dass ich die ganze Mühe umsonst auf mich genommen habe.« Er kam langsam näher und richtete seine Pistole auf Jessica. »Ich hatte gehofft, dass wir uns noch einmal wiedersehen. Ich habe nach dir gesucht, weißt du? Wo warst du die ganze Zeit? Du hast dich doch nicht vor mir versteckt, oder?«

Jessica blickte ihn verständnislos an, war viel zu geschockt, um die tödliche Gefahr zu erkennen, in der sie schwebte. Sie weinte nicht, brachte kein Wort hervor, starrte ihn nur an, wie ein Wesen von einem anderen Stern. Bis seine Worte in ihr Bewusstsein drangen, bückte sich ihre Mutter bereits nach ihrer Pistole und rief: »Verschwinde, Jessica! Mach, dass du wegkommst! Beeil dich, verdammt!«

Der Fremde schoss ein zweites Mal, ohne sein Lächeln zu verlieren, sah Emily nicht einmal dabei an. Diesmal bohrte sich die Kugel wenige Meter vor ihr in den Schnee. Emily hielt mitten in der Bewegung inne. Sie spürte, dass sie keine Chance mehr gegen den Mann hatte und dass ihr Leben auf Messers Schneide stand.

Jessica löste sich aus ihrer Erstarrung, doch auch sie merkte, wie machtlos sie war. Erst jetzt wurde ihr wirklich bewusst, dass sie den gefürchteten Highway-Killer vor sich hatte. Einen erbarmungslosen Serientäter, der drei Frauen auf grausame Weise ermordet hatte, vielleicht sogar mehr. Einen Mann, der den Verstand verloren zu haben schien, so seltsam, wie er sich benahm. Er genoss es regelrecht, sie und ihre Mutter mit einer Waffe zu bedrohen. Und er würde wahrscheinlich auch seine Freude daran haben, sie beide umzubringen.

»Tut mir leid, dass ich Sie mit meinen Schüssen erschreckt habe«, sagte er mit einem kurzen Blick auf Emily. »Es war nicht meine Absicht, Sie zu verletzen. Wenn Sie mich nicht so unhöflich empfangen hätten, wäre ich nicht zu solchen Mitteln gezwungen gewesen. Es fällt mir schwer, das zu sagen, aber ich bin nicht an Ihnen interessiert, wissen Sie? Ich verehre junge Frauen … junge und hübsche Frauen wie Ihre Tochter.« Sein Blick kehrte zu Jessica zurück. »Wenn ich dich bitten dürfte, in meinen Wagen zu steigen? Ich lade dich zu einem Ausflug ein.«

»Ich denke nicht daran«, erwiderte Jessica entrüstet. Sie war wieder ganz bei sich, mit geschärften Sinnen, und wunderte sich selbst darüber, wie nüchtern und gefasst sie bleiben konnte.

»Es wäre besser, du würdest meine Anweisungen befolgen«, ließ der Fremde nicht locker. Das falsche Lächeln stand immer noch in seinem Gesicht. »Ich möchte dich glücklich machen … dir ein paar unvergessliche Stunden bereiten. Zerstöre nicht meinen Traum! Komm mit mir und begleite mich … es lohnt sich!«

Jessica spürte, dass sie dem verrückten Fremden mit einer aufsässigen Bemerkung nicht beikam. Sie versuchte es mit gespielter Freundlichkeit: »Vielleicht ein anderes Mal, Mister! Meine Mutter und ich müssen weiter. Wir treffen einen Freund und haben nur angehalten, um etwas Luft zu schnappen.« Sie merkte selbst, wie albern ihre Worte klingen mussten, doch sie sprach weiter und bewegte sich dabei langsam um den Wagen herum, versuchte die Beifahrertür zu erreichen. Sie wollte den Fremden ablenken, nur für einen Augenblick, um ihrer Mutter die Gelegenheit zu geben, ihre Pistole aufzuheben und auf ihn zu schießen.

Ein Schuss krachte und ließ sie erstarren. Die Kugel war dicht an ihr vorbeigezischt und bohrte sich in einen Baumstamm. »In meinen Wagen! Oder ich töte dich!«, brüllte der Highway-Killer. Jetzt war auch das Lächeln aus seinem Gesicht verschwunden. Ohne Emily anzublicken, befahl er: »Schieben Sie die Waffe weg!«

Emily ging kein Risiko mehr ein und kickte die Pistole zur Seite, die sie schon fast wieder in Griffweite gehabt hatte.

Jessica rührte sich nicht von der Stelle.

»Was ist? Worauf wartest du noch?«, fuhr der Fremde sie an.

Jessica gehorchte widerwillig. Ihr Blick war voller Angst, aber auch Verzweiflung und Wut, als sie zögernd auf den Geländewagen des Fremden zuging. Sie wandte sich zu ihrer Mutter um, glaubte sie sagen zu hören: Hab keine Angst, mein Liebes, denn ich werde alle Hebel in Bewegung setzen, um dich zu finden und zu befreien! Hab keine Angst und gib die Hoffnung nicht auf! Ich hole dich zurück!

Doch über ihre Wangen rannen Tränen, als der Fremde sie in den Wagen drängte, dann selbst einstieg und die Handbremse löste. Die Pistole war ständig auf sie gerichtet, als er den Wagen beschleunigte und weiter nach Norden fuhr.

16

Seltsamerweise hatte Jessica mehr Angst um ihre Mutter als um sich selbst. Die Vorstellung, diese allein bei ihrem Wagen zu wissen, fernab von einem funktionierenden Telefon und mit einer Schusswunde am Arm, ließ sie beinahe die tödliche Gefahr vergessen, in der sie selbst schwebte. Wenn sie die Augen schloss, sah sie ihre Mutter vor sich, halb verrückt vor Sorge im Schneetreiben stehend, sich den blutenden Arm haltend und verzweifelt nach einem Ausweg suchend. Erst als der Highway-Killer leicht das Steuer verriss und sein Wagen ins Schleudern kam, schreckte Jessica hoch und wunderte sich über sein dummes Grinsen, als er den Wagen auf die rechte Straßenseite zurücklenkte.

Er deutete ihren erschrockenen Blick falsch. »Hab keine Angst«, sagte er in diesem scheinbar höflichen Tonfall, der so gar nicht zu seinem spöttischen Grinsen passte. »Wir sind bald am Ziel. Ich kenne eine Hütte nicht weit von hier, dort sind wir ungestört. Du freust dich doch darauf, mit mir allein zu sein, oder?«

Nein, wollte sie ihm ins Gesicht schreien, du bist ein verdammter Mörder und ich will so schnell wie möglich zu meiner Mutter zurück! Doch seine vor Vorfreude blitzenden Augen und die schwankende Pistole in seiner Hand ließen sie vorsichtig sein. Der Highway-Killer war nicht bei Sinnen, ein unberechenbarer Verrückter, der durchdrehte, wenn man sich gegen ihn wehrte. Wenn sie heil aus dieser Sache herauskommen wollte, musste sie sich auf sein Spiel einlassen oder zumindest so tun. Nur wenn sie ihn in Sicherheit wiegte, würde sich vielleicht eine Chance ergeben, ihm zu entkommen. »Ich weiß nicht … ich glaube schon.«

»Ich wusste, dass du vernünftig sein würdest«, erwiderte er. Sein Grinsen wirkte so herausfordernd, dass sie ihm am liebsten ins Gesicht geschlagen hätte. »Schon als wir uns zum ersten Mal begegnet sind, war mir klar, dass du etwas ganz Besonderes bist. Die anderen Frauen waren nicht so vernünftig, weißt du? Amanda hat mich wüst beschimpft und wollte weglaufen, und Kate … sie hat wie am Spieß geschrien!« Er schüttelte den Kopf, als wäre es vollkommen abwegig, sich einem verrückten Killer zu widersetzen. »Und Janice … ach, Janice … was soll ich über sie sagen?« Er blickte in die Ferne, drehte sich aber gleich wieder zu Jessica um. Er ließ sie kaum aus den Augen, hatte Mühe, den Wagen in der Spur zu halten. »Louise war eine böse Frau. Wenn sie mir jemals wieder über den Weg läuft, werde ich sie bestrafen. Ich hätte ihr keine Rose schenken dürfen … nein, wirklich nicht! Die Rosen sind teuer, verstehst du? Obwohl …« Und jetzt grinste er wieder. »Obwohl ich sie aus einem Gewächshaus gestohlen habe. Niemand hat gemerkt, dass sie fehlen. Die Polizei ist sehr dumm. Sehr, sehr dumm.«

Gegen ihren Willen blickte Jessica auf den Rücksitz, dort hatte sie bereits beim Einsteigen die Rose liegen sehen. Eine langstielige Rose, dunkelrot und seltsam frisch, als hätte sie vor wenigen Minuten noch im Wasser gestanden. Sie sah rasch wieder nach vorn, versuchte krampfhaft das Grinsen des Mannes zu übersehen. »Warum tun Sie das?«, rutschte es ihr heraus. »Warum …« Sie verschluckte den Rest des Satzes gerade noch rechtzeitig.

»Weil du mir gefällst.« Jessica nahm an, dass er sie bewusst falsch verstand. »Weil du mich mit deiner Schönheit verzauberst. Du wirst so sein, wie ich es mir in meinen Träumen ausgemalt habe. Ganz anders als diese Schlampen. Entschuldige den Ausdruck, aber diese Frauen waren es nicht wert, dass ich sie berühre und ihre wertlosen Körper mit einer Rose bedecke. Du bist anders … ganz anders.«

Jessica starrte in den Schnee hinaus. Die Flocken kamen von allen Seiten und schienen die Windschutzscheibe und die Seitenfenster durchdringen zu wollen. Der Wind hatte aufgefrischt und wirbelte Schleier aus Schnee auf. Wäre sie die Heldin in einem spannenden Hollywood-Thriller gewesen, hätte es nicht einmal Musik gegeben. Das Heulen des Windes, der die eisige Gischt gegen den Wagen trieb, und das eintönige Brummen des Motors wären genug gewesen, um die Spannung dem Höhepunkt entgegenzutreiben. Sie hätten den Geländewagen von weit oben gezeigt, einen dunklen Punkt auf dem langen weißen Band, das sich durch die Wälder zog, dann auf den grinsenden Killer mit der Pistole und ihr angespanntes Gesicht geschnitten. Keine dramatische Musik, nur der laute Fluch des Killers und ihre verzweifelten Schreie, als der Wagen zur Seite ausbrach, ins Schleudern geriet und gegen einen Baum krachte. Dann Stille, angespannte Stille und eine lange Pause, bis man sie leise stöhnen hörte.

Doch dies war nicht Hollywood, dies war das wirkliche Leben, auch wenn sie sich in einem fürchterlichen Albtraum wähnte. Ein verrückter Serienkiller, der auf ihre Mutter schoss und sie entführte … so etwas passierte doch nur in Filmen und Büchern. Und in der Realität nur anderen Menschen, irgendwo in einem anderen Land oder einer anderen Stadt. So wie ein Erdbeben, ein Hurrikan, eine Flut oder eine andere Naturkatastrophe, die man nur im Fernsehen sah.

Jessica verdrängte die wirren Gedanken und versuchte sich auf das Wesentliche zu konzentrieren. Sie durfte den Killer auf keinen Fall verärgern, musste sein Spiel spielen, bis sich eine Gelegenheit zur Flucht ergab. Er hatte selbst zugegeben, dass er drei Frauen umgebracht und Louise zu Tode erschreckt hatte. Amanda und Kate … sie würde die Namen ihrer Mutter sagen, sobald sie dem Killer entkommen war. Sie würde ihm entkommen, natürlich würde sie ihm entkommen!

»Was war mit Louise?«, fragte sie. »Warum sind Sie … weggelaufen?«

»Ich bin nicht weggelaufen.«

Sie wollte ihn nicht verärgern, aber sie musste eine Antwort bekommen. Sie suchte nach den richtigen Worten. »Hat Louise sich so heftig gewehrt … was ist passiert?«

Auf seiner Stirn erschienen Falten. »Natürlich hat sie sich gewehrt … sie haben sich alle gewehrt. Sie hat mich beschimpft und bespuckt und mit dem Knie nach mir gestoßen, so wie damals Betty-Ann, und wären die Hunde nicht gekommen …«

»Was für Hunde?«, unterbrach Jessica ihn erstaunt.

»Hunde, verdammt ... ja ... sie sahen fast wie Wölfe aus, und ich schaffte es gerade noch in meinen Wagen. Weiß der Teufel, wo sie so plötzlich herkamen.«

»Wer ist Betty-Ann?«, fragte sie vorsichtig.

Er schüttelte angewidert den Kopf. »Ich will nicht über sie sprechen. Sie war ... sie war so furchtbar schlecht und ...« Er wurde wütend und fuchtelte mit der Pistole herum. »Ach, lass uns damit aufhören. Das blöde Gerede verdirbt uns nur die Laune.« Sein Ärger verflog so schnell, wie er gekommen war, und wich dieser beängstigenden übertriebenen Höflichkeit. »Ich möchte doch, dass du dich bei mir wohlfühlst. Wir wollen guter Stimmung sein, wenn wir die Hütte erreichen. Sie gehört einem Freund von mir. Er wird sie uns überlassen. Ich bin sogar sicher, dass er sie uns überlassen wird.«

Jennifer wich seinem Lächeln aus. Anscheinend kannte er die Gegend hier, sonst hätte er nicht von einem Freund oder einer Hütte gesprochen. Wahrscheinlich einer aus längst vergangenen Zeiten, denn sie konnte sich nicht vorstellen, dass ein Mann wie er Freunde hatte. Wer würde einem wie ihm freiwillig seine Hütte überlassen, damit er dort ... Sie wagte den Gedanken nicht zu Ende zu führen. Immerhin hatte er nicht vor, sie gleich umzubringen. Aus einem unerfindlichen Grund war sie etwas Besonderes für ihn. Vielleicht wollte er sie überhaupt nicht töten und sie lediglich als sein »Eigentum« behalten. Sie hatte von solchen Verbrechern gehört. Gestörte Männer, die vielleicht von einer Frau enttäuscht worden waren und sich eine Ersatzfrau suchten, diese töteten oder in dunklen Kellerräumen anketteten oder misshandelten. Ihr wurde beinahe schlecht bei dem Gedanken. Nur einen Augenblick dachte sie daran, die Tür zu öffnen und sich aus dem fahrenden Wagen zu stürzen, denn die Gefahr, sich dabei zu verletzen und nicht schnell genug wegrennen zu können, war viel zu groß.

Er schien ihre Gedanken zu erraten und drückte den Lauf seiner Pistole gegen ihre Hüfte. »Noch nicht aussteigen, Jessica. Warte, bis wir auf dem Hügel sind.«

Er kannte sich tatsächlich aus, denn sie sah den Hügel erst, als er direkt vor ihnen auftauchte und der Highway-Killer sich einen Augenblick ganz aufs Fahren konzentrierte. Jetzt, dachte sie, spring jetzt, so eine Gelegenheit kommt nicht wieder; aber noch während sie daran dachte, verstärkte sich der Druck der Pistole wieder und sie erkannte, dass sie es nicht schaffen würde. Sie ergab sich vorerst in ihr Schicksal und lehnte sich zurück. Sie würde es später versuchen … schon bald.

Auf dem Kamm des Hügels hielt er den Wagen an. »Hier steigen wir aus«, forderte er sie auf.

Sie blickte sich erstaunt um. Um sie herum tobte das Schneetreiben, das immer stärker zu werden schien, und es war weit und breit keine Hütte zu sehen. Links von ihnen stieg das Land steil an, endete an einer zerklüfteten Felswand, rechts gähnte ein dunkler Abgrund. »Hier?«, stieß sie hervor. »Aber … hier ist nichts!«

»Wir gehen den Rest zu Fuß«, sagte er lächelnd.

Jessica blieb nichts anderes übrig, als seiner Aufforderung zu folgen. Mit übergezogener Kapuze stieg sie in den eisigen Flockenwirbel hinaus. Auf dem Hügelkamm blies der

Wind noch stärker und sie musste sich für einen Augenblick an der Wagentür festhalten, um nicht das Gleichgewicht zu verlieren. Warum hält er ausgerechnet hier, überlegte sie verwundert. Will er den Wagen stehen lassen?

Auf der anderen Seite stieg der Killer aus dem Wagen. Seltsam, dachte sie, auf den Steckbriefen und im Fernsehen sehen Verbrecher immer wie Verbrecher aus. Dieser war anders. Wenn man ihn nicht kannte und nicht wusste, welche abscheulichen Morde er begangen hatte, hielt man ihn für einen harmlosen jungen Mann, einen Studenten vielleicht, den es in den hohen Norden verschlagen hatte. Sein freundliches Lächeln und seine Höflichkeit würden auch einen erfahrenen Polizisten täuschen, zumindest auf den ersten Blick. Der weiße Anorak ließ ihn noch unschuldiger aussehen, ein gefährlicher Wolf im Schafspelz.

»Wir müssen den Wagen loswerden«, sagte der Killer. Er sprach wie mit einer Komplizin. »Hilfst du mir?« Er beugte sich in den Wagen und schob den Schalthebel der Automatik in den Leerlauf. »Komm schon, ich schaff das nicht allein!«

Verwundert erkannte sie, dass er den Wagen in den Abgrund schieben wollte. Ein raffinierter Schachzug. Dort unten würde ihn niemand suchen, und wenn es weiter so stark schneite, wäre er bald unter dem Schnee verschwunden. Dann vergrößerte sich das Gebiet, in dem die Polizei nach ihnen suchen musste, um ein Vielfaches. In ihr sträubte sich alles, ihm dabei zu helfen. »Ich … ich kann nicht.«

Er richtete die Pistole auf sie. »Und ich dachte, du wärst anders.«

»Schon gut«, sagte sie schnell. Sie folgte ihm hinter das Auto, stemmte sich mit beiden Händen gegen das Heck und half ihm, das schwere Gefährt zum Rand des Abgrunds zu schieben. Auf der abschüssigen Straße ging es einfacher, als sie gedacht hatte. Schon nach ein paar Versuchen kippte der Wagen in die Tiefe und verschwand im Dunkel des Schneetreibens. Im Heulen des böigen Windes hörte man nicht einmal einen Aufprall. Sie stellte sich vor, wie er im metertiefen Schnee versank und schon jetzt den Blicken entschwand.

»Die Straße hinunter«, befahl er. »Es ist nicht weit.«

Auch jetzt gehorchte sie, obwohl er seine Pistole in der Tasche verstaut und dicke Handschuhe angezogen hatte. Er schien sich seiner Sache sehr sicher zu sein und hatte recht. Sie war nicht kräftig genug, um ihn ohne Waffe zu überwältigen, und wenn sie weglief, brauchte er nur seine Pistole aus der Tasche zu ziehen. Dennoch wirkte er nervös. Er wollte so schnell wie möglich den Waldrand erreichen, trieb sie ständig an und griff sogar nach seiner Waffe, als sie wieder einmal versuchte das Tempo zu verringern. Sie wusste auch warum. Er hatte Angst, dass ihre Mutter auftauchte. Sie war nur leicht verletzt, hoffte Jessica, und konnte sicher noch Auto fahren. Er hätte ihr den Autoschlüssel wegnehmen sollen. Er kam wohl zu demselben Schluss, drehte sich mehrmals um und trieb sie ständig an: »Schneller, Jessica! Schneller! Wir müssen uns beeilen!«

Der Waldrand, eine dunkle Wand im Schneetreiben, rückte bedrohlich näher. Jessica überlegte krampfhaft, wie sie ihrer Mutter ein Zeichen hinterlassen konnte, zog unbemerkt ihren rechten Handschuh aus und suchte etwas in ihrer Anoraktasche, das groß genug war, um im Schnee aufzufallen. In ihrer Tasche waren lediglich ein paar Münzen, eine alte Kinokarte und eine Packung Papiertaschentücher. Sie nahm die Packung und ließ sie auf die Straße fallen. Ein sinnloses Unterfangen, wie sie glaubte. Entweder würde der Wind sie in den Graben treiben oder der Schnee würde sie zudecken. Aber sie durfte nichts unversucht lassen. Sie zog den Handschuh wieder an und schlug ihre Hände mehrmals gegeneinander.

»In der Hütte werden wir es warm haben«, sagte der Killer.

Sie brauchten keine Viertelstunde bis zum Waldrand und waren kaum zwischen den Bäumen verschwunden, als sie den Motorenlärm hörten. Der Blazer ihrer Mutter! Sie wollte schreien, zum Waldrand laufen und winken, doch der Killer war mit zwei Schritten bei ihr, umklammerte sie mit beiden Armen und presste eine Hand auf ihren Mund. Der Blazer rauschte vorbei. Ihre Mutter entdeckte weder die Papiertaschentücher noch die Spuren, die der Geländewagen des Highway-Killers hinterlassen hatte. Wenige Minuten hatten gereicht, um die Abdrücke verschwinden zu lassen. Ihre Mutter zog wahrscheinlich gar nicht in Betracht, dass er seinen Wagen in die Tiefe gestoßen haben könnte, und war nur darauf aus, ihn so schnell wie möglich einzuholen.

Das Motorengeräusch verklang in der Ferne. Der Killer ließ sie los und marschierte wortlos weiter, hatte aber seine rechte Hand in der Tasche, um notfalls sofort die Pistole ziehen zu können. Bis zu der Schießerei hatte er aus seiner

Sicht alles richtig gemacht, doch der Fehler, Emily nicht den Zündschlüssel oder ihre Pistole oder beides weggenommen zu haben, hatte ihn verunsichert. »Weiter!«, rief er.

Jessica folgte ihm widerstrebend. Die beste Möglichkeit, ihm zu entkommen, war vertan. Es würde einige Zeit dauern, bis die Polizei herausfand, dass der er sie in den Wald entführt hatte, und selbst wenn sie das Gebiet auf wenige Quadratkilometer eingrenzten, konnte es Tage dauern, bis sie ihnen auf die Spur kamen. Zu lange, um zu verhindern, dass er ihr etwas antat, denn er entführte sie bestimmt nicht in die Hütte, um sie dort in Ruhe schlafen zu lassen. Sie blickte verzweifelt an den Bäumen empor. Im Wald lag der Schnee nur knöcheltief und der Schneesturm war kaum zu spüren, draußen jedoch tanzten wild die Flocken und zwangen die Hubschrauber, auf dem Boden zu bleiben. Bis der Suchtrupp der RCMP den Stewart-Cassiar erreicht hatte, würden Stunden vergehen.

Der Highway-Killer schien auch jetzt noch zu wissen, wo er sich befand. Bei seinem weichen Gesicht und der Art, wie er sprach und sich bewegte, hätte sie eher auf einen Stadtmenschen getippt, aber er war anscheinend in dieser Gegend aufgewachsen. Er marschierte zielstrebig durch den Wald, wurde mit jedem Schritt selbstsicherer.

Sie geriet trotzdem nicht in Panik. In den Thrillern, die sie im Fernsehen gesehen hatte, verloren die Frauen immer die Nerven, wenn sie verschleppt wurden. Sie weinten und schrien, bekamen einen Nervenzusammenbruch oder fielen in Ohnmacht. Oder sie ergaben sich wimmernd in ihr Schicksal, machten gar gemeinsame Sache mit dem Entführer. Seltener waren die Superfrauen, stärker und gefährlicher als jeder Mann, die den Täter im Alleingang überwältigten und ihn an den Haaren zur nächsten Polizeistation schleppten.

Ihre Wirklichkeit sah anders aus. Die Angst schnürte ihre beinahe die Kehle zu, aber sie war bei Sinnen und nüchtern genug, um sich nichts anmerken zu lassen. Die Gewissheit, dass er ihr etwas Schlimmes antun würde, wenn sie sich nicht so benahm, wie er es erwartete, hielt sie davon ab, etwas Unüberlegtes zu tun. Ein unbefangener Fremder, der ihnen begegnet wäre, hätte sie wahrscheinlich für ein junges Ehepaar gehalten. Der Gedanke ließ sie innerlich erschauern. Doch äußerlich wirkte sie normal und gefasst. Sie brachte es lediglich nicht fertig, das falsche Lächeln des wahnsinnigen Killers zu erwidern. Doch ihre Haltung kostete sehr viel Kraft, und sie wusste nicht, wie lange sie noch durchhalten konnte.

Nach einem mehrstündigen Gewaltmarsch erreichten sie eine Lichtung. Unterwegs hatte sie ihren brennenden Durst mit Schnee gestillt. Sie blieben unter den Bäumen stehen und blickten auf die schroffe Felswand, die sich in ungefähr dreißig Metern Entfernung erhob. Wie ein dunkler Koloss zeichnete sich der Fels im dichten Schneetreiben ab. Rechts davon führte eine schmaler Trail, der lediglich an einem Schild als solcher zu erkennen war, in den Fichtenwald. Der Pfeil zeigte zum Wald hin, doch Jessica konnte nicht erkennen, was darauf stand. Dichte Schneewehen ließen ihn fast vollkommen verschwinden.

Der Fremde bedeutete ihr zu folgen und führte sie am

Waldrand entlang um die Lichtung herum. Als sie an dem Schild vorbeikamen, las sie: *Solomon Mine – Please keep out!* Eine der zahlreichen Minen in der Umgebung von Dease Lake. Jetzt sah sie auch die Öffnung, den Eingang zu einem dunklen Schacht, der halb verdeckt hinter einigen Sträuchern in den Fels führte. Er ging direkt darauf zu, schob einige morsche Bretter beiseite und schaufelte den Eingang mit den Händen frei. »Die Hütte ist weiter weg, als ich dachte«, räumte er ein. »Es ist schon eine Weile her, dass ich dort war. Bist du sehr böse, wenn wir die erste Nacht hier verbringen?«

»Hier? In dieser Mine?«

»Bis zur Hütte sind es noch drei Stunden, vielleicht auch vier oder fünf. Wir ruhen uns besser aus, bevor wir weiterlaufen.« Er zauberte das falsche Lächeln in sein Gesicht. »Keine Angst, wir werden uns den großen Augenblick nicht verderben. Ich werde erst zu dir kommen, wenn wir in der warmen Hütte sind. Du sollst dich wohlfühlen, wenn wir einander unsere Liebe beweisen. Einverstanden?«

Sie wusste natürlich, dass er keine Widerrede dulden würde, und nickte. Wenn er ernst meinte, was er sagte, gewann sie eine Nacht und einen halben Tag. Eine Nacht und ein halber Tag mehr für ihre Mutter und die Polizei, sie aufzuspüren. Sie fühlte, wie Hoffnung in ihr aufstieg, und nickte zögernd. »Einverstanden.«

17

Jessica kletterte in den Schacht hinein. Der Drang, dem Killer davonzulaufen, war so übermächtig, dass sie sich zwingen musste seinem Befehl zu folgen, doch es gab keinen Ausweg. Sie würde keine zehn Schritte weit kommen und an einer Kugel sterben, wenn sie zu fliehen versuchte. Seine Hand hielt die Pistole umklammert und er würde nicht zögern zu schießen.

Sie stieg über einige Balken und blieb unschlüssig stehen. Der Schacht war gerade so hoch, dass sie stehen konnte, und lag dunkel und bedrohlich vor ihr. Sie konnte keine drei Meter weit sehen. Die schroffe Felswand schimmerte in dem bleifarbenen Zwielicht, das von außen hereinfiel, und unter ihr glänzten die faustgroßen Felsbrocken, die auf dem sandigen Boden lagen. Die verrosteten Schienen, über die man die Wagen mit dem Erz gerollt hatte, waren kaum zu erkennen.

»Weiter«, drängte der Killer. »Hab keine Angst! Der Schacht ist sicher. Hier kann dir nichts passieren.« Er berührte sie sanft an den Schultern und schob sie weiter nach vorn, wie ein vertrauter Freund, der einem die Angst nehmen wollte.

Jessica lief langsam weiter, schob vorsichtig ihren linken Fuß über eine der Schienen, um in der Dunkelheit nicht die Orientierung zu verlieren. Sie atmete erleichtert auf, als sich die Hände des Highway-Killers von ihren Schultern lösten. Nach weiteren drei Schritten stieß sie gegen einen Erzwagen, hielt sich erschrocken daran fest und spürte das rostige Metall an ihren Händen. Ein Metallsplitter bohrte sich in ihren linken Zeigefinger und ließ sie vor Schmerz stöhnen.

Aus dem Dunkeln griff der Fremde nach ihrer Hand und liebkoste sie. »Oh, das tut mir leid, Jessica! Den Wagen hatte ich ganz vergessen. Ich wollte nicht, dass du dich verletzt.« Er tätschelte ihre blutende Hand, ließ sie langsam, fast widerwillig wieder los und schob Jessica an dem Wagen vorbei, hielt sie mit beiden Händen fest, damit sie nicht das Gleichgewicht verlor. »Jetzt haben wir es gleich geschafft. Rechts kommt ein Durchgang. Halte dich an der Wand fest, dann kannst du ihn gar nicht verfehlen. Spürst du den Luftzug? Warte auf mich, Jess!«

Sie hätte sich am liebsten umgedreht und ihm ins Gesicht geschlagen, als er dieselbe Abkürzung wie ihre Mutter verwendete. Nur die Einsicht, dass sich ihre Fluchtchancen bei einer solchen Reaktion entscheidend verringern würden, ließ sie gehorchen. Sie blieb stehen und schloss erschrocken die Augen, als dicht vor ihr etwas Helles aufflammte. Sie öffnete sie zögernd wieder und erkannte, dass er ein Feuerzeug aus seiner Tasche gezogen hatte. Er hielt es in der linken Hand, hatte die andere immer noch an der Pistole in seiner Anoraktasche. Sie wich bis gegen die Felswand zurück.

»Sorry«, entschuldigte er sich, »an das Feuerzeug hatte ich gar nicht mehr gedacht, sonst hätte ich es schon früher verwendet. Geh ein paar Schritte weiter, dann kommst du in eine Höhle. Dort werden wir die Nacht verbringen. Siehst du die Decken? Die hab ich dort hingelegt, vor ein paar Monaten, als ich mit Betty-Ann hier war. Keine Angst, sie wird uns nicht stören. Ich habe sie ... ich hab ihr das gegeben, was sie verdient hat. Sie war so schlecht, so abgrundtief schlecht!«

Jessica glaubte ihr Herz aussetzen zu hören. »Sie haben ... Sie haben hier ...«

»Lass uns von etwas anderem reden, Jessica. Betty-Ann und die anderen spielen keine Rolle mehr. Jetzt habe ich dich gefunden. Du bist die Frau, die ich in meinen Träumen gesucht habe ... nicht Betty-Ann oder Amanda oder Louise.«

Sie stand immer noch wie versteinert, wollte nicht glauben, was sie eben gehört und schon befürchtet hatte. Er hatte Betty-Ann ebenfalls ermordet! Er hatte das Leben einer jungen Frau hier an diesem Ort auf grausame Weise beendet. Sie musste unbedingt herausbekommen, wer diese Betty-Ann gewesen war.

»Worauf wartest du, Jess? Nimm dir eine Decke!«

Wieder diese vertraute Anrede. Sie fühlte, wie ihr das Blut ins Gesicht schoss und ihre Muskeln verkrampften. Mit aller Gewalt zwang sie sich zur Ruhe. Sie ging auf unsicheren Beinen in die Höhle, nahm eine Decke und zog sich damit in die hinterste Ecke des kleinen Raumes zurück. Obwohl sie dem Killer den Rücken zukehrte, glaubte sie zu spüren, wie er spöttisch grinste. Sie breitete die Decke aus und blieb unschlüssig stehen. Die Aussicht, mit einem verrückten Serienkiller in einer abgelegenen Mine die Nacht zu verbringen, ließ sie nur mühsam die Fassung bewahren.

Es wurde heller in der Höhle. Sie drehte sich um und beobachtete erstaunt, wie der Killer eine Kerze entzündete und mit flüssigem Wachs auf dem felsigen Boden befestigte. Hatte er geplant, wieder eine Frau in die verlassene Mine zu bringen? Waren sie nicht zufällig hier? Gehörte die Nacht in dem abgelegenen Stollen zu einem teuflischen Plan? Warum hatte er sonst die Decken und die Kerze in der Höhle versteckt? Sie starrte auf die flackernde Kerze.

»Ich habe an alles gedacht, nicht wahr?« Der Killer hatte die Kapuze seines Anoraks zurückgeschlagen. »Ich weiß doch, wie schnell das Wetter in dieser Gegend wechseln kann, da ist es gut, einen sicheren Unterschlupf zu haben.« Er kramte einen Müsliriegel aus seiner linken Anoraktasche. »Setz dich, Jess! Mach es dir gemütlich! Du hast doch sicher Hunger?« Er warf ihr den Müsliriegel zu.

Sie fing ihn in einem Reflex auf und ließ ihn sofort fallen. »Ich hab keinen Hunger.« Ihre Kapuze war nach hinten gerutscht und ließ ihr blondes Haar im Kerzenlicht leuchten. Sie bemerkte, wie der Killer sie anstarrte. Er schien gar nicht registriert zu haben, dass der Müsliriegel auf dem Boden lag.

»Du siehst wunderschön aus!«, sagte er bewundernd. »Tausendmal schöner als Betty-Ann …« Er erschrak selbst über seine Worte und schüttelte verächtlich den Kopf. »Aber wir wollten nicht mehr von der bösen Hexe sprechen, nicht wahr?«

»Wer war Betty-Ann?«, ließ sie nicht locker.

Er blickte sie so lange und mit einem so gefährlichen

Funkeln in den Augen an, dass sie beinahe bereute, ihn nach Betty-Ann gefragt zu haben. Doch dann verschwand das Funkeln, und seine Mundwinkel zogen sich nach oben. »Du willst es wirklich wissen, nicht wahr? Du willst wissen, wer die Hexe war? Nun, vielleicht hast du recht. Vielleicht sollte ich es dir tatsächlich sagen. Du sollst erfahren, wessen Platz du einnimmst und wie verdorben dieses … dieses Miststück war.«

Jessica wartete geduldig. Wenn sie diesem Teufel entkam, wollte sie so viel wie möglich über seine Schandtaten wissen. Sie würde sogar als Zeugin vor Gericht gegen ihn aussagen und wortwörtlich wiederholen, welche Verbrechen er ihr gestanden hatte. Niemand wusste von dem Mord an Betty-Ann, niemand außer dem Killer und ihr. Sie zwang sich, möglichst gleichgültig auszusehen, als hätte sie nur aus Höflichkeit nach Betty-Ann gefragt, als wäre ihr die Antwort egal.

An seiner Reaktion erkannte sie, wie sehr er diese Frau gehasst hatte. »Betty-Ann war eine Hexe«, wiederholte er. »Sie stand am Straßenrand, unten am Yellowhead Highway, schön und verführerisch und mit blonden Locken … wie ein Engel …« Sein Blick verklärte sich für einen Augenblick, wurde aber sofort wieder hart. »Aber sie war schlecht. Ihr Lächeln, als sie zu mir in den Wagen stieg, war falsch. Und dass sie sich auf den ersten Blick in mich verliebt hätte … es war alles gelogen. Dass sie noch nie einen Mann wie mich getroffen hätte, dass ihr meine Stimme gefiel … dass wir in ein Motel gehen und die Nacht gemeinsam verbringen würden. Keines ihrer Worte war ernst gemeint. Als ich vor dem Motel in Hazelton anhielt, lachte sie mich aus. Sie lachte mich aus, verstehst du, sie wollte aus dem Wagen springen und sich aus dem Staub machen, in die nächste Bar laufen und um Hilfe rufen, aber …«

Seine Miene veränderte sich erneut und seine Augen nahmen einen gehässigen Ausdruck an. »Aber ich habe sie nicht gehen lassen. Bevor sie die Tür öffnen konnte, habe ich Gas gegeben und bin mit ihr davongefahren.« Er lächelte grimmig. »Oh, sie hat sich gewehrt. Sie hat geschrien und geschimpft, mich geschlagen und getreten, sie hat mich sogar bespuckt. Es hat ihr nichts genützt. Niemand konnte sie hören oder sehen. Es war schon dunkel. Und als ich aus dem Ort raus war, hab ich ihr die Hände und die Füße gefesselt. Ich hab sie hierhergebracht …«

»Sie haben sie getötet.« Sie sagte es scheinbar beiläufig.

»Ich habe sie bestraft«, bestätigte er aufgebracht. »Ich habe ihr den verdammten …« Er schien sich zur Ordnung zu rufen und zu einem Lächeln zu zwingen. »Aber ich möchte dich nicht mit den hässlichen Einzelheiten belästigen. Du sollst nur wissen, dass sie für ihr schändliches Verhalten bezahlt hat. Sie und die anderen Frauen, die mir etwas vorgemacht haben. Du bist anders, nicht wahr? Du bist ganz anders, das spüre ich. Das weiß ich. Morgen ist unser großer Tag, mein Liebling, morgen werde ich dir zeigen, wie ernst ich es meine.« Er kramte zwei Lederschnüre aus seiner linken Anoraktasche, immer noch mit dem falschen Lächeln im Gesicht, und kam langsam auf sie zu. »Und jetzt wollen wir schlafen. Du willst doch, dass wir morgen ausgeruht sind. Morgen ist unser großer Tag, Jessica …«

Jessica starrte mit großen Augen auf die Lederschnüre. »Was soll das? Was haben Sie vor? Wollen Sie mich etwa fesseln?« Sie erinnerte sich daran, dass sie auf keinen Fall in Panik geraten durfte, und zwang sich zur Ruhe. »Ich bin keine Hexe, ich mache Ihnen nichts vor«, log sie. »Sie brauchen mich nicht zu fesseln.«

Er ließ sich nicht davon abbringen. »Ich weiß, dass du es ehrlich meinst, Jessica. Ich bin sogar überzeugt davon. Du bist die Frau meiner Träume. Du bist die Frau, mit der ich morgen das Paradies betreten werde. Aber kann ich den bösen Mächten trauen, die dich in deinen Träumen aufsuchen werden? Woher soll ich wissen, ob du diesen zerstörerischen Kräften widerstehen kannst? Ich tue dies nur, um dich zu beschützen, Jess. Ich möchte, dass du noch hier bist, wenn der Sturm nachlässt und unser gemeinsamer Glückstag beginnt.« Er griff blitzschnell nach ihren Händen und fesselte sie mit einem der Lederriemen, wickelte ihn so fest um ihre Handgelenke, dass sie vor Schmerz aufschrie. »Hab keine Angst«, sagte er.

Jessica schaffte es nicht länger, auf sein Spiel einzugehen. Sie wehrte sich mit Händen und Füßen, fluchte laut, schaffte es sogar, eine Hand loszubekommen, aber er war stärker und bekam sie sofort wieder zu fassen. Sie versuchte es mit den Füßen, trat nach ihm und fing sich einen harten Fausthieb ein, der sie wie der Huftritt eines störrischen Maultieres zu Boden warf und ihr sekundenlang das Bewusstsein raubte. Als sie zu sich kam, war sie an Händen und Füßen gefesselt.

Sie regte sich stöhnend und brauchte einige Zeit, um

ihre schlimme Lage zu erkennen. Er hatte ihre Hoffnung, sich im Schutz der Dunkelheit aus der Höhle schleichen zu können, mit einem Schlag zunichtegemacht. Im wahrsten Sinne des Wortes. Und die Lederriemen saßen so fest, dass sie die Fesseln auf keinen Fall lösen konnte. Dies war kein Hollywood-Film. Die Helden in den Action-Filmen fanden immer eine Möglichkeit, sich von ihren Fesseln zu befreien. Ein verstecktes Messer, ein Entfesselungstrick, ein heimlicher Freund … Wenn sie aus dieser Höhle kommen wollte, musste schon ein Wunder geschehen.

»Sie … Sie mieser …«, begann sie. Als sie sein Gesicht sah, verstummte sie.

»Tut mir leid, Jess, tut mir wirklich leid«, schien er sie zu trösten, »ich wollte dir nicht wehtun. Aber es ist nur zu deinem Besten. Wir wollen uns den morgigen Tag nicht durch eine unüberlegte Dummheit zerstören, nicht wahr?« Er griff nach einer weiteren Decke und breitete sie über die andere, die sie bereits bis zum Hals bedeckte. »Ich weiß, es ist ein wenig ungemütlich in diesem Stollen. Der Boden ist hart und kalt, und ich habe kein Holz, um ein Feuer zu machen. Als ich mit … als ich damals hier war, regnete es heftig und hätte keinen Sinn gemacht … Aber für eine Nacht wird es gehen, nicht wahr? Schlaf gut, meine Liebe, schlaf gut!«

Jessica war nahe daran, sich zu übergeben. Weniger der Schmerz von dem heftigen Fausthieb als die schleimige Art des Killers brachte sie an den Rand des Erträglichen. Sie schloss die Augen, um sein falsches Lächeln nicht mehr sehen zu müssen, und versuchte ruhig zu atmen. Es hatte keinen Zweck, die Nerven zu verlieren und durchzudrehen, auch jetzt nicht. Solange er nicht die Pistole auf sie richtete und den Abzug durchdrückte, gab es noch eine Chance, auch wenn sie weniger als gering war. Sie durfte nicht aufgeben … noch nicht … nein, niemals!

Sie hörte, wie er sich entfernte, und beruhigte sich langsam. Nach einer Weile öffnete sie vorsichtig die Augen und beobachtete, wie er dicht neben der Kerze eine Decke ausbreitete und sich darauf niederließ. Auch er hatte seinen Anorak nicht ausgezogen, ließ sogar die rechte Hand in der Tasche, um seine Pistole immer griffbereit zu haben. Er schien verrückt zu sein, besessen von der Idee, eine neue Traumfrau zu finden und mit ihr in ins Paradies zu ziehen, aber er war nicht dumm. Sein selbstgefälliges Getue und seine ständigen Stimmungswechsel durften nicht darüber hinwegtäuschen, dass er ein gerissener Verbrecher war, der vier grauenvolle Morde begangen hatte, ohne von der Polizei erwischt worden zu sein. Er war ein höchst gefährlicher Mann.

Und er schien sich seiner Sache ausgesprochen sicher zu sein. Schon nach wenigen Minuten war er eingeschlafen und schnarchte leise vor sich hin. Jedes Mal, wenn er ausatmete, folgte ein leises Pfeifen, wie bei einem Husky, der zum Gespann ihrer Mutter gehört hatte. Speedy? Seltsam, dass sie sich ausgerechnet an einen der Hunde erinnerte. Sie hob mühsam den Kopf und blickte auf den schlafenden Killer, dessen Umrisse sich dunkel gegen das flackernde Kerzenlicht abhoben. Er schlief tatsächlich, schien sich nicht die geringsten Sorgen um seine Gefangene zu machen. Er hatte ihre Füße gefesselt und ihre Hände so fest hinter ihrem Rücken zusammengebunden, dass sie sich nur mühsam bewegen konnte.

Sie sank erschöpft auf die Seite zurück und legte ihren Kopf auf den kalten Felsboden. Ihre Decken hatten sich durch die Bewegung verschoben, sodass sie ihr nur noch bis zur Hüfte reichten. Sie zerrte an den Fesseln, zuerst langsam, dann heftiger, schob ihre Hände mehrmals hin und her, ohne dass sich die Lederriemen lockerten. Sie drehte sich auf die andere Seite, rieb ihre Handgelenke mit den Riemen über den schroffen Felsboden, ebenfalls ohne Erfolg. Sie blieb einen Augenblick liegen, um neue Kraft zu schöpfen, versuchte es noch einmal, um nach einigen Minuten schließlich leise weinend aufzugeben.

So würde es nicht gehen. Selbst mit der dreifachen Kraft hätte sie es nicht geschafft, diese Fesseln zu lockern. Sie waren zu fest gebunden, schienen nach ihren Anstrengungen noch fester zu sein. Sie drehte sich zur Wand und starrte auf die tanzenden Schatten, die das Kerzenlicht auf die Felswand zauberte. Wenn sie wenigstens bequem liegen könnte! Aber die auf den Rücken gefesselten Arme behinderten sie und machten es ihr unmöglich, sich zu entspannen. Sie würde niemals freikommen. Nicht in dieser Nacht und auch nicht am nächsten Morgen, wenn sie zur Hütte liefen. Der Killer hatte sie unter Kontrolle. Er hatte die Polizei monatelang an der Nase herumgeführt und ihre Mutter und sie mit einem einfachen Trick hereingelegt. Er hatte seine Spuren so geschickt verwischt, dass man ihn niemals finden würde. Auf keinen Fall, bevor sie die Hütte erreichten. Und der

Schneesturm verhinderte, dass die RCMP ihre Hubschrauber losschickte und ihre Supertechnik einsetzte. Hatte ihre Mutter nicht von Geräten erzählt, die ein Lebewesen aus großer Entfernung und bei vollkommener Dunkelheit aufspüren konnten? Durch Wärmesensoren? Sie konnte sich nicht erinnern, ob es dieses Gerät wirklich gab oder ob sie es nur in einer Folge von »Stargate« oder in einer ähnlichen Fernsehserie gesehen hatte.

Trotz ihrer verzweifelten Lage und der Schmerzen, die immer noch in ihrem Kopf dröhnten und von ihren Hand- und Fußgelenken ausgingen, ließ sie sich von der Müdigkeit überwältigen. Ihre Lider wurden so schwer, dass sie ihre Augen nicht länger offen halten konnte. Widerwillig gab sie nach. Es würde ihr ohnehin nicht helfen, wenn sie wach bliebe. Sie gab sich der dunklen Woge hin und versank in einem Labyrinth von Träumen. Wirre Bilder überlagerten den Schmerz, der sie selbst im Schlaf quälte, ein Albtraum jagte den anderen, bis sie erschrocken die Augen öffnete.

Sie ließ ihren Blick wandern und merkte, dass die Kerze erloschen war. Es war stockdunkel, so dunkel, dass sie nicht einmal den Felsboden dicht vor ihren Augen sah. Aus der Ecke, in die sich der Killer zurückgezogen hatte, drang leises Schnarchen. Sie lauschte eine Weile und glaubte noch ein anderes Geräusch zu erkennen. Zuerst dachte sie an eine Sinnestäuschung, an eine Nachwirkung der Traumbilder, die sie zuletzt gesehen hatte. Das Geräusch war kaum auszumachen. Nur weil es dunkel war und alle ihre Sinne angespannt waren, wurde sie darauf aufmerksam. Ein Tapsen, wie von einem Wesen, das über den Felsboden kroch, nein, wie von gefährlichen Raubtieren, die sich an eine Beute heranschlichen.

Sie blickte in die Richtung, aus der das Geräusch kam, und sah gelbe Lichtpunkte aufflammen. Irrlichter, die ruhig durch die Dunkelheit glitten und keinerlei Nervosität erkennen ließen. Ein leises Hecheln drang an ihre Ohren. Der Atem eines wilden Tieres strich über sie hinweg, bereitete ihr seltsamerweise keine Angst. Konnte es sein, dass … Sie wagte den Gedanken nicht zu Ende zu führen, sagte kein Wort, blinzelte nicht einmal mit den Augen. Waren sie ihr gefolgt? Waren sie tatsächlich zurückgekommen, um ihr zu helfen? Sie wagte nicht, sich zu bewegen, blieb wie zu Stein erstarrt liegen, selbst dann, als die Lichtpunkte dicht neben ihr auftauchen und sie die Fangzähne eines Wolfes in der Dunkelheit zu sehen glaubte. Etwas Feuchtes und Weiches berührte ihre Handgelenke, dann schrammten scharfe Zähne an ihren Unterarmen entlang, suchten nach den Lederriemen und zerrten daran. Die Fesseln spannten sich, rissen nicht, aber wurden lockerer, hingen nur noch lose an ihren Armen. Das Blut kehrte in ihre klammen Hände zurück und ließ sie kribbeln. Sie wandte vorsichtig den Kopf und bemerkte, wie sich die gelben Irrlichter langsam von ihr entfernten.

Schweißgebadet schreckte sie aus dem Schlaf. Sie starrte in die Dunkelheit, stellte überrascht fest, dass die Kerze tatsächlich erloschen war. Aus der Ecke des Killers drang nervöses Schnarchen. Nur das leise Tapsen war nicht zu hören und die Höhle blieb dunkel. Keine Lichtpunkte, kein Wunder, das sie vor einem grausamen Tod rettete. Oder doch? Sie versuchte sich aufzusetzen und stieß beinahe einen überraschten Schrei aus, als sie feststellte, dass sich ihre Handfesseln gelockert hatten. Ihre Hände waren nicht mehr abgestorben, schmerzten nicht mehr und ließen sich erstaunlich leicht bewegen. Nach ein paar Drehungen gelang es ihr, die Fesseln abzustreifen. Es ging so einfach, dass sie es erst nicht glauben wollte, mehrmals an ihre Handgelenke griff, um sich von ihrem Glück zu überzeugen. Was war passiert? Waren ihr tatsächlich die Wölfe zu Hilfe gekommen?

Sie öffnete ihre Fußfesseln und wartete, bis sie ihre Beine wieder bewegen konnte. Dann stand sie vorsichtig auf. Viel zu lange blieb sie stehen, angespannt auf das Schnarchen des Killers lauschend, um ganz sicherzugehen, dass er nicht aufgewacht war. Als sie den Kopf in die Richtung drehte, in der sie die Öffnung zum Stollen vermutete, sah sie die gelben Punkte erneut. Diesmal nur zwei, aber groß genug, um ihnen folgen zu können. Sie setzte vorsichtig einen Fuß vor den anderen, lief den gelben Augen hinterher, die sie langsam zum Ausgang führten.

18

Beim Anblick der Schneemassen, die sich vor dem Stolleneingang auftürmten, verwandelte sich Jessicas Erleichterung in blankes Entsetzen. Bis über die Knie reichte ihr der Schnee, wie die erstarrten Wogen eines stürmischen Meeres füllte er die Senke. Selbst in ihren festen Stiefeln mit der Profilsohle würde sie mindestens eine Stunde brauchen, um den Waldrand zu erreichen. Ohne Schneeschuhe sanken ihre Chancen, im Wald unterzutauchen, bevor der Killer aus dem Stollen kam, auf den Nullpunkt.

Wenigstens der Sturm hatte nachgelassen. Nur noch vereinzelte Schneeflocken rieselten auf die Lichtung hernieder. Unheimliche Stille lastete auf dem blassen Schnee, schien sie wie unsichtbarer Nebel einzukreisen. Die Nacht war beinahe vorüber, über den Bäumen im Osten war bereits der erste helle Streifen zu sehen. Es hatte aufgeklart. Der Mond und die Sterne schimmerten zwischen den Wolken hindurch. Eisige Kälte schlug ihr entgegen, kroch unter ihren Anorak und ließ sie rasch die Kapuze überstreifen. Die Wölfe waren verschwunden.

Von Angst getrieben stapfte sie durch den tiefen Schnee. Wie in einem Sumpf arbeitete sie sich langsam vorwärts, die Hände wie Schaufeln benutzend. Der Schnee knirschte unter ihren Stiefeln, und jedes Mal, wenn sie bis zu den Knien einsank, gab es ein schmatzendes, viel zu lautes Geräusch.

Bis zum Waldrand waren es höchstens dreißig Meter, aber nach zehn Schritten hatte sie das Gefühl, kaum vom Fleck gekommen zu sein, und als sie sich umdrehte und mit sorgenvollem Blick zum Stolleneingang zurückblickte, stellte sie fest, dass sie keine drei Meter zurückgelegt hatte. Der frische Schnee blendete sie, glänzte im ersten Tageslicht. Obwohl der Wind kaum zu spüren war, trieb ihr Eiseskälte entgegen.

Verbissen kämpfte sie sich weiter. Die weißen Massen schienen sie bei jedem Schritt festhalten zu wollen, umklammerten ihre Beine, als würde sie mit den Stiefeln am Boden festkleben. Noch fünfundzwanzig Meter bis zum Waldrand, vielleicht ein bisschen mehr, aber genauso gut hätten es hundert sein können. Sie wurde langsamer statt schneller. Wenn sie doch nur ihre Schneeschuhe dabeigehabt hätte! Bevor sie nach Vancouver gezogen war, hatte sie viel Zeit in den Wäldern zugebracht. Sie war mit dem Hundeschlitten hinausgefahren, hatte den Trail mit ihren Schneeschuhen geebnet, wenn der Schnee zu hoch gelegen hatte. Sie war es gewohnt, sich in diesem Wetter fortzubewegen. Ihr fehlte nur die richtige Ausrüstung. Nicht mal ein erfahrener Trapper schaffte es mühelos, sich in diesen Schneemassen fortzubewegen.

»Jessica! Jess! Wo willst du hin?«

Jessica erstarrte, war viel zu geschockt, um zu reagieren. Sie stand einfach nur da, die Beine bis zu den Knien im Schnee, den Blick starr in die Ferne gerichtet. Nach einer langen Schrecksekunde drehte sie sich um und sah den Highway-Killer vor dem Stollen stehen. Seine Kapuze war nach hinten geklappt, und in seinen Augen spiegelten sich die ersten Sonnenstrahlen. Sein Gesicht wirkte blass, zumindest aus der Ferne, als sei er überrascht, dass Jessica verschwunden war.

»Jess!«, rief er wieder. Seine Stimme klang so sanft wie am vergangenen Abend, ließ nicht erkennen, ob er wirklich böse auf sie war. »Sollte ich mich so in dir geirrt haben? Du willst mir doch nicht weglaufen, oder? Sag mir, dass du nicht weglaufen willst! Du weißt doch, dass heute unser großer Tag ist, nicht wahr?«

Sie stand noch immer wie versteinert, unfähig sich zu bewegen. Sie spürte nicht mal, wie die eisige Kälte langsam an ihren Beinen hochkroch. Der Wind schien wieder stärker geworden zu sein, blies ein paar Schneeflocken in ihr Gesicht.

»Nein, du willst mir nicht weglaufen! Du bist nicht so schlecht wie Betty-Ann und all die anderen, die sich weigerten ihren Platz einzunehmen. Irgendein Tier hat deine Fesseln durchgebissen. Es war doch ein Tier, oder? Hier gibt es doch niemand, der uns in die Quere kommen würde? Niemand konnte wissen, dass wir in dem Stollen übernachten. Wir sind allein hier. Nur wir beide, so ist es doch?«

Jessica war längst davon überzeugt, dass der Killer verrückt war. Kein Mensch, der einigermaßen bei Sinnen war, benahm sich wie er. Niemand sagte solche Sachen. Betty-Ann hatte ihn enttäuscht, und er war von der fixen Idee besessen, eine engelsgleiche Frau zu finden, die in allem seinen Wünschen entsprach. Wer sich weigerte oder ihn auslachte, musste sterben. Er war kein gewöhnlicher Verbrecher, kein Bankräuber, der sich am Besitz anderer Menschen bereicherte. Kein Mörder, der aus Rache oder Gier tötete. Er hatte den Verstand verloren. Er war ein kranker Mann, ein unberechenbarer Killer, der von seltsamen Stimmungen abhängig war und immer das tat, was man am wenigsten von ihm erwartete. Viel gefährlicher als jeder andere Verbrecher.

»Komm zurück, Jess! Du bist meine letzte Hoffnung. Wir beide gehören zusammen, das wusste ich von dem Augenblick an, als wir uns zum ersten Mal sahen. Komm zurück! Du willst doch nicht, dass dir das Gleiche passiert wie Betty-Ann! Ich könnte es nicht ertragen, unsere gemeinsame Zukunft zu zerstören!«

Jessica war immer noch zu geschockt, um seine Worte wirklich zu begreifen. Erst als er seine rechte Hand in der Anoraktasche verschwinden ließ, erwachte sie aus ihrer Erstarrung. Ohne etwas zu sagen, stürmte sie los. Wie ein wütender Husky grub sie sich durch den Schnee, verzweifelt bestrebt, so schnell wie möglich den rettenden Waldrand zu erreichen. Zwischen den Bäumen wäre sie einigermaßen sicher. Vorerst jedenfalls. Dort lag der Schnee nicht so hoch und sie konnte sich im Unterholz vor dem Killer verstecken. Noch zwanzig Meter bis zum Waldrand.

Ein Schuss peitschte. Die Kugel pfiff dicht an ihr vorbei und ließ den Schnee aufspritzen. Sie schrie, weinte und schluchzte vor Schock, hastete dennoch weiter, nur weg von dem Killer und seiner tödlichen Waffe.

»Ich will dir nicht wehtun, Jess!«, holte sie die Stimme des Mannes ein. Nicht mehr so sanft und höflich wie vor wenigen Sekunden, eher schrill und sich beinahe überschlagend. »Du kannst mir nicht entkommen, das weißt du doch! Du willst es auch gar nicht. Du willst bei mir bleiben und eine glückliche Zukunft erleben.«

Ein zweiter Schuss krachte. Diesmal fuhr die Kugel weit neben ihr durch den Schnee, als hätte sie sich nur zufällig aus der Waffe gelöst. Gleichzeitig hörte sie knirschende Schritte hinter sich. Leises Keuchen schien an ihre Ohren zu dringen, obwohl sie selbst vor Anstrengung und Angst nach Luft rang. Er verfolgte sie, und mit seinen längeren Beinen würde er sie bald eingeholt haben.

Das Geräusch des Schusses, das in der morgendlichen Stille unnatürlich laut klang und als vielfaches Echo über der Senke zu bleiben schien, trieb Jessica noch stärker an. Sie verdoppelte ihre Anstrengungen, stapfte so schnell wie noch niemals zuvor in ihrem Leben durch den Schnee. Sie erreichte eine Felsenplatte, wo der Schnee etwas niedriger lag, holte einige Meter Vorsprung heraus, stolperte und stürzte beinahe in den Schnee. Sie stützte sich ab, sank mit den Händen ein und wühlte sich weiter vorwärts. Noch fünfzehn Meter, vielleicht sogar weniger. Wenn sie nur wieder festen Boden unter ihre Füße bekam!

Sie wagte nicht sich umzudrehen, wusste auch so, dass der Killer dicht hinter ihr war. Zehn Meter … höchstens. Er hätte sie längst töten können. Aus dieser Entfernung schoss nicht mal ein Amateur vorbei, selbst wenn sie sich ständig bewegte. Irgendetwas hielt ihn zurück, denn es fiel auch kein Schuss mehr. Nur sein Keuchen war in der eisigen Luft zu hören. Glaubte er tatsächlich, in ihr seine Traumfrau gefunden zu haben? Den einzigen möglichen Ersatz für Betty-Ann? Vielleicht sah sie dieser Frau so ähnlich, dass er ihr noch eine Chance geben wollte. Oder er war aus irgendwelchen Gründen so stark auf sie fixiert, dass er es nicht fertigbrachte, sie umzubringen. Anscheinend bildete er sich ein, sie zu wirklich zu lieben. Sie war für ihn keine Puppe wie die anderen Frauen, die er in seiner Gewalt gehabt hatte. Bei ihr hatte er Hemmungen. Er wollte sie nicht verlieren, wollte sein armseliges Leben mit ihr teilen.

Allein der Gedanke, noch eine weitere Minute in seiner Gegenwart verbringen zu müssen, verlieh ihr neue Kraft. Beinahe wütend stapfte sie weiter, noch schneller als zuvor. Sie würde sich von diesem Verrückten nicht mehr fesseln lassen. Und noch weniger würde sie die nächste Nacht in einer Hütte mit ihm verbringen.

Niemals!

Sie erreichte den Waldrand, blickte sich kurz um und erkannte, dass er gute zwanzig Meter hinter ihr war. Weit genug, um ihn erst einmal abzuhängen. Er keuchte wie jemand, der lange keine körperliche Anstrengung auf sich genommen hatte, und kam wesentlich langsamer vorwärts als sie. Weil er schwerer war als sie und vielleicht auch, weil er sich schon lange nicht mehr durch tiefen Schnee gekämpft hatte. Jessica kam die Erfahrung zugute, die sie als Musherin gewonnen hatte. So lange war es noch nicht her, dass sie mit einem Hundeschlitten durch die Wälder gebraust war. Vor einem Jahr, als sie ein paar Tage zu Hause gewesen war, hatte sie ein Rennen unter Freunden und Bekannten gewonnen, und jeder hatte ihr vorgeschlagen, an einem der großen Rennen teilzunehmen, dem Iditarod oder dem Yukon Quest.

Von neuem Mut beseelt rannte sie in den Wald, nur um

nach wenigen Schritten festzustellen, dass ihre Chancen noch immer nicht besonders groß waren. Sie hinterließ deutliche Abdrücke im Schnee, der hier nur ein paar Zentimeter hoch lag. Der schwache Wind drang kaum durch die Bäume, und es bestand wenig Hoffnung, dass frischer Schnee von den Baumkronen fiel und ihre Spuren verdeckte. Es kam allein auf ihre Kraft und Ausdauer an. Sie musste schneller sein als der Killer und eine Möglichkeit finden, ihre Spuren zu verwischen. Waren die Helden in diesen Indianerbüchern nicht durch einen Fluss gelaufen, um ihre Verfolger in die Irre zu führen? Aber was machte man, wenn die Flüsse und Seen gefroren waren oder es kein Wasser gab?

Sie lief in Richtung Norden, behielt die Richtung bei, die sie nach dem Verlassen des Stollens eingeschlagen hatte. Rechts von ihr schimmerte die aufgehende Sonne durch die Bäume, also war sie auf dem richtigen Weg. Ihre Füße flogen über den gefrorenen Boden, wirbelten bei jedem Schritt eisige Schneewolken auf. Der bedrohliche Gedanke, den Highway-Killer hinter sich zu wissen, raubte ihr fast den Atem. Er durfte sie nicht einholen, auf keinen Fall durfte er sie wieder in seine Gewalt bekommen! Noch einmal würden ihr die Wölfe nicht zu Hilfe kommen. Einem verrückten Killer wie ihm entkam man nur einmal.

Sie kletterte über einen entwurzelten Baumstamm, balancierte über einige Felsbrocken, die wie das Spielzeug eines Riesen im Wald herumlagen, und hastete unter einigen weit ausladenden Fichten entlang, wo kaum Schnee auf dem Boden lag. Ihr Verfolger würde zumindest einige Minuten brauchen, um ihre Spuren wiederzufinden. Der schneefreie

Waldboden war festgefroren und ihre Abdrücke waren nur für einen erfahrenen Spurensucher sichtbar. Einen Mann wie Doug.

Der Gedanke an den vermissten Jäger verwirrte sie und ließ sie mit der Schulter gegen einen Baumstamm prallen. Sie unterdrückte mühsam einen Aufschrei, stöhnte nur und rannte weiter. Der Schmerz war kurz und heftig, verflog jedoch gleich wieder. Den sichelförmigen Riss in ihrem Anorak beachtete sie kaum. Sie rutschte einen Abhang hinunter, kletterte über eine verschneite Böschung und landete in einem gefrorenen Bachbett, das sich in eine Lichtung ergoss. Auf dem Eis lag kaum Schnee, selbst auf der Lichtung nicht, und sie rannte vorsichtig auf dem Eis weiter, hastete geduckt durch die Senke. Hier vermutete er sie bestimmt nicht.

Nur nicht nachlassen, nur nicht langsamer werden. Der Killer konnte jeden Augenblick auftauchen, auch wenn das angestrengte Keuchen hinter ihrem Rücken seit einiger Zeit verstummt war. Sie wandte den Kopf, ohne ihre Schritte zu verlangsamen, und konnte ihn nirgendwo entdecken. Nur Bäume und Gestrüpp und blasser Schnee. Als wäre sie allein in der Wildnis. Doch weit konnte er nicht sein, so schwach war er nun auch wieder nicht. Ihm würde die Erkenntnis, von seiner Traumfrau hereingelegt worden zu sein, neue Kräfte verleihen. Die Enttäuschung, der Schmerz und die Wut würden ihn vorantreiben – und sein krankes Hirn, das sich vielleicht jetzt schon ausmalte, wie er sie umbringen würde. Denke bloß nicht, dass du ihm entkommen bist, sagte sie sich, du bist noch lange nicht in Sicherheit. Solange er in der Nähe ist, bist du in höchster Gefahr.

Sie rutschte auf dem glatten Eis aus und stürzte, warf sich gerade noch rechtzeitig auf die Uferböschung, um sich nicht ernsthaft zu verletzen. Sie landete mit dem Gesicht im Schnee und blieb für einen Augenblick benommen liegen. Dann glaubte sie plötzlich Schritte zu hören und stemmte sich vom Boden hoch. Du musst dich irgendwo verstecken, schoss es ihr durch den Kopf, denn wenn du nicht bald ein Versteck findest, bist du in wenigen Minuten tot.

»Jessica!«, hallte es durch den Wald. »Jessica! Wo bist du?«

In der Stille des Waldes klang seine Stimme näher, als sie wirklich war. Wie ein unheimliches Echo hallte sie zwischen den Bäumen hindurch. Bedrohlicher als das Knurren eines Bären oder das Fauchen eines Wolfes. Die Wölfe! Warum hatten sie den Highway-Killer nicht angegriffen? Warum hatten sie ihre Fesseln durchbissen, wenn sie kaum eine Chance hatte, dem Mörder zu entkommen? Hatte es mit dieser indianischen Legende zu tun, die Wolfsfrau vor langer Zeit erzählt hatte? Die Legende von den Wölfen, die einem jungen Mann ihres Clans geholfen hatten, sich aus einer misslichen Lage zu befreien, nur um aus sicherer Entfernung und mit sichtlichem Vergnügen zu beobachten, wie schwer es ihm fiel, sich gegen seine Feinde zu behaupten? Waren sie mit dem trickreichen Raben verwandt, der die Indianer in Kanada ständig auf die Probe stellte und ihnen nur dann half, wenn er Lust dazu verspürte? Oder hatte sie nur geträumt?

»Jessica!«, rief er erneut, jetzt schon wütend und mit einer gefährlichen Ungeduld in seiner Stimme. »Du darfst nicht gehen! Wir sind füreinander bestimmt, hast du das schon vergessen? Du bist die Frau, mit der ich den Rest meines Lebens verbringen will. Warum versteckst du dich vor mir, Jessica? Warum nur?«

Sie lief vorsichtig weiter, angestrengt darauf bedacht, kein Geräusch zu verursachen. Bei jedem Scharren und Knirschen, das ihre Stiefel im Schnee verursachten, zuckte sie zusammen. Selbst ihr eigener Herzschlag erschreckte sie. Sie kroch aus dem Bachbett heraus, lief weiter nach Norden, nur weg von dieser unheimlichen Stimme, die jetzt voller Ungeduld war und seinen wahren Charakter verriet.

»Du kannst mir nicht weglaufen, Jessica! Ich kriege dich, ich finde dich überall! Willst du wirklich, dass ich dich wie Betty-Ann und all die anderen bestrafe?«

Die Stimme war leiser geworden und sie schöpfte wieder Hoffnung. Ihre Schritte wurden schneller und sicherer. Sie war nicht chancenlos, hämmerte sie sich ein, sie hatte lange genug in den kanadischen Wäldern gelebt, um sich gegen ihn behaupten zu können. Niemals aufgeben! Sagten sie das nicht in den Katastrophenfilmen, wenn kaum noch einer an eine Rettung glaubte? Niemals aufgeben. Solange man lebte, war man niemals chancenlos. Auch in einer noch so ausweglosen Situation gab es immer eine Möglichkeit, sich in Sicherheit zu bringen.

Die Stimme des Killers war verstummt und sie rannte weiter. Sie lief jetzt in dem stetigen Trott, den Doug ihr beigebracht hatte. So waren Indianer auf der Jagd oder dem Kriegspfad gerannt, hatte er gesagt. Indianische Krieger waren tagelang in den Wäldern unterwegs gewesen, ohne eine Rast einzulegen. Sie hatten nur angehalten, wenn sie ein dringendes Bedürfnis hinter die Büsche gerufen hatte. Indianer waren schneller zu Fuß als weiße Männer auf einem Pferd gewesen. Wenn sie ihr Tempo beibehielt, würde sie dem Killer entkommen, da war sie plötzlich ganz sicher. Schon deshalb, weil sie ihre Mutter wiedersehen wollte. Und Doug Winslow. Und Mike … »Ich will nicht sterben«, flüsterte sie trotzig. »Ich will nicht!«

Zwischen den Bäumen schimmerte das verwitterte Holz einer Blockhütte hindurch. Zuerst glaubte sie an eine optische Täuschung, an einen gemeinen Streich, den ihr die Aufregung spielte. Sie verlangsamte ihre Schritte und blickte genauer hin, glaube plötzlich das leise Heulen von Huskys zu hören. Die Hütte eines Fallenstellers, freute sie sich, ein Trapper, der abseits des Stewart-Cassiar Highways nach Pelztieren jagt. Ein erfahrener Jäger, ein bewaffneter Mann, der ihr helfen würde, sich gegen den Killer zu verteidigen. Wenn die Hunde heulten, musste er zu Hause sein, so glaubte sie jedenfalls. Es sei denn, er war auf Schneeschuhen unterwegs. Aber selbst dann hielt er sich in der näheren Umgebung auf.

Sie rannte geduckt weiter und erreichte einen schmalen Pfad, der offensichtlich von einem Snowmobil stammte. In der Spur der Radkette waren Fußabdrücke zu sehen. Ihre Hoffnung wuchs. Neben den Abdrücken, die noch nicht sehr alt sein konnten, würden ihre Fußstapfen kaum auffallen. Nur ein erfahrener Spurenleser würde erkennen, dass sie von einer jungen Frau stammten. Sie lief auf dem Pfad weiter, plötzlich voller Zuversicht und voller Selbstvertrauen. Sie hatte es fast geschafft. Die Blockhütte war bereits deutlich zu sehen, nicht besonders groß, aber stabil und mit einem Elchgeweih über der Tür. Höchstens noch hundert Meter, dann war sie sicher. Der Fallensteller würde ihr helfen. Er hatte sicher ein Gewehr und würde sie gegen den Killer verteidigen.

19

Als sie sich der Blockhütte näherte und die bellenden Huskys zwischen den Bäumen entdeckte, wurde ihr plötzlich klar, dass dies die Hütte war, die der Killer gemeint hatte. Dort hatte er die Nacht mit ihr verbringen wollen. Ohne es zu wissen, war sie den Weg gelaufen, den auch er eingeschlagen hätte. Leichter hätte sie es ihm nicht machen können. Und wenn es nicht dieselbe Hütte war, würde das Gebell der Hunde sie verraten. Der Fallensteller war nicht zu Hause, sonst hätte er bereits die Tür geöffnet.

Doch fürs Umkehren war es längst zu spät. Sie rannte die letzten Meter zur Blockhütte, riss die Tür auf und stolperte in den warmen Innenraum. Sie drückte die Tür mit dem Rücken ins Schloss und lehnte sich dagegen. »Hallo?«, rief sie, nach Atem ringend, obwohl ihr längst klar war, dass niemand in der Hütte war. »Ist da jemand?« Sie stieß sich von der Tür ab und ging ein paar Schritte. »Niemand zu Hause?«

Sie blickte sich suchend um. Das einzige Licht stammte von der Sonne, die sich auf dem Schnee vor den beiden kleinen Fenstern spiegelte. Im Lichtschein erkannte sie einen offenen Vorhang, der das eiserne Bettgestell mit der nackten Matratze und den zerknüllten Decken vom Wohnraum abtrennte, einen einfachen Holztisch mit zwei Stühlen, einen altmodischen Küchenschrank mit einer geöffneten Bohnendose auf der Arbeitsfläche und eine halb gefüllte Waschschüssel mit schmutzigem Geschirr. Auf dem bulligen Ofen stand eine Kaffeekanne. Das Feuer im Ofen brannte noch, also konnte der Trapper nicht lange fort sein. Eine Stunde vielleicht … höchstens.

Das Hundegebell wollte nicht verstummen. Nervös trat sie an das Fenster neben der Tür und blickte nach draußen. Auf der Lichtung war niemand zu sehen. Wie ein Betttuch lag der trockene Schnee über dem harten Boden. Der Trail, der zwischen den Bäumen hervorkam und die letzten hundert Meter am Waldrand entlangführte, lag verlassen unter dem bewölkten Himmel. Vereinzelte Schneeflocken fielen vom Himmel und tanzten im leichten Morgenwind. Ein friedliches Bild, wenn es nicht vom nervösen Hundegebell gestört worden wäre. »Seid still!«, raunte sie den Hunden zu, obwohl keiner der Huskys sie hören konnte. »Bitte … seid still!«

Ihr Blick fiel auf die Spuren auf dem Trail. Der Trapper war mit seinem Snowmobil unterwegs, wahrscheinlich fuhr er seine Fallen ab. Das konnte einen halben Tag dauern. Woher wusste der Killer, dass der Fallensteller die Hütte verlassen hatte? Oder hatte er vorgehabt, den armen Mann zu erschießen, nur damit er die Hütte für sich allein hatte? Bei dem Gedanken, dass der Highway-Killer sie neben einem toten Mann missbraucht hätte, wurde ihr übel und sie musste sich für einen Augenblick am Fensterrahmen abstützen, bis sie sich wieder unter Kontrolle hatte. »O Gott!«, flüsterte sie. »O mein Gott!«

Sie atmete ein paarmal tief und zwang sich zur Ruhe. Der Fallensteller hatte sein Gewehr sicher dabei, aber vielleicht gab es eine andere Waffe in der Hütte. Ein zweites Gewehr oder eine Pistole, zumindest ein Messer. Sie hatte keine Ahnung, ob sie es fertigbringen würde, auf einen Menschen zu schießen oder ihn mit einem Messer anzugreifen, aber sie wollte wenigstens bewaffnet sein, wenn der Killer in die Hütte kam. Sie würde nicht zulassen, dass er sie berührte.

Jessica schlug ihre Kapuze zurück und suchte die Blockhütte systematisch nach einer Waffe ab. Auf dem Holztisch, im Küchenschrank, in den Schubladen, sogar auf dem Bett und in der Kiste mit den Fellen. Eine halbe Ewigkeit verging, und sie suchte immer hektischer, als wäre der Killer nur noch wenige Meter von der Hütte entfernt. In ihrer Panik zog sie die Schublade ganz aus dem Holztisch heraus, sodass sie zu Boden polterte und sich der Inhalt auf den Boden verstreute: ein Beutel mit Tabak, ein Feuerzeug, einige Kerzen und Streichhölzer, eine alte Ausgabe des »Playboy«, einige Schrauben und Muttern und eine Taschenlampe.

Keine Pistole, kein Gewehr, nicht mal ein Jagdmesser. Nur die Küchenmesser im Schrank, und die waren nicht mal scharf genug, um Speck zu schneiden. In ihrer Verzweiflung blickte sie noch einmal auf ihr Handy. Keine Verbindung. Hier draußen kam man nur mit einem Satellitenhandy weiter, einem dieser teuren GPS-Handys. So ein Gerät hätte die RCMP orten können, damit hätte man sie innerhalb weniger Minuten gefunden. Aber sie besaß kein GPS-Handy, in Vancouver genügte ein ganz normales Gerät. Sie stützte sich auf den Holztisch.

»Verdammt!«, flüsterte sie verzweifelt. Wo blieben die Hubschrauber, die nach ihr suchten? Der Sturm war vorüber, sie konnten doch längst aufsteigen. Brauchten sie so lange, um die paar Kilometer zum Stewart-Cassiar hinaufzufliegen? Sie lief zum Fenster und blickte nach oben. Bewölkter Himmel, leichter Wind, bessere Flugbedingungen gab es hier oben nur selten. Wo blieben sie nur?

»Jessica? Hörst du mich, Jessica?«

Ihr Blick ging zum Trail, blieb an der dunklen Gestalt hängen, die aus dem Wald getreten und mit hängenden Armen stehen geblieben war. Eisige Hände schienen nach ihrer Kehle zu greifen. Der Highway-Killer! Wie eine bedrohliche Gestalt aus einem Fantasy-Roman stand er auf dem Trail. Solche Gestalten gab es nur in Schauermärchen. Obwohl sie sein Gesicht nur schemenhaft erkennen konnte, war sie beinahe sicher, dass er grinste. Als wüsste er, dass es keine weitere Waffe in der Blockhütte gab. Er schien sich seiner Sache absolut sicher zu sein. Wie eine Raubkatze, die ihr erschöpftes Opfer in die Enge getrieben hatte und nur noch mit ihm spielte. Ein schrecklicher Gedanke durchfuhr sie. Hatte er den Fallensteller schon umgebracht? Aber woher stammte dann das Feuer? Nein, beruhigte sie sich, der Trapper lebte noch. Er würde rechtzeitig zurückkehren und sie retten.

»Ich weiß, dass du in der Hütte bist!«, erklang die verhasste Stimme. »Du bist gar nicht weggelaufen, stimmt's? Du konntest es nicht mehr abwarten! Du wartest in der Hütte, um mit mir zusammen zu sein. So ist es doch?«

Nein, so ist es nicht, hätte sie am liebsten geschrien. Du bist ein grausamer Mörder und ich wünsche dir alles Schlechte der Welt! Doch sie brachte ihre Nerven wieder unter Kontrolle. Sie wusste, dass sie nur überleben würde, wenn sie einigermaßen die Ruhe behielt. Verzweifelt sah sie sich nach einem Versteck um. Hinter dem Küchenschrank, hinter dem Vorhang, unter dem Tisch … alles viel zu offensichtlich. Dort würde sie der Killer sofort entdecken. Unter dem Bett? Das klassische Versteck, jedes Kind versteckte sich unter dem Bett. Dort würde er zuerst suchen. Sie seufzte mutlos. Es gab kein Versteck in der Hütte, nicht die geringste Möglichkeit, dem Killer zu entkommen. Keine Hintertür, kein Geheimgang, nicht mal einen Kamin.

»Warum antwortest du nicht, Jess?« Seine Stimme klang bedrohlich nahe, wahrscheinlich war er nur noch wenige Meter vom Haus entfernt. Selbst die Huskys schienen vor ihm Angst zu haben, ihr Geheul war verstummt. Sie glaubte ihn lachen zu hören. »Ah, ich weiß! Du willst mit mir Versteck spielen, nicht wahr? Wie die Mädchen in den Horrorfilmen …«

Jessica erkannte, dass ihr nur noch wenige Sekunden blieben. In wenigen Augenblicken würde der Killer die Hütte betreten. Sie ging vom Fenster weg, blickte sich noch einmal hektisch um und kroch in ihrer aufkommenden Panik unters Bett. Sie rutschte über den schmutzigen Boden, schob ein zerknülltes Handtuch beiseite und blieb dicht an der Wand liegen. Etwas mehr Gewicht und sie hätte nicht unter die durchhängende Matratze gepasst. Sie presste den Kopf auf den kalten Boden, um möglichst viel sehen zu können. Ihr Blickfeld war auf einen schmalen Spalt beschränkt, der noch dazu düster und neben dem Vorhang sogar dunkel war.

Voller Angst blieb sie liegen. Der Schock, dem gefährlichen Highway-Killer erneut ausgeliefert zu sein, schien eisiges Blut in ihre Adern zu pumpen. Trotz des warmen Ofens fror sie erbärmlich. Ihr Anorak hatte sich um ihren Körper gewickelt und die Kapuze hing ihr ins Gesicht, doch sie war nicht fähig, sich zu bewegen, war wie gelähmt. O Gott, dachte sie, wie bin ich bloß in diese beschissene Lage geraten. Sie schluchzte kurz, kniff die Augen zusammen, bis die Tränen verschwanden, und erstarrte erneut, als die Tür aufging und der Killer hereinkam.

Helligkeit strömte in den Raum, und ein eisiger Luftschwall drang bis in ihr Versteck und schien sie noch mehr zu lähmen. »Jess?«, rief der Killer. Er schien Gefallen an dem vermeintlichen Spiel zu finden. »Sag mir, wo du bist, Jessica!«

Sie presste die Lippen aufeinander und unterdrückte jedes Geräusch. Ihr Herz klopfte so laut, dass sie befürchtete, er könnte es hören. Sie hatte plötzlich derart große Angst, dass sie nicht mal mehr den kalten Wind spürte, der durch die offene Tür hereinwehte.

»Ich finde dich!«, erklang die gefährlich vertraute Stimme. »So gut kannst du dich gar nicht verstecken, dass ich dich nicht finde.« Er lachte spöttisch und so laut, dass sie es hören musste. »Du bist ein gerissenes kleines Luder, weißt du das?«

Jessica beobachtete, wie sich seine Füße auf den Schrank zu bewegten. Gleich darauf flatterte der Vorhang und sie traten in den Schlafbereich. Ihr Herz schien zu rasen und gleichzeitig auszusetzen. Vor Angst hätte sie sich beinahe übergeben. Doch die Füße verschwanden wieder und der Vorhang schwang zurück. »Wo zum Teufel hast du dich versteckt?«, hörte sie ihn rufen. »Spann mich nicht so auf die Folter, Jess! Ich möchte endlich mit dir zusammen sein, okay?«

Ein seltsames Geräusch drang an ihre Ohren. Als der Wind auffrischte und den Vorhang zur Seite wehte, erkannte sie, wie er eine versteckte Falltür im Boden neben dem Schrank öffnete und über eine Leiter hinabstieg. Seltsam, dass sie die Tür nicht gefunden hatte. Darunter musste eine Speisekammer liegen, ein unterirdischer Raum, wie ihn viele Siedler im Wilden Westen besessen hatten, um sich vor angreifenden Indianern verstecken zu können. Sie beruhigte sich wieder. Es gelang ihr sogar, sich etwas zu entspannen. Vielleicht hatte sie Glück und er verschwand, ohne unter dem Bett nachzusehen. Sie schickte ein Stoßgebet zum Himmel. Mach, dass der Mistkerl geht, flehte sie in Gedanken, bitte schick ihn weg!

Er kehrte aus dem unterirdischen Versteck zurück und riss den Vorhang zurück. »Du bist gerissener, als ich dachte!«, rief er scheinbar fröhlich. »Jagst mich in den dunklen Vorratsraum, dabei liegst du unter dem Bett! Hab ich dich, Jess!«

Der Highway-Killer war gerade dabei, in die Knie zu gehen und unters Bett zu blicken, als das Motorengeräusch eines nahenden Snowmobils erklang. Fluchend richtete er sich wieder auf. Jessica beobachtete, wie er zur Tür lief und vor die Hütte. Der Fallensteller, erkannte sie entsetzt, er kehrt zurück! Der Killer wird ihn töten!

Sie löste sich aus ihrer Erstarrung und kroch unter dem Bett hervor. Angestrengt klopfte sie den Staub aus ihrem

Anorak, als hätte sie unendlich viel Zeit. Immer noch unter Schock taumelte sie zum Fenster, steif und ungelenk von der unbequemen Lage in ihrem Versteck. Sie stützte sich am Fensterrahmen ab und wartete, bis ihr Blut wieder normal zirkulierte. Verstört blickte sie nach draußen. Sie wollte schreien, den Fallensteller vor dem Killer warnen, doch der Motor des Snowmobils röhrte immer lauter und hätte ihren Schrei zwecklos gemacht. Er übertönte sogar fast den Schuss, der plötzlich über die Lichtung peitschte und den ahnungslosen Fallensteller von seinem Snowmobil riss. Jessica sah nur den Killer, beobachtete mit Entsetzen, wie sich die Pistole in seinen Händen aufbäumte und er aus ihrem Blickfeld rannte. Sie presste ihr Gesicht gegen die Scheibe, aber er war nicht mehr zu sehen. Sekundenbruchteile später heulte der Motor des Snowmobils erneut auf, der Killer erschien wieder in ihrem Blickfeld und raste davon.

Warum er nicht zurückgekommen war, bemerkte sie im nächsten Augenblick. Das Knattern eines Hubschrauberrotors erfüllte die Luft, und der dunkle Schatten eines Choppers flackerte über den Schnee auf der Lichtung. Sie riss die Tür auf und rannte nach draußen, wedelte verzweifelt mit den Armen und rief: »Hier bin ich! Hier bin ich!«, aber da war der Hubschrauber bereits über den Bäumen verschwunden und das Rattern verebbte langsam in der Ferne. Sie sank enttäuscht auf die Knie und weinte, halb aus Erleichterung und aus Verzweiflung, und stand erst auf, als sie die eisige Kälte im Gesicht und an den Händen spürte.

Sie streifte die Kapuze und die Handschuhe über und suchte nach dem Fallensteller. Die Huskys, die bellend an ihren Stricken zerrten, wiesen ihr den Weg. Ihre Schnauzen wiesen auf eine Schneewehe am westlichen Rand der schmalen Lichtung, dort lag der arme Mann reglos im Schnee. Sie hastete zu ihm, stapfte die letzten Meter durch aufgeworfenen Schnee und zögerte nur kurz, als sie das Blut unter seinen Oberschenkeln sah.

Er war bei Bewusstsein und starrte sie ungläubig an. Sein Gesicht war blass und vom Schmerz verzerrt. Die Kapuze seines Anoraks war beim Sturz von seinem Kopf gerutscht und in seinen ergrauten Haaren klebte Schnee. Er war ungefähr fünfzig, ein drahtiger Bursche mit grauen Augen, die ihn wie einen Sergeant aus einem dieser albernen Kriegsfilme aussehen ließen. Sein Gewehr lag neben ihm im Schnee.

Der Anblick des leidenden Mannes ließ sie die letzten Stunden vergessen und erstaunlich gefasst reagieren. Eine Eigenschaft, die sie von ihrer Mutter geerbt hatte, die privat schon mal die Fassung verlor, als Polizistin jedoch immer ruhig blieb. »Ich bin Jessica«, sagte sie zu dem Fallensteller. »Der Mann, der auf Sie geschossen hat, ist ein gefährlicher Killer. Mich wollte er auch …« Sie brach mitten im Satz ab. »Sie sind am Bein verletzt. Ich helfe Ihnen.«

Trotz seiner Schmerzen grinste der Trapper. »Sie schickt der Himmel, junge Frau. Ich bin Caleb … Caleb Johnson. Der Dreckskerl hat mich erwischt, was?« Er versuchte sich aufzurichten und sank stöhnend zurück. »Ein Killer, sagen Sie?«

»Er hat vier Frauen umgebracht«, erwiderte sie. Während sie sprach, beugte sie sich bereits über ihn und untersuchte seine Wunde. Sie blutete stark, viel zu stark.

Er griff mit verzerrter Miene nach dem Gürtel und reichte ihr sein Messer. »Schneiden Sie die Hose auf und …« Sein Gesicht war nun noch blasser geworden. »… und verbinden Sie die Wunde! Im Schrank … in der Schublade liegt Verbandszeug. Die Kugel steckt zu tief. Verbinden Sie die Wunde und … aaah, tut das weh!«

Sie rannte in die Blockhütte, hastete zum Schrank und zog die Schublade heraus. Ein Verbandskasten, wie er in den meisten Autos lag. Sie zog ihn heraus und rannte zu dem verletzten Trapper zurück. Er hatte die Augen geschlossen, öffnete sie aber, als sie neben ihm in die Knie ging und den Verbandskasten öffnete. Sie zog ihre Handschuhe aus und griff nach dem Messer. Seine Hose bestand aus einem festen Stoff, und es war gar nicht so einfach, sie aufzuschneiden. Der Anblick der blutenden Wunde ließ sie schlucken, dann nahm sie ein Mullpflaster aus einem Plastikbeutel, tupfte es in den sauberen Schnee und wischte damit die Wunde sauber. »Es geht leider nicht anders«, entschuldigte sie sich bei dem Fallensteller. »Wie weit ist es bis zum nächsten Ort? Wissen Sie, wie man hinkommt?« Sie hütete sich, in der Arbeit innezuhalten, spürte bereits, wie ihre Hände klamm wurden, und öffnete hastig eines der Verbandspäckchen. Mit steifen Fingern legte sie einen festen Verband um die Wunde. »So muss es gehen.«

Er blickte sie dankbar an. »Dease Lake«, brachte er mühsam hervor. Der Blutverlust hatte ihn anscheinend so geschwächt, dass er kurz davor war, das Bewusstsein zu verlieren. »Zwei Stunden … bei dem Schnee. Der Trail … nur teilweise frei … Können Sie mit … mit einem Hundeschlitten umgehen? Ich … ich kann …«

»Keine Sorge«, sprach sie ihm Mut zu, »meine Mutter und ich, wir hatten selbst ein Gespann. Ich bringe Sie nach Dease Lake. Dort gibt es doch einen Arzt?«

Er grinste wieder. »So … so was Ähnliches. Dem … dem Trail nach … immer nach Norden … zwischendurch … Lichtung … verdammt schwer zu fahren, Lady!«

»Ich schaffe das schon. Wie heißt Ihr Leithund?«

»Chili … der mit der weißen Schnauze.«

Sie ließ ihn allein und lief zu den Hunden, redete einige Zeit beruhigend auf sie ein, bevor sie sich näher an sie heranwagte. »Schon gut, Chili«, beruhigte sie den Husky mit der weißen Schnauze, »ich bin's … Jessica. Ich hab mich gerade mit deinem Herrchen angefreundet. Er ist schwer verletzt, weißt du, und wir müssen ihn so schnell wie möglich nach Dease Lake zum Arzt bringen. Du musst mir helfen, Chili. Du kennst doch den Weg. Du musst mir helfen, ihn zum Arzt zu bringen.«

Der Husky schien sie zu verstehen und wurde etwas zutraulicher. Jessica kraulte ihn im Nacken, redete weiter auf ihn ein. Es kam mehr auf den sanften Tonfall als auf das an, was sie sagte. »Ich hol den Schlitten, Chili. Ich bin gleich zurück.«

Sie suchte den Hundeschlitten und zog ihn in den Schnee. Ein modernes Gefährt aus Aluminium und mit Laminatkufen, wie ihn viele Fallensteller bevorzugten, weil er besonders leicht war. Sie schob ihn vors Haus und breitete die Leinen aus, die sie in einer Kiste neben dem Schlitten gefunden hatte. Noch einmal lief sie zu dem Fallensteller zurück. Er schien große Schmerzen zu haben. »Sie müssen mir helfen, Caleb«, sagte sie. »Welche Hunde soll ich anspannen? Wer läuft wo in Ihrem Gespann? Sagen Sie's mir, Caleb!«

Der Fallensteller konzentrierte sich. »Cherry ... der mit den langen Beinen ... hinten rechts. Louis ... ganz schwarz ... neben ihm. Vor ihm Freckles ... der mit den weißen Flecken, und ... Bobcat, der Kräftige. Beeilen ... beeilen Sie sich, Lady!«

Jessica rannte zu den Hunden und spannte sie vor den Schlitten. Nur weil sie viel Erfahrung mit Hundegespannen hatte, gelang es ihr trotz der Anspannung, die Leinen an ihren Geschirren zu befestigen. Die Huskys waren ebenfalls unruhig und nervös, schienen zu spüren, dass mit ihrem Herrchen etwas nicht stimmte. »Keine Bange, Chili!«, rief sie dem Leithund zu. »Wir bringen dein Herrchen rechtzeitig zum Arzt.« Sie lenkte den Schlitten zu dem verletzten Fallensteller und drückte die Bremse in den Schnee.

»Sie müssen mir helfen, Caleb!«, sagte sie, als sie versuchte, den verletzten Trapper auf den Schlitten zu ziehen. »Ich schaffe es nicht allein.« Sie wartete, bis er sich stöhnend aufgesetzt hatte, griff ihm unter die Arme und zog ihn unter Aufbietung aller Kräfte auf den Schlitten. Er half mit dem gesunden Bein nach, schrie vor Schmerz, als er auf den Schlitten sank und sie das verletzte Bein hochlegte.

Sie legte die Decke, die ebenfalls in der Kiste gelegen hatte, über ihn und schnallte ihn mit Lederriemen fest. Mit gerötetem Gesicht stieg sie auf das Trittbrett und löste die Bremse. »Heya!«, rief sie. »Lauf, Chili, lauf! Nach Norden!«

20

Die Huskys rannten los und zogen den Schlitten auf den verschneiten Trail. Sie schienen zu verstehen, wie eilig sie es hatten, und legten sich voll in die Riemen. Chili war ein erfahrener Leithund, das sah man an der Art, wie er sich bewegte und die anderen Hunde durch seine Blicke anfeuerte, irgendwie ähnelte er Rusty. Und das Team war erstklassig aufeinander eingespielt. Bei jedem Schritt und jedem Sprung bewegten sich die ausgeprägten Muskeln unter ihrem weichen Fell.

Jessica hielt sich mit beiden Händen am Schlitten fest. »Lauft, lauft! Wir haben es eilig! Vorwärts, Chili! Cherry, Louis, Freckles, Bobcat … ja … haltet euch ran!«

Die ersten Kilometer führten durch eine schmale Waldschneise, über denselben Trail, den der Fallensteller mit dem Snowmobil gefahren war. Die Radkette der schweren Maschine hatte den Schnee platt gewalzt und ideale Bedingungen für Jessica und die Huskys geschaffen. Die Hunde sanken kaum mit den Pfoten ein, schienen über den Trail zu fliegen. Jessica brauchte nur selten vom Trittbrett zu springen und den Schlitten anzuschieben. Den wenigen Hindernissen, einem abgebrochenen Ast oder einer Schneewehe, wich sie durch geschicktes Verlagern ihres Gewichts aus. »Heya, heya! Lauft, meine Lieben! Euer Herrchen braucht Hilfe!«

Der Fallensteller lag reglos auf dem Schlitten und gab keinen Laut von sich. Jessica konnte sein Gesicht nicht sehen, nahm aber an, dass er das Bewusstsein verloren hatte. Er stöhnte nicht einmal, als sie eine Schneewehe streiften und eisige Gischt über seinen Körper rauschte. »Caleb! Sind Sie okay, Caleb?«, rief Jessica. »Halten Sie durch! Die zwei Stunden schaffen wir locker! Hören Sie mich?«

Er gab keine Antwort, lag wie ein Toter auf der Ladefläche. Normalerweise, so wusste sie, war eine Kugel im Bein nicht tödlich. Es sei denn, die Wunde entzündete sich. Aber er hatte stark geblutet, sonst hätte er nicht das Bewusstsein verloren. Ein Mann wie er, der die meiste Zeit des Jahres im Freien verbrachte, machte nur schlapp, wenn er angeschlagen war. Sie hatte keine Ahnung, ob die Kugel eine lebenswichtige Ader getroffen hatte, aber ohne fachgerechte Pflege war er verloren.

»Weiter so, Chili! Zeig mir, was du kannst!«

An den Highway-Killer dachte Jessica kaum noch. Ihre ganze Konzentration galt der schweren Aufgabe, die vor ihr lag. Sie würde es sich niemals verzeihen, wenn sie den Verletzten nicht rechtzeitig zum Arzt brachte. Die Schießerei auf dem Highway und die schreckliche Nacht im Stollen schien es nicht gegeben zu haben. Die Nachwirkungen würden später kommen. Niemand steckte ein schreckliches Erlebnis so schnell weg, auch wenn ihr der Killer keinen körperlichen Schaden zugefügt hatte. Aber im Augenblick zählte nur der verletzte Fallensteller. Sein Verband hatte sich rot verfärbt, die Wunde blutete also weiterhin stark. Noch fast zwei Stunden!

Sie blickte zum Himmel empor. Bleifarbene Wolken hingen über dem Trail, zogen langsam nach Südwesten, die Sonne war nur als blasser Schimmer zu sehen. Die dunklen Fichten, die sich zu beiden Seiten des Trails erhoben, zeichneten sich wie Scherenschnitte gegen den bleichen Hintergrund ab. Es war bitterkalt. Obwohl Jessica ihren Schal über Mund und Nase gebunden hatte, spürte sie den frostigen Fahrtwind in ihrem Gesicht. Winzige Schneeflocken und Eiskristalle stachen wie spitze Nadeln in ihre gerötete Haut.

Der Trail bog in den Wald ab. Jessica verlagerte ihr Gewicht nach links und lenkte den Schlitten über die Böschung, tief in der Hocke, als das Gefährt durch die Luft schoss und mit der linken Kufe auf den Schnee krachte. In letzter Sekunde warf sie sich mit dem ganzen Körper nach rechts und riss den Schlitten auf beide Kufen zurück. »Heya, heya!«, feuerte sie sich selbst an. »Weiter so, Chili!«

Der Fallensteller stöhnte nicht mal. Man hörte nur das Knirschen der Kufen, das Hecheln der Hunde und das Rauschen des Windes. »Caleb! Sind Sie okay?«, rief Jessica, obwohl sie wusste, dass er sie nicht hören konnte. Sie hatte große Angst, dass die Decken, auf die sie ihn gelegt hatte, nicht dick genug waren, um ihn gegen die Erschütterungen des Schlittens zu schützen, aber was sollte sie tun? Sie musste versuchen ihn nach Dease Lake zu bringen. So schnell wie möglich.

Unter den Bäumen lag der Schnee niedriger und der Trail war so eben, dass sie wesentlich schneller vorankamen. Auch hier waren die breiten Spuren des Snowmobils zu sehen. Der Fahrtwind behinderte sie kaum noch. Sie waren bereits über eine Stunde unterwegs, als die Lichtung vor ihnen auftauchte. Schon aus der Ferne erkannte sie, dass ihr die Strecke bis zum nächsten Waldrand alles abverlangen würde. Der Schnee türmte sich meterhoch, als hätte der Sturm es nur auf diese eine Lichtung abgesehen, und an den Schneeschleiern, die über das freie Land getrieben wurden, erkannte sie, dass der Wind stärker geworden war. Nicht umsonst warnte jeder Einheimische vor dem Wetter am Stewart-Cassiar Highway. Selbst bei blauem Himmel und Sonnenschein war man nicht vor einem plötzlichen Wetterwechsel oder gar einem Schneesturm gefeit. »Jetzt kommt es drauf an!«, rief sie den Hunden zu. »Habt ihr gehört? Wir müssen so schnell wie möglich über die Lichtung!«

Ohne die Fahrt zu verlangsamen, trieb sie das Gespann aus dem Wald. Der Trail war nicht mehr auszumachen, lag unter einer dichten Schneeschicht verborgen. Schon nach wenigen Metern blieb sie stecken, musste vom Trittbrett springen und den Hunden helfen. Mit beiden Händen schob sie den Schlitten an, versank bei jedem Schritt tief im Schnee. Sie hätte die Schneeschuhe des Fallenstellers mitnehmen sollen, aber wer dachte schon an so was, wenn man gerade knapp dem Tod entkommen war und ein Schwerverletzter zu versorgen war. »Vorwärts, Chili! Streng dich ein bisschen an!«

In das Hecheln der Hunde und ihr eigenes Keuchen mischte sich das Geräusch eines Hubschraubers. Sie blieb stehen, versank bis zu den Knien im Schnee und blickte aus zusammengekniffenen Augen zum Himmel empor. Auch Chili und die anderen Huskys hielten inne und begannen leise zu heulen. Das Rattern wurde stärker, dröhnte laut in ihren Ohren, als ein Schatten über die Lichtung fiel und ein Hubschrauber aus den Schneeschleiern auftauchte. Er landete keine zwanzig Meter hinter ihr, setzte vorsichtig mit den Kufen auf dem Schnee auf.

Er hatte kaum den Boden berührt, als eine Gestalt heraussprang und geduckt auf sie zustapfte. »Jess! Mein Gott, Jess! Du bist es wirklich! Komm her, Jess!«

Jessica ließ den Schlitten los und hastete ihrer Mutter entgegen. Mit Tränen in den Augen rief sie: »Mom! Mom!« Sie stolperte über die Spur, die die Hunde und sie gegraben hatten, und fiel ihrer Mutter in die Arme, presste sich so eng an sie, dass sie beide kaum noch Luft bekamen. »Mom! Hey, Mom!«

»Bist du okay, Jess? Bist du wirklich okay?«

»Es ist nichts passiert, Mom! Nicht das Geringste! Ich bin ihm weggelaufen … die Wölfe … ich bin ihm weggelaufen! Er hat Caleb angeschossen und sein Snowmobil gestohlen … Caleb Johnson, ein Trapper … er ist verletzt, Mom … sein Bein … er hat viel Blut verloren … er muss schnell zu einem Arzt …«

Ihre Mutter löste sich von ihr, wusste nicht, ob sie lachen oder weinen sollte. »Beruhige dich, Jess! Wir haben einen Arzt dabei.« Sie drehte sich zum Hubschrauber um und gab den Insassen ein Zeichen. Im Lärm der Rotoren hätte sie niemand verstanden. Zwei Männer sprangen heraus, der eine im Anorak der RCMP, der andere in Zivil. »Ein Verletzter, Doc. Schusswunde im Bein.« Zu dem anderen Mann, den Jessica als Superintendent Cox erkannte, sagte sie: »Der Killer hat sich das Snowmobil des Trappers geschnappt. Weit kann er noch nicht sein.«

»Wir kümmern uns darum.« Er sprach in sein Funkgerät, informierte die Einsatzleitung über die neue Lage und fragte Jessica: »Wie lange ist das her?«

»Dass er mit dem Snowmobil weg ist? Etwas mehr als eine Stunde. Südlich von hier, bei der Trapperhütte. Er hat eine Pistole dabei. Er ist verrückt, total verrückt!«

Cox sprach mit dem Arzt, der sich bestens in der Gegend auszukennen schien und den Trapper kannte, und gab dann die ungefähren Koordinaten durch. »Wir haben einen Verletzten hier. Moment …« Er wandte sich an den Arzt: »Wie sieht's aus?«

»Er muss ins Krankenhaus, er hat viel Blut verloren. Aber er schafft es.«

Cox sprach wieder ins Funkgerät. »Wir bringen ihn ins Krankenhaus nach Prince Rupert und suchen dann südlich von hier. Falls er runter zum Yellowhead will. Er muss die Hubschrauber gehört haben und glaubt vielleicht, uns austricksen zu können. Gut möglich, dass er auf dumme Ideen kommt. Roger und out.«

Er steckte das Funkgerät weg und beobachtete, wie der Arzt und der Pilot den verletzten Fallensteller auf eine Trage legten und in den Hubschrauber schoben. Nachdem der Arzt eingestiegen war, schloss der Pilot die Tür und kehrte hinter den Steuerknüppel zurück. Auch er trug den Anorak der RCMP. »Ihr kommt am besten mit uns«, sagte der Superintendent zu Jessica und Emily. »Ist sicherer.«

»Ich bringe den Schlitten nach Dease Lake«, widersprach

Emily. »Wir dürfen die Hunde nicht allein lassen. Irgendjemand muss sich um sie kümmern, solange der Trapper im Krankenhaus bleiben muss.« Sie klopfte auf ihre Pistolentasche. »Keine Angst, noch einmal legt mich der Mistkerl nicht herein. Und jetzt komm mir bloß nicht damit, dass ich eine Frau bin. Wir leben im 21. Jahrhundert, okay?«

Trotz der angespannten Lage brachte Cox ein Lächeln zustande. »Schon gut, ich hab verstanden, aber bleib mit der Zentrale in Funkverbindung. Jessica?«

»Ich fahre mit Mom.«

»Kommt gar nicht infrage«, wollte ihre Mutter sie zurückhalten.

»Ich hab mich mit den Huskys angefreundet, Mom. Chili kann ziemlich widerspenstig sein, wenn er einen Musher bekommt, den er nicht kennt. Ich weiß, wie er reagiert und wie man ihn anfassen muss. Sind doch nur ein paar Kilometer.«

»Ich weiß nicht recht …«

»Du bist bewaffnet und hast ein Funkgerät«, sagte Jessica schnell. Sie wollte nicht schon wieder von ihrer Mutter getrennt werden. »Außerdem ist der Highway-Killer längst über alle Berge. Er weiß, dass die Polizei nach ihm sucht.«

»Meinetwegen«, gab Emily nach, »so geht es vielleicht wirklich schneller.« Sie wandte sich an den Superintendent und hob einen Daumen. »Bis später, Jack!«

Der Hubschrauber erhob sich in einer riesigen Schneewolke und verschwand ratternd über den Bäumen. Jessica und Emily hielten rasch ihre Kapuzen fest und blieben geduckt stehen, bis sich der Schnee gesenkt hatte. Während sie zum Schlitten gingen, erkannte Jessica, dass ihrer Mutter etliche Fragen auf der Zunge brannten, sie aber nicht wagte, sie auf die Ereignisse der letzten Nacht anzusprechen. Emily blieb vor dem Schlitten stehen und blickte ihre Tochter forschend an.

»Es ist nichts passiert«, beteuerte Jessica noch einmal, »es ist alles okay! Er wollte mich zu einer Hütte bringen, wahrscheinlich der von Caleb Johnson, aber dann kamen wir nicht schnell genug vorwärts und er schleppte mich in einen verlassenen Stollen. Er wollte mich erst in der Hütte ... na, du weißt schon. Ich bin wirklich in Ordnung. Der Trapper kam gerade noch rechtzeitig von seinen Fallen zurück.«

»Und wie bist du ihm entkommen?«, fragte ihre Mutter.

»Die Wölfe ... das hab ich wenigstens geträumt. Können wir?«

»Wie? Ja ... natürlich!«

Mit vereinten Kräften halfen sie den Huskys die Lichtung zu überqueren, dann setzte sich Emily auf die Ladefläche und zog die beiden Decken über ihren Körper. Jessica stellte sich aufs Trittbrett und feuerte die Hunde an. »Heya! Es geht weiter, Chili! Euer Herrchen ist in Sicherheit, aber wir müssen nach Dease Lake.«

Die Hunde verbanden mit der Ankunft in Dease Lake wohl eine Extraportion gekochten Lachs und rannten begeistert los. Die wenigen Kilometer nach Dease Lake führte der Trail durch einen engen Hohlweg, der so geschützt lag, dass der Wind kaum hinkam. Der Schnee, keine fünf Zentimeter hoch, lag weiß und jungfräulich vor ihnen, staubte unter den Kufen und den Pfoten der Huskys und blieb wie ein Schleier hinter ihnen in der kalten Luft hängen.

Zu beiden Seiten des Trails stiegen vereiste Felswände an, nur unterbrochen von verkrüppelten Kiefern und Fichten, die aus den breiten Spalten wuchsen. Dann stieg der Pfad an und wurde breiter, führte jetzt durch dichten Wald. Hier war es so einsam und dunkel, dass Jessica unwillkürlich erschauerte. Das Hecheln der Hunde und das Scharren der Kufen auf dem gefrorenen Boden waren überlaut in der kalten Luft. Die Huskys kannten den Weg, waren ihn schon unzählige Male gelaufen. Jessica brauchte sie kaum anzutreiben. Sie wussten, dass es nur noch wenige Kilometer bis Dease Lake waren, der winzigen Siedlung am Stewart-Cassiar Highway. Ein paar Häuser, ein Laden, in dem es nur das Nötigste gab, eine Tankstelle und Duncans Werkstatt, in der Mike im Winter arbeitete.

Mike! Bei diesem Gedanken lächelte Jessica. Während der letzten Stunden hatte sie keine Gelegenheit gehabt, von ihm zu träumen, und auch jetzt verdrängte sie sein Bild gleich wieder. Noch waren sie nicht in Sicherheit. Solange sie unterwegs waren, musste sie sich nur auf ihre Aufgabe konzentrieren. So wie ihre Mutter, die aufmerksam ihren Blick wandern ließ, die Hand wie zufällig an der Pistolentasche, um dem Highway-Killer nicht ein zweites Mal auf den Leim zu gehen. Weder Jessica noch ihre Mutter sprachen ein Wort, obwohl es so viel zu sagen gab.

Als sie den Wald verließen, erreichten sie eine felsige Hügellandschaft, die der Wind so blank gefegt hatte, dass

Emily nicht mal vom Schlitten steigen musste. Beinahe durchsichtiger Eisnebel hing über dem verschneiten Land und ließ sie die fernen Bäume und Felsen wie durch eine Milchglasscheibe sehen. Hier blies der Wind etwas stärker und zwang Jessica, ihren Schal über die Nase zu ziehen.

Die schattenhaften Umrisse der Wölfe sah nur sie. Ihre Mutter zuckte nicht mal mit den Wimpern, als sie in dieselbe Richtung blickte. Sie hatte nichts Auffälliges entdeckt. »Whoaa!«, rief Jessica den Hunden zu und trat mit dem rechten Fuß auf die Bremse. Die Haken bohrten sich in den Schnee und zwangen die Huskys, langsamer zu werden und anzuhalten. Chili drehte sich erstaunt nach ihr um, schien nicht zu verstehen, warum sie ausgerechnet auf dieser windigen Ebene hielten. Auch ihre Mutter blickte sie an. »Was soll das, Jess?«

Jessica achtete weder auf ihre Mutter noch auf Chili. Ihre Aufmerksamkeit galt ganz allein den Wölfen, die sich unruhig durch den Eisnebel bewegten und sie ungeduldig anstarrten. Ihre gelben Augen tanzten wie winzige Glühlampen durch den nebligen Dunst, schienen nur auf sie gerichtet zu sein.

»Was ist denn?«, wunderte sich Emily. »Warum hältst du an?«

»Die Wölfe«, erwiderte Jessica leise.

»Was für Wölfe? Ich sehe keine …«

Jessica kniff die Augen zusammen, den rechten Fuß noch immer auf der Bremse und den Blick starr auf die wandernden Erscheinungen gerichtet. Sie kamen näher, entfernten sich wieder, kamen noch einmal bis auf wenige Meter an sie heran und liefen wieder davon. Selbst als sie nahe waren, konnte man sie nicht genau erkennen.

Jetzt verstand Jessica. Die Wölfe wollten, dass sie ihnen folgte, sie wollten ihr etwas zeigen. Ohne weiter zu überlegen und ohne ihrer Mutter eine Erklärung zu geben, lenkte sie den Schlitten nach links. »Go, Chili!«, feuerte sie den Leithund an, der es nicht gewohnt war, den Trail an dieser Stelle zu verlassen. »Vorwärts!«

»Jess!«, regte sich ihre Mutter auf. »Was hast du bloß vor?«

Jessica war wie in Trance und mit ihren Gedanken nur noch bei den Wölfen. Sie glaubte zu sehen, wie der Anführer zufrieden nickte, als sie den Trail verließ und ihnen folgte, erkannte verschwommen, wie die Tiere über den Hügelkamm verschwanden. »Go, Chili!«, rief sie wieder. »Lauf endlich, über den Hügel, los!«

»Jess! Halt an! Du sollst anhalten, hab ich gesagt!«

Aber sie fuhr weiter, trieb das Gespann über die vereisten Felsen den Hang hinauf. Durch den eisigen Nebel, von der anderen Seite des Hügels, drang plötzlich das Röhren eines Motors herüber. Gleich darauf heulte er auf und erstarb. Unheilvolle Stille legte sich auf das Land, nur noch das Scharren der Schlittenkufen war zu hören.

Auch Emily schien etwas gehört zu haben, denn als sie über den Hügelkamm in eine weite Senke fuhren, hielt sie ihre Pistole in der Hand. »Da drüben, Jess!«

Etwas Dunkles lag ungefähr fünfzig Meter vor ihnen auf dem Boden. Jessica rammte den Anker in den Schnee und sprang gleichzeitig mit ihrer Mutter vom Schlitten. Sie rannten zu dem dunklen Fleck und erkannten ein Snowmobil, das mit abgestorbenem Motor im Schnee lag. Darunter, von der schweren Maschine erdrückt, war der Killer. Sie konnten nur seinen Oberkörper sehen.

»Die Wölfe!«, flüsterte Jessica entsetzt. »Das wollten sie mir zeigen!«

Ihre Mutter war bereits am Walkie-Talkie. »Zentrale, bitte kommen. Hier Constable Emily Barnett. Wir haben den Highway-Killer gefunden. Er ist tot. Sieht so aus, als wäre er mit dem Snowmobil gestürzt und dabei ums Leben gekommen.« Sie gab die Stelle an und nickte, als man ihr versprach einen Hubschrauber zu schicken.

Schon wenige Minuten später tauchte dieser auf. In einer weißen Gischtwolke stieg er hinter dem Hügel empor und glitt einige Meter von ihnen entfernt zu Boden. Noch bevor er aufsetzte, sprang ein ranghöherer Mountie heraus, gefolgt von zwei Constables. »Superintendent Gregg. Sie haben den Mann?«

Der Anblick des toten Killers sprach für sich selbst. Emily hatte ohnehin nur noch Augen für den Mann im blauen Anorak, der hinter den Polizisten aus dem Hubschrauber gestiegen war und zögernd im Schnee stehen blieb. »Wer … wer ist das?«, fragte sie.

»Wer?« Der Superintendent blickte sich erstaunt um. »Der Mann? Den haben wir unterwegs aufgelesen. War mit dem Snowmobil unterwegs. Wir dachten schon, wir hätten es mit dem Killer zu tun. Doug Winslow … kennen Sie ihn?«

»Ob ich ihn kenne?« Emily stieß einen lauten Schrei aus

und rannte auf den Jäger zu. »Doug!«, rief sie. »Mein Gott, Doug! Wir haben dich überall gesucht!« Sie fiel ihm um den Hals und küsste ihn auf den Mund. »Wo hast du gesteckt? Hattest du etwa Angst, ich würde mit dem Pfarrer auf dich warten? Doug … o Doug!«

Jessica hielt respektvollen Abstand, hörte aber, wie er sagte: »Ich bin krank, Emily. Sogar sehr krank. Was Ernstes, du weißt schon. Ich wollte dich nicht damit belasten. Du hast was anderes zu tun, als einen alten Nichtsnutz zu pflegen!«

»Einen Nichtsnutz? Ich hab mich wohl verhört! Ich werde immer an deiner Seite sein, Doug, selbst wenn du wie ein alter Grizzly durch die Gegend hechelst! Eine Frechheit, uns tagelang zum Narren zu halten! Komm endlich nach Hause!«

Doug und ihre Mutter umarmten einander fest und lange. Seine Augen waren feucht und sie weinte still. Der eisige Wind schien ihnen nichts auszumachen.

Jessica schloss lächelnd die Augen und dachte an Mike. Bald würde sie ihn ebenfalls in den Armen halten. Sie hatte keine Ahnung, ob ihnen die Tränen in die Augen steigen und sie einander ewige Treue schwören würden, aber das spielte auch keine Rolle. Wichtig war nur, dass es jemand gab, den sie liebte …